波西米亞

序

　　2004年2月24號5點20分，我在台北永和的住處完成了波西米亞的初稿。那時候的感覺很難形容，我想那是我生命中最難忘記的幾個時刻之一。

　　23號的晚上我把波西米亞的進度推進到第23章，那個時候我已經非常疲憊，想著或許什麼時候我再把最後的幾個章節慢慢完成，畢竟像寫作這樣印刻靈魂的事實在是太過耗費心神。可是到了大約11點的時候突然有股強烈的靈思攫住了我，我不能自己，我知道我必需把她完成。於是當遠在國外求學的哥哥打電話給我時，我告訴他今天晚上波西米亞就要完結了。

　　我到附近的超市買了一些水果，接著就把自己關在房間裡面進行最後的工作，那個夜晚極為漫長，陪伴我的只有我的角色跟我和哥哥簡短的通話。終於當我把最後的章節完成寄出，窗外已透出微微的亮光，我看看時間，是5點20分。

　　我的精神極好，彷彿有種強大的能量在我體內，我走出住處，前往附近的早餐店吃早餐，那時的天空藍得清澈，所有的一切都極為澄淨，市街同樣喧譁，卻有條不紊。我慢步走回住處，用心吸著每一口空氣，沒有意識到我真的已經完成了這部我在三年前就開始構思的作品，直到我在房間再接到哥哥的電話，我才真的忽然感到精疲力盡，再也沒有力量多說一句話，多做一件事。我一直睡到中午，然後在醒來的同時感受到有種不可思議。

當我重新閱讀波西米亞的時候，我發現我是在跟另外一個人對話，書裡所記載的一切我並不了解，是她告訴我，教會我的。她是一個獨立的生命，是我細微生命裡一位重要的伴侶。我不知道在未來我是否還會寫出其他的作品，我不知道在未來別人會如何論斷我，會如何判定波西米亞，我只確信在我可能寫出的作品裡，波西米亞即使不是最重要的，也會是極重要的一部。

關於寫就波西米亞，我有很多人必須感謝，如果不是他們，我沒有辦法完成這部作品，而其中又有兩個人我覺得必須特別一提，他們一位是如君，一位是我哥哥孟勳。如果不是如君，我不會有創作波西米亞的靈感；如果不是我哥哥，我就不會順利的把波西米亞完成。

在寫作的過程中，我哥哥一直扮演著編輯的角色，每當我完成一個章節時，我就會寄給他閱讀，聽他的感想和批評。我哥哥在這漫長的過程裡不斷地與我交流，跟我分享想法，並持續給予我鼓勵。他並不厭其煩地重複閱讀波西米亞，讓我在修改的過程中有所依據，他不僅僅是波西米亞第一位讀者，也是除了我之外最了解波西米亞的人。

最後，我想要感謝所有出現在我生命裡的人事物，少了你們任何一件我就不會找到波西米亞，願我們在未來的生命裡都能依著自己生命的真諦而活，即使可能會有憂慮，即使可能會有猶豫，ad LIB。

島

2007.02.07 Boston

to my family
who made me i

We're not broken;
We just need a little love to be activated.

波西米亞　0
大爆炸

　　每個人生命中都會有一次初始的大爆炸，而我的，起始於她。我已經記不得是不是從第一眼就愛上了她，只非常確定從看見她的那一刻起我就深深為她所吸引。

　　第一次看見她是在新生訓練的自我介紹，她散發出的光芒重重地震動了我的心靈。在那樣的震動中，時間，是靜止的。她或許不是我所見過最美麗的女子，但她必定是最動人的；在那命定的時刻我已傾倒在她的氣質之下，如同朝聖的信徒將我的心整顆交出。

　　她有一頭烏黑滑順閃著銀光的及肩長髮，像萬千川流源頭的瀑布一瀉而下衝開我脆弱的河堤，湧進氾濫我枯旱的心田，我的世界因而繁茂碧茵；那是一種原始的感動，是一抹鏡亮的湖水，將多彩的雲天收納在她盪漾的畫紙、靈巧的筆尖；那是一種古老的狂喜，是一卷羽柔的絹布，深入催眠每一吋肌膚；那是一種深眠的美感，是萬朵輕颺的蒲公英，擴大感染我庸俗的細胞，造就我輝煌得無可救藥的熱病；那是一種萬籟俱寂的寧靜，是自橙橘受孵的晚暮中脫繭而出的發亮的黑夜，與我鑲鉛的眼珠產生了巨大的、熟悉的共鳴，化作轟然的雷光從此劈開我黝黑的生命。她修長的柳眉是悠閒的海鷗，帶來泥土芬芳的香氣，和海洋律動的謳歌；是溫柔展翅的天使，懷著一個宇宙的溫暖，倏地飛抵我可笑窮酸的閣樓。而她的眉宇，是耀眼的北極星，不隨星體焦慮的旋轉，率直地給予永恆的指引。她

的眉宇，亦是慷慨的太陽，叫羞澀的向日葵們不得不熱烈地渴慕。她的眉宇，是豐碩的麥田，令尋求真理的柏拉圖也要迷失了方向。

她的雙頰是結實纍纍的蘋果園，甜美紅潤得像三月桃花般春意盎然，像落英繽紛的櫻花在我小小的心園裡開出一整個春季，像放肆盛開的玫瑰在我削瘦的枝椏上辦起了狂歡的嘉年華會，像鳶尾、像百合，像流動的紅寶石綴著璀璨的瑪瑙，像仲夏夜裡的煙火淡雅地妝點著我沉悶的午後。她的耳朵是神秘的海螺，嗡嗡地你可以聽見豪飲的漩渦，嗚嗚地你可以聽見爛醉的龍捲風。她的下巴是視野遼闊的海岬，往那廣紗的汪洋望去你可以看見那座傳說中的伊留西斯（Eleusis）。她的嘴唇，是仙境的祭壇，供著剛採收的水果——血紅的櫻桃，翠綠、泛紫的葡萄，黃澄澄的蜜李——都還沾著露水，是那麼嬌嫩、多汁！拜著皎潔的弦月，有一種蠱惑的魔力。這種魔力，是來自於那象徵力量的圖騰，巫師帶著土著們狂熱起舞崇拜的圖騰，在富含節奏的敲打、鼓聲中他們唱著、和著、應著，醞釀起自先祖的時代就存在的力量……這種力量，不輸給音韻迷幻繚繞的魔笛……這種力量，甚至勝過那支劈海破浪的法杖。這種力量，源自於她高挺的鼻樑。

而我該如何形容她的眼睛？她清澈如水晶的眼睛？那是孕育所有生命思想的宇宙，在那裡有著無數個獨立的星系，每個星系都有著超過數以萬計的星體，每個星體都有著自成一格的運轉系統，在這樣無垠深邃的宇宙中，我何其幸運被她所選中，她的一個凝視就緊緊地攫住了我的心，像俯衝獵食的老鷹她就緊緊地攫住了我的心！啊！而我該如何形容她的眼睛？她艷光四射的眼睛？就連細心琢磨過的鑽石都要顯得黯淡，就連多變善舞的波光都像失去了神采。而我該如何形容她的眼睛？

她明如晨曦的眼睛？她的眼睛是沙漠裡的綠洲，她的眼睛是潺潺的溪流，她的眼睛是雪地裡的迴光，她的眼睛是展臂的夕陽，她的眼睛是大把大把灑下的珍珠如月光。但是，啊，我該如何形容她的眼睛？在這一刻我竟忽然地失去了言語，而我該如何形容她的眼睛？我竟無法擺脫這樣的焦慮，在那樣專注的一個眼神裡，我竟連一個簡單的字句也記不起……啊……我要這麼形容她的眼睛，我要這麼形容她的眼睛，她的眼睛是磅礴雄偉的銀河，在我有限的感知裡永遠充滿了奧秘，而她的每個眨眼，都像流星劃過天際，而在每顆流星閃過的瞬間，我都許願，她會就這麼走進我的世界。

波西米亞 1
菲阿西亞

「小卜……小卜……！」

Casanova的臉龐模糊地浮現在我眼前，我疲倦地張不開眼。浴室昏暗的燈光漸漸地把他的輪廓給畫勒出來，不知怎麼他的身體四周像是有著微微的光暈。他的聲音微弱地像從水裡傳來，如果不是他緊緊抓住我的手，我可能就要軟癱昏厥過去。隨著他的聲音越來越清晰，我也才越來越感覺到浴室裡溫熱一片。鏡子上有些許霧氣，磁磚是暗黃色的。我瘦弱的身體沁著汗珠，光溜溜的也是暗黃色。我的手半浸在浴缸的溫水裡，水，是暗紅色的。

「小卜！」

我對他的聲音揚起半個恍惚的眼神，呆呆的說不出話，只是想讓他知道我聽到了。他焦急的把我的手從水裡撈起來，架著我在浴缸邊坐直，儘管我還是駝著背，全身軟綿綿的。

「小卜，你沒事吧？快把身體擦乾。找個紗布把手包好。我去送他們離開，你趕快處理一下你的手，我馬上就回來，你聽到了沒有？快，快去！」

他說完話就飛也似地離開。我數著自己的呼吸勉強集中精神，手腕的細縫已經不再出血。還活著，我還活著。那麼說林森森說錯了？

我一邊想著林森森提過的事一邊挺直虛弱的雙腿，並用蓮蓬頭把身體跟地板都沖乾淨。

等到我包紮完手腕，穿好衣服，我才遲鈍地整理起剛剛所發生的事，整個人還是暈暈的。房間裡杯盤狼藉，極似我此刻混亂的思緒。我收起油膩的保麗龍盤，將它們一個個疊起，撿起東倒西歪的可樂罐、啤酒瓶，就這麼回憶著前一、兩個小時發生的事。

究竟是怎麼了呢，這一切。我還活著吧？這不是夢吧？我真的自殺過了吧？為什麼我沒有死呢？水不斷地從浴缸裡湧出來……林森森說的難道不是真的……那我到底為什麼要自殺呢？妳不希望我死嗎……如果那個時候我繼續走過去，是不是就真的不會再醒過來了呢……？

Casanova靜悄悄的站在我身後，他似乎已經看我收一陣子了。我看著他，然後把垃圾全丟到大塑膠袋裡，逕自到浴室裡把手洗乾淨，把浴缸裡的水放掉。

默默走出洗手間我坐到床上。我們之間的沉默維持了好一陣子。

「……他們呢？」

「去逛街了。我跟他們說你不太舒服不一起過去。然後說我想起來跟女生有約會也不陪他們了。」

「謝謝……」我對這個慣用的詞感到疑惑，因為它混淆了我原先的企圖，我不清楚到底我是不是真的想要在溫水裡變得冰冷，還是一切都只是酒精作祟，是它讓焦慮的火焰變得劇烈。同時我卻也真的對Casanova的體貼覺得感激，我沒有辦法想像如果事情就像我之前預想的發生了，大家回到這裡看見我的屍體會是怎麼樣的光景。

這個夜晚是這麼混亂。大家的笑鬧聲明明就好像還迴盪在這個房間，現在卻冷清得連窗外的風聲都叫人心驚。

「願意談談是怎麼回事嗎？」

聽到他的話我感到眼睛一陣溫熱。

「It's a long story……」

「沒關係的，沒關係。」

Casanova坐到我旁邊用他厚實的臂膀讓我倚在他的胸膛，他身上慣有的檸檬香向我飄來。

「我好難過……」

「沒關係。」

「我好難過……

「我不希望這樣子的……我不希望這樣子的……」

在拆封的悲傷中我斷斷續續地開始對Casanova說我的故事，向他敘述這一切是如何發生，雖然中途幾度因為哽咽而禁了聲，我還是努力的將它拼湊出來……

波西米亞 2
在呼喚她的名字之前

2.1

　　星星滿天閃動，我們躺在港口邊聽著海浪一波波地拍濺著，感覺輕拂的晚風散發淡淡的涼意。新生訓練剛結束沒多久，我們幾個室友就慢慢地熟絡起來，跟彼此的話也多了；這天我們五個人三台車來到海邊，喝著酒聊新的生活，大學對我們來說還真的是新的體驗。跟來自台灣各地的人一起談天是件奇妙的事。現在已經差不多是午夜時分，大家也都已經半醉，倒在港邊享受海風。四周寧靜得只有細微的海水聲，好像此刻全世界都是我們的。

　　聊著聊著大家突然講起了彼此的情史，我不禁立刻想起她在台上羞澀的笑。那時為何會那麼注意她我實在不知道，但想到有關她的事情我就會不自覺興奮起來。從前雖然也會對一些外貌出色的女生有好感，可是從來沒有像這次這麼強烈。光是默唸她的名字就會有電流竄進我的身體，像是輕微的窒息或暈眩，又像是赤腳踩上尖刺的瞬間，是種盤繞心頭的毒，甜蜜的蛇毒。

　　只是我不知道如何開口，即使見了面我也不知道該怎麼開啟我們之間的對話。這到底是不是愛情我也還不知道，我不知道這是不是就代表我愛她。一個人要如何對他很注意的人說話？那個人還能算是他的朋友嗎？兩個人可能在當朋友之前就先喜歡對方了嗎？一個人要如何探詢一個他還蠻注意的人的

事？這樣他們還可以作朋友嗎？

「啊小卜那你呢？」

Thomas的問題打斷了我的冥思，我急忙敷衍地回答他，「我啊，我只有暗戀而已啦，我沒有採取什麼行動，其實感覺也沒有很強烈。就只是暗戀而已。」

我隨便編了一個人一個故事，沒有告訴他們那個令我驚艷的女子。這細膩的心事我還沒有勇氣向別人吐露。

2.2

西概課。她戴著一副紅色邊框的眼鏡專心地抄著筆記。她左邊的耳垂上有一只泛著柔和光芒的紫色耳飾在日光燈下間或地閃著，像是一連串的摩斯密碼，從我的位置看不出是什麼形狀。但是這個距離或許是恰到好處的，在這樣的距離裡，在這樣的人群裡，我可以靜靜地看著她，欣賞屬於她的一切。靠得太近就怕被她發現，就怕我會不自覺地慌了起來。看著她我的心底會浮湧出清脆如風鈴的樂音。看見她我一日的希望就都得到了滿足。關於對她的迷戀，在這個時候我還沒有發現，沒有意識到我心裡輕聲的呼喊，將會召來多麼巨大的回音。也可能我只是還沒有準備好認識這樣震撼心靈的美。

一整天我都在想著今天的西概課，反覆回想著她上課的神情，對著空氣勾勒著她的輪廓，心中掛著一個大大的問號。傍晚的餘暉斜斜地投在我的臉龐，秋天飽滿的溫熱在我臉上漸漸褪去，我坐在籃球場旁的鐵絲網邊，看著一大群一大群黑鴉鴉的人影散步去吃飯，想像自己已經走到她的跟前，邀請她一起共進晚餐。

剛入秋的夜晚是最怡人的，薄薄的夜幕抖落日間的煙塵，像少女波浪似的百摺裙。天空像薄紗一樣半透明，有著西雅圖

的情調，星星這個時候還太微弱，都還躲在晚風的涼意之中，像雪花瀰漫在來來往往的呼吸之間，啜那麼一口就會讓人誤以為置身在瑞士的流金細雨裡。我站起身，加入竊語的人群，往外頭喧鬧的市街走去。

2.3

星期六的下午，我們五個人坐在學校附近的咖啡館裡頭，各自盯著自己的文本看，一句話也沒說，咖啡館裡只有廉價的輕音樂，和不時傳來的店員洗杯子的聲音。桌上的飲料大多已經見底，盤子裡也只有稀疏的鬆餅屑，面紙被揉成一小團一小團的堆在盤子邊邊，原子筆手機等個人物品則佔去其餘的桌面。討論已經進行了一段時間。

外文系一年級大部分都是打基礎的課程，跟文學較為相關的是文學作品導讀以及西洋文學概論，前者藉由閱讀文學作品增進對文學的分析欣賞能力，後者則是介紹許多希臘的神話或者是悲劇。通常後者的故事性較強，比較容易引起學習動機，雖然也有人說所謂西洋文學概論說穿了不過就是一部帶有高度奇幻色彩的亂倫史。而系裡跟文學相關性較低的，也就是比較接近大家一般對外文的了解的是英文聽講、英語口語、英文寫作、還有文法課。基本上就是訓練學生的聽說讀寫的能力。

美好的假日我們居然必須浪費在文學上，這是我當初進到外文系之前想都沒有想過的。我以為外文系會念很多英文的用法，背很多英文單字，或者是練習對話什麼的，頂多就是念一些經典名著像是老人與海或神曲（雖然我一直不知道為什麼它們會是經典），可是現在情況好像跟我想的有蠻大的差距，在外文系裡有一堆不知道為什麼的分析，所有的文字突然之間都變成了可以加減乘除的數學符號，每一篇作品又好像數學問題

一樣，有多種不同的解法，而這些問題有些時候解完還要附帶證明，只差沒叫你作排列組合。這樣的特性在文學作品讀法這門課尤其明顯。Thomas曾經開玩笑的說，所謂文學作品導讀，不就像是庖丁解牛，easy，我們不過是不會鬥牛馴牛而已。他對文學作品導讀的解讀正符合我們現在的困境，我們五個人現在就像是被牛鬥倒的鬥牛士，在小小的咖啡館裡一蹶不振。

　　我看看其他四個人，他們也都若有所思地看著那短短的幾行詩，可是就是沒有人有什麼突破性的見解。這就是文學作品討論的現場。通常一坐下來的前30分鐘是最熱絡的，因為這一段時間是用來聊天點餐等人的，大家會緩慢的把書從背包裡拿出來，一邊談著這星期應該還要交哪些作業這學期修的課怎麼樣某某老師又怎麼了一邊把口袋裡的手機放到桌上，同時傳著店裡的menu。而聊天聊著慢慢的會聊到班上的誰誰誰又有什麼新的八卦，要不然就是討論最近有哪些好聽的專輯或好看的電影，一定要等到所有的人都到齊後──這往往是30分鐘後的事──大家才會開始討論，有些時候因為聊得太過癮的關係開始討論的時間會再往後延一些些。當真的要開始討論的時候，大家的話又會突然少了起來，前十幾分鐘可能每個人都會加進一些意見，提供自己覺得可能的切入觀點，過了一會兒講話的人可能就只剩下三個，再過一會兒就只剩下其中兩個人在對話，到最後就變成間間斷斷的自言自語跟呢喃，就像我們現在這個樣子。

　　淑萍拿著鉛筆在課本上畫了又畫，不知道在畫什麼；Ivy翻著字典好像在查文本以外的課本註釋；Linda呆呆看著文本，一動也不動；Thomas則是翻查著手機的電話簿，大概是已經宣告放棄。就在我們幾個人一籌莫展的時候，Thomas的手機突然響了起來。「喂，」他一下拿起手機跑到店外面講了起來，我們也都同時放下課本，無奈地看看彼此。

「啊～～～」淑萍抓著課本猛力地敲著桌子，「討厭討厭討厭！根本看不懂啦！」她用力用書砸著桌子以宣洩積在心裡的不滿。我們其他三個人都被她突如其來的動作嚇了一跳，連忙要制止她，並不斷對投以異樣眼光的店員示意，希望他不會因此把我們趕出去。

「寫什麼爛詩，根本看不懂！」淑萍氣憤的說。我跟Linda心裡其實也沒有什麼想法，只好隨便附和一下，倒是Ivy提出說，「這個jar會不會是有象徵的意思，代表生命的茁壯啊？」

我拿起文本再看了一次，可是還是一點靈感也沒有，對於Ivy的猜測我一點忙也幫不上，淑萍跟Linda也只是再看了一遍，就又沒有再說話了。情況又陷入了尷尬的膠著。過了幾分鐘，Thomas回來了。

「怎麼了？」我問他。

「喔，就是東海的說要聯誼啊，今天晚上在她們那邊集合。」

「哇，好小子，我們這樣水深火熱的，你居然在跟人家談要聯誼。」淑萍不平的說，眼睛瞪得跟十元硬幣一樣大。我對她這樣的反應不感意外，因為她跟Thomas兩個本來就是組裡話最多的兩個，他們常常也會因為一些奇怪的理由爭執不休，要好一段時間才能拉回到討論的主題，我們也只能偶而插上幾句話。這一次，我在猜，大概又會講個沒完沒了。

「我們要聯誼關妳什麼事？」Thomas挑釁的說，「對吧，Aeneas？」我的天啊……不關我的事啊，我心想，我根本就不想去也沒說要去啊……

「小卜，你也要去嗎？」淑萍轉過頭看著我說，她一直就是一個很反對聯誼的人，學期初我還因為提到覺得聯誼好像還不錯被她唸了半天，這個時候突然被Thomas推上火線我根本不

知所措，只好拼命的否認。

「啊？你不去嗎，昨天你不是還說要我幫你看看有哪個比較漂亮的？」Thomas說。

「沒有好不好，我根本沒有說要去啊。」

「啊，沒關係啦，還怕這個婆娘知道嗎？」

「喂！你們男生很奇怪耶，沒事聯什麼誼，根本就是心存僥倖，欺騙女生。」

「哼，妳不要去啊，我們聯誼關妳什麼事？」

「你們聯誼還不是就是要騙女生，說得那麼好聽說要交朋友，才怪，還不都是有企圖。」

「拜託，妳一次都沒去過，還真以為自己懂啊？而且我們要不要去本來就是我們的自由，那些去的女生也都是想要交朋友的啊，又沒犯著妳。還是下次我幫妳問一下，介紹一些朋友給妳認識，才不會讓妳孤家寡人的直到地老天荒。」

「哇！你心地這麼好啊，不用了不用了，無福消受喔。」

「我是為妳好耶，要不然妳這個樣子可是很難交到男朋友喔。」

「我交不交得到男朋友不用你來操心吧？倒是你們這樣去聯誼的，還不都是為交往而交往，哪裡是真的愛情？」

「怎麼不是。沒有先認識一個對象，怎麼談戀愛？」

「我是說真愛。」

「真愛？不要笑死人了好不好，這年頭妳還相信真有真愛這玩意啊？」

「當然有囉！」淑萍拉高聲音的說。

「那在哪裡呢？」

「就……總之會遇到的時候就會遇到啊！」

「別傻了好不好，小姐，這個世界哪有什麼真愛。不要自

已騙自己了。機會是靠自己創造的。去聯誼的人也不過就是在找個機會而已，談不成戀愛交個朋友也好啊。又不是一定要做男女朋友。」

「投——機。」

「怎麼投機了？戀愛本來就是給人談的，是人談出來的，哪裡投機了？像妳這個樣子到民國哪一年才交得到男朋友？」

「我覺得像你們這樣去聯誼，本質上就很可議，一點都不單純。」

「啊就交個朋友而已啊，男女朋友還不是先從朋友當起。」

「我就是說你們這樣交朋友的動機不單純啊。」

「其實也還好啦……」在一旁聽了許久的Linda突然插話說，「我跟我男朋友也是高中聯誼的時候認識的。」

「對嘛，妳看。」Thomas一見有人聲援馬上就大聲了起來。

「我跟我男朋友也是先在聯誼認識然後才私底下聯絡幾次，慢慢熟了以後就約出去約會，就到現在這個樣子了。其實聯誼也沒那麼萬惡不赦啦。」

「就是說啊，聯誼是給自己一個機會也給對方一個機會，當朋友看看，可以的話就繼續交往啊。這個時代哪裡有什麼真愛，都是試出來的。要是這個世界上真的有真愛的話，就不用什麼徵友的節目了。」

「我覺得那是過渡期，我覺得一定有一天會遇到有一個人，那一個人是為妳而生的就像妳是為他而生的一樣。我相信一定有這麼一個人。而那個人就是妳的真愛。」

「拜託，妳越說越離譜了。戀愛就只是一男一女的交往而已啊。還說到真愛，那麼複雜。」

「我覺得啊，你說的那只是為談戀愛而戀愛，根本就只是

為自己的行為正名，是自作聰明的行為。」

淑萍說完之後Thomas默不作聲。淑萍這才發現自己說錯話了。坐在旁邊的Linda臉色變得不太好看，小組的氣氛也變得有點尷尬。一時之間大家都不知道該說什麼才好。Thomas把話題一轉，直接跳到結論說：

「這樣吧，我們來投票。相信這個世界上有真愛的舉手。」

只有淑萍一個人舉手。

「那覺得沒有的。」

Thomas、Ivy、Linda都舉了手，可是我不知道該不該跟他們一起舉。想了想之後還是選擇不表態，畢竟結果都已經出來了，也沒有什麼好爭辯的了。這就是民主政治的好處，多數人總是可以叫少數人閉嘴。雖然我被其他人圍堵說沒有主見，可是我覺得那總比當一隻蝙蝠好。實在是沒有必要得罪任何人，沒有意見總是最有彈性的。

後來我還是跟Thomas去聯誼了。雖然聯誼的氣氛很熱鬧，大家聊得很開心，Thomas成功地要到了女生的電話，整個過程我一直心不在焉，我的心裡始終掛著一個身影。

2.4

凌晨三點，當他們都睡了之後，我才敢偷偷地用沒有人知道的id上站，q那個既陌生又熟悉的符號。那個符號，即使到了現在，對我來說也還是一個問號。雖然事實上我已經知道她的名字，對她的背景也多少聽說了一些，可是對她我還是沒有辦法輕易的靠近，就像是朝拜的信徒不敢踏上神聖的講壇。我看著她的id，救贖的十字就解了我心頭的渴，如悲憫的象徵它就醫治了我思念的病，它甚至尚未碰觸我就及到了我的內心，在

我空洞的心房注進了甘甜的活水，在我因青春緊皺的眉頭加上了撫慰的印記，我感受它，在我身體裡澎湃，無語可以形容，只能用想像的擁抱理解。

我讀著她的名片檔，咀嚼著那些文字，不只一次它們對我產生了意義，我的舌根有淡淡的油墨味，而我的味蕾同樣無法解釋這種弔詭，網路蜿蜒的觸手在我沙沙作響的睫毛前攤開一紙顫動的符咒：

Paerie（波西米亞），*18 logins, 0 posts. [沒有任何新信件].*
Plan：

給我一朵玫瑰　我就叫她綻放
給我一座花園　我會讓它都枯萎
趁著花兒尚未吐蕊
請在我的枕邊擺上雙合腳的玻璃鞋
花園裡會有一場盛大的舞會
帶著合適的面具邀舞我會考慮跟隨
一圈一圈夏夜的魔法灑亮璀璨的嘉年華
快來跟上我的舞步趁那夜色還未消退
玫瑰緋紅的花瓣是我的頰我的唇我的血
這種顏色的高貴要花多一點時間才能了解
但是不用不需要不必理會
再不多舞它一杯她就要謝
採片碧綠的葉種在濕嫩的土堆
今晚的舞會頗叫人留戀
或許它會開出同樣嬌豔的玫瑰
在那之前就讓我們悄悄的睡

在呼喚她的名字之前

她的文字像古老的字符我無法參透，每一個語句都如謎一般，卻每一個字都叫我著迷。

2.5

自從那一次討論的聯誼的問題以後，我們每次的文讀討論必定都會談到有關愛情的主題。

「所以愛情到底是什麼？」Thomas問道，這是我們上一週提出的主題，討論愛情的本質，每個人都要回去想一種對愛情的解釋，或者是說對愛情的個人解讀。

「誰要先開始？」Linda問。

「用輪的好了，從Aeneas先開始。」Ivy提議。

「啊？為什麼是我先？」

「因為你對組裡貢獻最少啊。」淑萍倒是很不客氣的說。

「喔，好吧。嗯……我覺得愛情是絕對的單一，我是指專一啦，總之……嗯……該怎麼說，我覺得愛情是一種命定感，」突然之間我又回想起乍見她的那種震動，「是你覺得『那就是了』，或許也可以說是一種直覺吧，你會覺得這個人在那個時刻就已經注定會搖動你的世界，對你的生命造成無比的意義。可能……也說不上是為什麼吧，你會感覺到那種靈魂的親近，心靈契合的感覺，覺得好像這個人生來就跟其他人不同，像是跟你的靈魂是從同一個爐取出的，質性是相同的，簡單的說，應該可以稱之為『命定的默契』吧。」

「哇，小卜，看來我們的想法蠻接近的嘛，」淑萍說，「那你上次怎麼不挺我？」她不高興地嘟起嘴。

「好啊好啊，宿命二人組，妳有沒有什麼要補充的啊？」Thomas說。

「我呢，除了上次說的以外，還要加上這個：愛情呢，是專屬的，是包容的，是宿命的，如果是屬於妳的就會屬於妳。就好像某個詩人說的，if you love something very, very much, let it go free, as setting free the bird in the cage; if it ever flies back, it belongs to you forever。我覺得真是形容得再貼切不過了。」

「真沒創意，只會抄別人的。」Thomas說。

「你管我，我覺得說得很好啊。」

「不過是一廂情願的想法，說不定那回來的只是同種的鳥而已。」

「這句話的原文好像是紀伯倫（Gibran）說的，」Ivy插話說，「好像是If you love somebody, let them go, for if they return, they were always yours. And if they don't, they never were。不過後來也有人把它改成比較好笑的版本，像是悲觀的人的版本：If you love somebody, let them go free, for if they return, they were always yours. And if they don't, as expected, they never were。或者是比爾蓋茲的版本：If you love somebody, let them go free, for if they return, I think we can charge them for re-installation fees, and tell them they will get an upgrade plus tons of additional services。」

我們大家都笑了，不過淑萍倒是一點也笑不出來。

「好啦，反正就是沒有人要認真聽我在說什麼就是了啦。」

「好嘛，對不起啦，換我了。」Ivy接著說，「愛情以我的看法是失去的最美。所有的愛情在當下都不會是最美好的，只有等到失去了，人才會意識到應該要好好珍惜，所以會覺得失去的，不再得得到的才是最美的、最好的。」

「可是這可以算是愛情的本質嗎？這好像比較像是一個觀

念。」我問。

「嗯，本質的話，要為愛情下一個定義，我覺得愛情是那消失的彼端。它存在於我們摃不到的那一邊，是我們對逝去的事物的留戀。」

「嗯，有點難懂。」Thomas說。

「還好啦。」Ivy答道。

「那換我講囉。」Thomas清清喉嚨，「在講定義之前要先引用一下聖經的典故。話說當初上帝造人的時候先造了亞當，然後因為亞當一個人很孤單，所以上帝就取了亞當的一根肋骨造了夏娃。因而亞當變成不完整的，他永遠都缺失那一根造夏娃的肋骨，他永遠都感到空虛，唯有和夏娃在一起他才會是完整的。於是在那之後，男人便窮盡一生追尋那根失落的肋骨。嗯，重點來了，所以愛情就是男人失落的那根肋骨。」

「去，大男人。」淑萍一樣不給Thomas面子。「女人對你來說只是附庸啊，頭腦清醒點行不行。又沙文又自我中心。」

「好了啦，你們別再吵了，我要講我的了喔。」Linda說，「對我來說，愛情就好比是一杯情人茶。」

「啊，完啦。」我問。

「什麼意思啊？」Thomas問。

「你們有喝過情人茶吧，泡沫紅茶攤大部分都會有。這情人茶喝下去呢，先不要喝太多，喝一口就好。先含著，再慢慢喝下去。你會有新的發現。你先會覺得喝起來的感覺是甜的，然後會覺得酸酸的，然後會有一陣強烈的澀，但是到最後會湧出一股甜味。這就好像是戀人的相處，一開始總是甜甜蜜蜜，難分難捨，掛個電話說再見都要拖個十來分鐘，整天膩在一起。可是過了一陣子之後兩個人就會覺得感覺有些改變，覺得當初甜蜜的感覺已經不再了，兩個人開始會有一點摩擦、小爭

執，覺得原本寬闊的兩人空間變得擁擠了，懷疑自己當初的感覺到底是不是一種錯覺，在那之後，兩個人就有可能到幾乎無法彼此忍受的地步，一個禮拜見兩次面都覺得太多，甚至覺得兩個人只是毫無目的地耗下去，一點意義也沒有，除了無趣還很無聊，可是如果兩個人克服這樣的困境，就會到達最後的階段──回甘，兩個人會發現在一起是件最幸福的事，有種直入心田的甜蜜，會慶幸當初的堅持，沒有放棄，這是相處的最佳結果。」

「哇……」Thomas驚嘆的說。

「怎麼樣，佩服我吧，你們從來就沒有想過這種事情對不對。」

「如果有最佳比喻獎的話，今天獎座應該讓妳帶回去的。」

「我倒是覺得要用食物來比喻愛情的話，我會用咖啡。」Ivy說，「因為咖啡跟愛情一樣本質是苦的，要自己勤加奶精跟糖。」

「那要是有些人天生就喜歡喝苦的呢？」淑萍問。

「那就活該啊，哈哈……」

2.6

我小心翼翼地把眼神從手裡的紙頁移開，探著她在書架的另外一端專注地讀著。我其實根本不知道手裡的書在說些什麼，只非常注意她右手規律的翻頁。由於害怕被她發現我正在悄悄地觀察她，我一直不敢有太大的動作，半側著臉瞄她已經是最大的幅度。午後的書店裡氣氛有點緊張。

她紮起了馬尾，依舊掛著紫色的耳飾，長長的睫毛不時拍顫著，像是溫柔地輕語著，又像是停在花蕊間啜蜜的蝴蝶。她光滑的側臉是邀吻的公主，我要當個多禮的騎士，在我的盾

牌上刻上屬於她的徽記；我的胸膛早已畫滿她的名字、她的眨眼、她的微笑、她的各種表情，我的劍是為她而鑄，為她我願意踏上征途，獻上忠誠與榮耀。

她把書闔上，放回架上，背包一提踏出書店。我等到她走遠才走向書架的另一端，抽出她剛剛讀的那一本。那是一本有著墨綠封面的小說，書名是〈理性主義者〉，作者是華偉克‧柯林斯（Warwick Collins）。

我把書結了帳，一回到寢室就翻了起來，主角誠如其書名為一個理性主義者，在故事裡與另外一位主要角色奎爾夫人有微妙的互動，他漸漸拋開自我的理性而進而實踐奎爾夫人「幫助自我解放」的理想。

我讀到大家都要上床睡覺，停在第16章。那一章作者引用休姆的〈人性論〉其中一段最惹我的注意：

「……情感本身並不是我們可以完全仰賴的，所以必須藉著理性來加以導正，再配合多方思考，以及所處環境的變化……」

2.7

為了加深我們對神話的印象，我們的西概課多了一項新作業——演戲。我們要把希臘神話用自己的方式呈現出來。我們要演出的劇碼是六個愛情故事，都很短，分別是歐菲斯（Orpheus）的地獄行、賽姬（Psyche）與邱比特（Cupid）、皮葛馬利恩（Pygmalion）、亞利雅德妮（Ariadne）與鐵修斯（Theseus）、那西瑟斯（Narcissus）、阿波羅（Apollo）與黛芙妮（Daphne）。

歐菲斯的故事說的是一位天才音樂家為了讓他的妻子死而復生而造訪地獄的過程。為了要讓他心愛的妻子復活，他不惜

冒險求見冥王黑帝斯（Hades）。結果他美妙的音樂不但平息了看守地府的冥府三頭犬（Cerberus），更打動了冥后柏瑟芬（Persephone）。於是柏瑟芬准許歐菲斯帶回他的妻子，但是在出冥府前歐菲斯絕對不可回頭看跟在他後面的妻子。可是歐菲斯最後終究還是沒能堅持到最後，回了頭，就這樣他的妻子便被扣回冥府，再也回不到人界。

賽姬與邱比特是一個有象徵意義的故事，賽姬有心靈之義，而邱比特代表了慾望，兩者的婚姻象徵心與肉體之愛的結合。賽姬與邱比特相戀，可是賽姬一直不知道自己心愛的人就是愛神邱比特，因為邱比特總是要賽姬到一個幽暗的房間相會，並且不能點燭偷看他的模樣。可是過了一段時間賽姬終於還是禁不起愛跟好奇心的驅使偷看了他的樣子，使得邱比特憤而離去。一直到她為了尋找他踏遍千山萬水，歷經千辛萬苦，感動了宙斯，宙斯才把她化為神祇，讓這對戀人再度相聚。

皮葛馬利恩是名劇作家蕭伯納同名劇作的原點，它亦成就了後來的不朽經典「窈窕淑女」。它的故事很簡單，敘述一位因認為所有女人都有瑕疵而不愛世間女子的雕刻家，在雕刻一個完美的女體形象的過程中愛上了自己的作品。因為他實在是太愛她了，她甚至幻想她是真實的，是有脈搏有心跳的，輕柔的觸撫她的肌膚，想像那是吹彈可破。後來他向美神維納斯祈求讓她擁有生命作他的妻子。維納斯也真的完成了他的祈願，給了雕像生命，並為他們兩個人完婚。

亞利雅德妮與鐵修斯開始於雅典的英雄鐵修斯因為要除去惡名昭彰的牛頭人（Minotaur）而來到米諾斯（Minos）的國家。米諾斯的女兒亞利雅德妮對這位英俊的英雄一見鍾情，便告訴他從牛頭人的迷宮走出來的方法，但是條件是鐵修斯必須娶她為妻。牛頭人的迷宮號稱是沒有辦法走出去的，且不管選

擇哪條路到最後都會走向迷宮中心的牛頭人所在之處。鐵修斯答應了，所以亞利雅德妮交給他一團毛線，要他綁在身上，待他殺死牛頭人以後只要沿著毛線就可以走回原來的入口。一切都如亞利雅德妮所計算的，這位英雄殺死牛頭人後順利地走出了迷宮，也像他承諾的帶著亞利雅德妮要一起回雅典。可是在回程的途中，鐵修斯卻在一個小島上趁亞利雅德妮熟睡之際丟下她不管，自己回雅典去了。

那西瑟斯就是水仙。他原本是一位俊美的男子，擁有一大群愛慕者，可是他卻誰也不愛。他只愛他自己。由於他太愛自己在水中的倒影，終日除了看著自己的倒影不事他事，最後便化作水仙，生根水邊。

阿波羅與黛芙妮講述阿波羅愛上了黛芙妮，為了得到她一直追著奔逃的黛芙妮。黛芙妮因為並不希望接受阿波羅的愛，而在這場追逐裡請求神將她變為一棵月桂樹，好讓阿波羅永遠得不到她，停止這場瘋狂的追求。她的請求獲得了應許，她當下便化身為一株月桂樹。頹喪的阿波羅在失去得到黛芙妮的機會後，便摘下她的枝葉，用其編成桂冠待在頭上，並把月桂樹封為其象徵植物。我們一般知道的桂冠詩人的典故最早就是來自這裡。

這幾個劇並不是所有的人都會參與到，是由導演遴選，而導演，則是投票決定，由Casanova雀屏中選。

2.8

伍弟戀愛了。

對方是個長髮美女，沒有戴眼鏡，小眼睛，嘴唇飽滿，中等身材。

「怎麼樣？還可以吧？」Woody問我。

「你幹嘛問我可不可以，又不是我喜歡人家，你覺得好不好比較重要吧。」

我們對坐在快餐店裡一邊吃飯一邊討論，那個女生坐在斜對桌，我的位置可以直接看到她。

「哪一系的啊？」

「財金。」

「嗯。那你知道她的名字嗎？」

「不知道。」

「那其它的呢？像是星座什麼的？」

「我只知道她也是一年級的。」

「你多少要作一點功課吧。」

「我會啊，我今天就會去問，剛好我也有認識的人在財金系。」

「嗯。」看著她我心裡想是否我也有勇氣大膽的告訴別人其實我有非常傾慕的對象，可是一句話也沒有說過，對她的了解也只僅止於她的名字。我甚至不像伍弟這樣敢向別人打聽喜歡的人的資料，還問別人的意見。我當然很好奇有關她的一切，可是所有的一切應該從哪裡開始呢？深深地害怕被別人發現，也不知道到底自己在膽小個什麼勁。僅憑藉著一個眼神可靠嗎？只見了第一面就深陷進思念的困擾是正常的嗎？一見鍾情，是嗎？她也會認為我是宿命的那個人嗎？她知道我嗎？她

在呼喚她的名字之前

對我的印象是什麼呢？她喜歡什麼樣的人？討厭什麼樣的人？她喜歡看怎麼樣的書？喜歡聽什麼樣的音樂？生命中最重要的事是什麼？她喜歡吃什麼？住在哪裡？為什麼來唸這裡？有沒有男朋友，對，有沒有男朋友。

我們這頓飯吃得特別慢。

終於等到她們一桌用完餐要離開，我們才尾隨而出。回學校的路上，我們沒有太多交談，伍弟一直凝望著她長髮飄逸的背影。我跟在他旁邊，還是想到她，我想我可以體會他現在的心情，或許還更為了解。

「伍弟，你覺得愛情是什麼？」

「我覺得……愛情就是喜歡，就是想要照顧別人，就是想跟那個人在一起。愛情就是關懷，為她犧牲，全心全意的付出，就是為她好，給她最好的。我是說即使犧牲自己也要讓她幸福，給她最好的照顧，給她最多的關懷。」

「聽起來有點像殉道者。」我笑道，但是心裡卻也有類似的感受。

2.9

「Kevin，你覺得愛情是什麼呢？」

「嗯？」

Kevin噼哩啪啦地打著鍵盤，幫我作我的網路課作業。

「你剛剛說什麼？」

「不好意思，要你幫我作作業。」

「喔，沒關係啊，反正還滿簡單的。」

「我說Kevin，你覺得愛情是什麼呢？」

「怎麼會突然想問這個啊？」

「喔，就是很好奇大家怎麼想的。」

「嗯，等一下喔，」他用滑鼠點出一堆我看不懂的東西。「我想想喔……嗯……我想愛情是很現實的吧。」他說完推推眼鏡。

「怎麼說呢？」

「人是貿易性的動物。我們幫助別人，對別人好，都會希望別人會有所回應，有所回報，在愛情裡更是如此。當你發現對方需要什麼，你就會不自覺地去改變自己來迎合對方，或是想辦法給對方他所希望的東西，目的當然只有一個，就是從對方那裡獲得你要的東西，就是愛。

對解釋愛情我比較傾向所謂的市場論。在這個社會裡很自然的大部分的男性是女性的消費市場，而女性是男性的消費市場，哪一邊欣賞什麼樣的特點，另外一邊就會有回應有改變以符合消費方的需求。換句話說就是供需之間的平衡。有需求就有供給。

這樣想當然是比較世故啦，可是我覺得愛情沒有那麼純粹。很多時候愛情還是需要討好的。誰不希望可以把所有的煩惱都刪除掉丟到回收筒，把快樂不斷複製並放到桌面當捷徑？可是這些東西不是平白得來的啊。想要對方幫你執行個親吻1.0，你至少也要送對方什麼小禮物pro。平常多維護，才不會有事沒事就當機，更糟的是如果弄到搞出第三者病毒，那很可能整個系統就要重灌了。」

「你的解讀好……高科技啊！」

「嗯，是啊，大家都這麼說。」

2.10

我陷入一種奇怪的低潮，主要原因應該是她。各種奇奇怪怪的對愛的理論在我的頭腦裡跑來跑去，可是我就連一個最簡

單的問題都無法決定。我要不要跟她說？我確定我喜歡她，可是我要不要跟她說？我們會不會連還沒作朋友就連朋友都作不成了？

我想見她。

我好想見她。

2.11

伍弟失戀了。

這天我一進寢室就看到伍弟在書桌前哭得淅瀝嘩啦。我連忙問Thomas發生了什麼事。

「就是他失戀了啊。好像是告白被拒絕吧，我也是剛剛回來聽馬龍講的。聽說好像是他找馬龍去人家系上，一下課就拿著花對人家告白，結果那個女生大概也被嚇到了吧，回答說『不要。對不起，請你離開。』然後馬龍跟伍弟只好很尷尬的離開現場，聽馬龍說Woody是一路哭回來的。」

於是我們幾個輪流安慰伍弟，一邊說那個女生的不是，一邊跟他說他的方式有點太直接了。講著講著電話響了起來。

我接起電話聽到一個不可思議的聲音。

「喂，請問Casanova在嗎？我是Paerie，藍紫欣。」

波西米亞　3
藍紫欣

3.1

　　我搞砸了，我搞砸了。當我回憶起掛上電話前說的話時心裡面只有這種感覺。連我自己也不了解為什麼會這樣。

　　「喂，請問Casanova在嗎？我是Paerie，藍紫欣。」
　　「啊，我是古志卜，金牛座，我剛上大學。」
　　「啊？」
　　「我是說我是妳的大學同學。不是，我是說……妳是說妳要找誰？」
　　「我要找Casanova，請問他在嗎？我要問他排戲的事。」
　　「喔他現在不在，妳要不要留一下妳的電話？」
　　「沒關係，那我打手機找他好了，謝謝你。拜拜。」

　　這是我上大學以來發生過最糟的事。我想了這麼長的一段時間，要如何去開啟我們之間的第一段對話，結果居然還沒決定就開始，而且是個很糟的開始。

　　一整個晚上我憂鬱得發愁，不能理解我為什麼當時會說出那麼蠢的話。我究竟是哪一根筋不對勁，無緣無故冒出那樣莫名其妙的回答，她一定覺得我是個很奇怪的人吧。

　　我反覆想了很久，終於還是決定我要藉這個機會寫信給

她，告訴她我不是故意的，我不是那個意思。

於是我用BBS寫了一封信，中途修改了好幾次，才慎重地寄了出去。

Paerie, 妳好：

我是古志卜，就是小卜，Aeneas，坐在Thomas旁邊，常常穿白T恤的那一個。也是今天接妳電話的那一個。很不好意思說了莫名其妙的話，不知道妳後來有沒有找到Casanova。

真的很抱歉，希望沒有嚇到妳，只是那個時候寢室裡有一點事，所以我說話才顛三倒四的，我平常不是這樣的。真的很不好意思。

小卜

她很快就回了信。

小卜先生：

我是Paerie藍紫欣，很高興認識你。

我是雙子座，O型，台南人，19歲，今年也剛上大學。:)

我是坐在教室右前方，自以為美若天仙，常常拿著原文課本裝氣質，無固定裝扮但對襯衫有奇異偏好的那一個。（好吧，總之你應該知道我是誰。）

請不用不好意思了，該說不好意思的人是我啊，

覺得好像是我把你嚇到了。我後來有找到房文傑了，
謝謝你。

Paerie

PS：你平常是什麼樣子？

YES.

這真是意想不到的大成功。沒想到她會有這麼正面的回應。原本我以為她可能就會隨便敷衍地回個信，可是現在的情況是太出乎意料的順利，她似乎還不討厭我。受到她回應的催化，我把我對她氾濫的情感化作文字。

Paerie：

> 謝謝妳的回信。還是要跟妳說抱歉，謝謝妳大方地不把它放在心上。
>
> 不知道妳們現在排戲排得怎麼樣呢？很期待妳的演出。
>
> 從南部上來對台中的感覺是什麼呢？還適應嗎？其實我對台中還算熟，如果妳有想去哪裡的話，或對台中有什麼問題，可以問我，我會很樂意幫忙。
>
> 我覺得妳沒有自以為美若天仙啊，我覺得妳真的是很漂亮，也很有氣質，很令人印象深刻。真的覺得很幸運能夠跟妳在同一班。
>
> 說到我平常是一個怎麼樣的人，我也不太會形容，好像沒有什麼很特別的地方，可能我對我自己比較有信心的地方就是我覺得自己是很誠懇的，不管是做事或待

人，我都會盡可能地用心，因為我覺得人跟人之間誠摯是很重要的。

小卜

這封信她卻過了很久都沒有回，我的心裡難免有一些焦急。我會想是不是我那封信裡說了什麼不該說的話，還是我在無意之間洩漏了我對她太私密的情感，我是不是太過於燥進，不小心嚇到了她；可是我不希望事情就這麼結束，我們之間才剛開始啊。

耐不住混亂的心緒，我跑去問Casanova有關她的事情。我裝作若無其事的說：

「你們最近排戲排得還順利嗎？」

「還可以啦。」

「那有誰表現得比較突出嗎？」

「誰？都還好吧。」

「那⋯⋯你覺得女生裡面有誰演得比較好的嗎？」

「女生，Elizabeth吧。」

「還有嗎？」

「Cathy？」

「就她們嗎？」

我緊張地希望我不必自己說出那個讓人觸電的名字。

「差不多吧。」

「那⋯⋯Paerie呢？我覺得她好像演得還不錯吧，是不是？」

唸出她名字的那一刻我的心跳一瞬間加速了起來，快得我覺得我必須捻熄我的脈搏，以免被Casanova發現其實我心裡

有鬼。

「還好啦，她的角色就是唸唸台詞，不需要什麼演技。她的外表對她演出的角色有加分倒是真的。」

「是啊是啊。」我說，「我是說她是還蠻亮眼的。」

我對我自己的笨拙感到懊惱，頓時真想拿條繩子上吊算了。

「你覺得呢？」我趕緊問，希望把尷尬的感覺趕快丟掉。

「我喔，我跟她有心結。」

3.2

又過了兩天，她終於回了信。

小卜：

不好意思，因為這一陣子我比較忙，所以晚回信，希望你不會介意。

我們排戲都算順利，你可以問問Casanova，整體的狀況他應該是最清楚的。我的戲服已經做好了，是Meggy幫我做的，很好看，演出當天一定會嚇死大家。基本上我的部分只要台詞背好就不會有問題。祝福我吧。:)

另外，thank you for the compliment! 這次可真是美"過"天仙了呢！

Paerie

PS：看得出來你是個很誠懇的人。

我一樣馬上回信。

Paerie：

關於回信的事，我不在意。想妳這陣子一定會非常忙的，加油。美"過"天仙的維納斯，我會很期待妳的演出跟妳的戲服。我有問過Casanova你們的狀況，他說妳表現得很不錯，所以別謙虛了，我送妳一百萬個祝福，是很誠摯的那種。

小卜

過了幾十分鐘，我想想又寫了另一封信給她。

Paerie：

不知道台南是什麼樣子的呢？一直到大學我都是在台中唸書，也很少去到其它的縣市，對別的縣市我蠻好奇的，如果有機會的話，可以跟我介紹台南這個地方嗎？聽說南部總是很熱，是真的嗎？我從以前就很想去台南看看，長期以來我對台南的印象就只停留在赤崁樓、安平古堡、擔仔麵，或許哪天如果到台南去玩，妳可以當我的導遊？

嗯，總之，我只是想到問一下，妳如果忙的話，不用回信沒關係的。

小卜

後來她也真的沒回信。我雖然跟她說沒有關係，可是心裡卻抱有無比的期待。每個晚上我不斷反覆地上站又下站，總是期望哪一次上站的時候畫面最上方會閃現紅色的郵件通知，可是也因此失望了好幾次。儘管知道她沒有修改自己的名片檔或暱稱，我還是會不時地習慣性查詢她的id。我迫切的想看見她，想感覺她就在身邊，想撫觸跟她有關的一切。單是這樣就讓我重複地把她的信讀過好幾次，想著她是在什麼樣的心情寫這封信，抱持著什麼樣的情懷讀我寫給她的信。

　　她會知道我喜歡她嗎？

　　這個問題盤旋在我的腦海，我會在睡前連她的模樣一起複習一遍。有時候我會高興地微笑，一夜好夢；有些時候我會莫名地發愁，輾轉至夜深。不能否認的，她已經正式成為我生活的一部份。

3.3

AENEAS：嗨！

PAERIE ：嗨……是小卜嗎？

AENEAS：是啊，很難得看妳上站呢。

PAERIE ：對啊，因為我的生活作息很奇怪，所以上站的時間地點都不固定，上

PAERIE ：來最多也就是看看文章，很少跟別人聊天丟水球。通常上來都是一下

PAERIE ：子而已。

AENEAS：那可真巧，我也是剛上站。

PAERIE ：其實我不喜歡玩BBS的一個原因是每次上來都會有一些莫名其妙的人

PAERIE ：丟我水球（不是說你），然後我根本就窮於應

付，有些我甚至不知道是
PAERIE　：誰，無聊就跑來搭訕的大有人在。真的很煩。
　　　　　不知道這些人在想什麼。
AENEAS：應該都是想認識妳吧。
PAERIE　：可是我不想認識他們啊。有些人根本連我長什
　　　　　麼樣子都不知道，真是
PAERIE　：盲目的可以。
AENEAS：妳有男朋友嗎？
PAERIE　：……沒有啊，為什麼這麼問？
AENEAS：因為如果有的話，妳這樣跟那些人說，他們應
　　　　　該就會知難而退了吧。
PAERIE　：或許吧。我只是不喜歡說謊。
AENEAS：嗯……妳最近好嗎？
PAERIE　：好奇怪的問題。
AENEAS：為什麼？
PAERIE　：不是每個禮拜都會見到嗎？　:)
AENEAS：嗯，是啊。
AENEAS：對啊。
PAERIE　：等一下喔。
AENEAS：嗯。
PAERIE　：回來了。剛剛Meggy回來，我去幫她開門。
PAERIE　：對了，你們寢除了你跟Casanova以外，還有哪
　　　　　些人呢？
AENEAS：我們寢：Casanova, Aeneas, Thomas, Kevin,
　　　　　Woody。
PAERIE　：喔，Woody也跟你們一起住啊。
AENEAS：嗯，對啊。

PAERIE ：我覺得他好可愛呢！ :）:）:）

AENEAS：嗯，大家都這麼說，尤其是女生，可是伍弟他
　　　　　對這個反而覺得很苦惱。

PAERIE ：為什麼呢？可愛不好嗎？

AENEAS：因為他不希望總是被人家覺得可愛，他不希望
　　　　　被別人認為只是一個小

AENEAS：弟弟。他其實很希望女生把他當作是一般男
　　　　　生。他覺得大家

AENEAS：都沒有認真看待他，都沒有認真的把他當作是
　　　　　個可以交往的對象。

PAERIE ：喔……

AENEAS：他最近失戀了。

PAERIE ：對象是誰？

AENEAS：一個財金系的女生。

PAERIE ：分手嗎？

AENEAS：沒，告白失敗。

PAERIE ：被拒絕嗎？

AENEAS：嗯，完完全全。

AENEAS：他拿著花到人家系上去告白，Kevin跟他過去。
　　　　　這件事是Kevin後來

AENEAS：轉述給我們聽的。好像是他等人家下課，直接
　　　　　跟人家告白。

AENEAS：那個女生跟他說不想跟他交往，請他馬上離開。

AENEAS：然後伍弟他就一路哭回宿舍。一晚上都很低
　　　　　潮，最近也打不起精神來。

PAERIE ：天啊，好可憐喔。

AENEAS：對啊，被狠狠地拒絕了。

PAERIE ：難怪他最近看起來都鬱鬱寡歡。

AENEAS：很難過吧。

PAERIE ：嗯……

AENEAS：對了，妳的英文名字是誰取的啊？

PAERIE ：是我以前的同學啊。

PAERIE ：因為我以前喜歡自稱是布丁仙子（想當然是很
　　　　喜歡吃布丁），英文叫

PAERIE ：Pudding Faerie。久了大家都簡單叫Paerie。

PAERIE ：不過有一點要提醒的是請不要把我的英文名字
　　　　直譯，因為會很奇怪，

PAERIE ：像人家安卓亞、雪莉、莎拉、愛咪聽起來都還
　　　　好，我的翻起來變 "配綠"

PAERIE ：真的怪怪的，幸好我不姓洪。

AENEAS：嗯，妳不說我還沒想到呢。還真的蠻好笑
　　　　的……

PAERIE ：唉……別笑啊……

PAERIE ：那你呢？你的名字誰幫你取的？

AENEAS：我的名字是上大學後翻課本隨便翻到的……

PAERIE ：喔……

AENEAS：嗯……

PAERIE ：那可還真隨便啊……

AENEAS：……

PAERIE ：好啦，開玩笑的嘛。 :)

PAERIE ：話說回來，你打字不快呢。

AENEAS：是啊……

PAERIE ：好啦，沒別的意思，我跟Bess約好在EZ，下次
　　　　有機會再聊吧。

AENEAS：嗯，那再見了。

PAERIE　：:）

AENEAS：=）

PAERIE　：Cute smile.　:）

PAERIE　：See you.

3.4

　　紫欣。這是一個多麼美麗的名字啊。我在書頁上偷偷寫著她的名字，不知不覺就填滿了整張紙頁。紫欣，紫欣，藍紫欣。

3.5

　　「對不起，我遲到了。」我急急忙忙地說。

　　「沒關係啦，這次就你一個人報告就沒事啦。」淑萍說。

　　「不會吧，已經討論完了嗎？」

　　「還沒有，不過我們現在有更有趣的東西要討論。」

　　「什麼？」

　　「如果給你安排你自己一生愛情際遇的能力，你會怎麼安排你的愛情？」Linda說。

　　「什麼意思？」我邊問邊坐了下來。

　　「就是說如果給你安排自己愛情的能力，你可以決定一生當中要談幾次戀愛，在什麼時候遇到什麼樣的人，最後跟誰終一生，你會怎麼安排？是在你很年輕的時候呢，還是中年，還是接近老年。還有，你決定以後你是不會記得自己作的決定的。你必須忘記這一切然後去經歷。」

　　「這是我想出來的呦。」淑萍得意地舉手說。

　　「你遲到，你先說吧。」Linda說。

　　「我……要想一下。」我思考了一陣子才又開口。

「如果我可以決定這些事情的話，」我說，「我想，我會希望能夠第一次就遇到對的人吧……我……不是很想浪費那麼多時間在不對的人身上，如果可以第一次就走對的話，不是很好嗎？為什麼還要跟不對的人在一起呢？那不是很奇怪嗎？」

「完了？」Linda問。

「嗯。」

「那該Ivy了。」

看來他們之前就已經決定好順序了。

「其實這個問題啊，有點像是柏拉圖揀麥子的故事。」

「什麼柏拉圖揀麥子？」Thomas問。

「就是從前柏拉圖問他的老師說什麼是愛情，他的老師只跟他說要他到麥田裡走一趟，並且把田裡最豐美的麥子揀回來，但是只能摘一次，且一路上不可以往回走。於是柏拉圖就真的到麥田裡去了。後來他才發現這比他想像的還要難上許多，因為當他覺得後頭還有更飽滿的麥子而往前走的時候，他發現其實之前的比較好，可是他只能再繼續往前走，希望會看到更豐美的。就在這樣的左顧右盼不知不覺他竟已走出了麥田，而他的手裡還是空的。這時他才了解他老師想要告訴他的是什麼。他這一趟麥田行就好比人生的旅程，挑麥子就好比選一個對的人。那其實是極困難又沒有正確解答的。」

「哦～ 這樣我了解了，」Thomas說，「這跟那個順溪而下揀石頭的是差不多的嘛。它也是要人順溪而下在途中選一個最漂亮的石頭，可是絕不能回頭。」

「嗯，我也有聽過那個，」Ivy說，「不過我比較喜歡柏拉圖的這個，儘管我一直覺得那應該是人家後來杜撰出來的故事。不過我們提的問題還是跟這個不太一樣就是，因為我們談的是你先前有能力去為自己安排。In this case，我想我會讓自己

在高中的時候談一次轟轟烈烈的戀愛，然後陸續在20、22、24歲的時候分別遇到像木村拓哉、金城武、布萊得彼特的男生，最後在25歲的時候嫁給貝克漢。」

「我看妳病得不輕。」Thomas說。我們也一起對著Ivy笑了。

「那我的話我想談三次戀愛。」Linda接著說，「我也跟Ivy一樣希望可以談一場不顧一切的戀愛，然後我想跟一個適合談戀愛的男人經營一段長期的戀愛關係，最後跟一個適合居家生活的男人步入禮堂。嗯，這是我的。」

「那妳現在的男朋友是哪一種？」淑萍問。

「哎呀，不要把他扯進來呀，就說了是假設性的問題啊。」

「好好好，不說不說，換我，不囉唆。我覺得我會想談兩次戀愛吧，倒不是想談什麼刻骨銘心轟轟烈烈的情愛，只是想要學習怎麼跟另一個人相處，怎麼去談戀愛。我覺得愛情是需要學習的，沒有人一開始就很會談戀愛，總是要經過跟另一個人的互動，才能學到，或是說部分模仿到戀愛應該怎麼談，怎麼樣看待愛情才是正確的，怎麼樣跟另一個人相處可以長長久久。這樣子遇到對的人才不會因為處不來的原因而錯過了……至於第二個，就是那個對的人，我跟小卜一樣也不希望他太晚出現，畢竟人生可是很短的，不早一點一起分享彼此的生命是很可惜的……」

「哇，認識妳這麼久第一次看妳這麼清純。」Thomas揶揄地說。

「要你管！人家我可是很認真的！你這隻粗製濫造的沙文豬，你一定希望你自己這輩子可以談幾次戀愛就談幾次戀愛，能遊戲人間多久就遊戲人間多久，就算到了40歲也要把個18歲的小妹妹當馬子，就算不小心結了婚也要有多采多姿的偷腥生

活吧！」淑萍生氣地嘟著嘴回話。

「啊……」Thomas忽然說不出話，頹然地低下頭。「居然被妳猜中了……我好難過啊……」

我們其他的人反而是僵在現場不知道該說什麼。

「其實我也沒有像妳講得那麼那個啊……我只是沒有那麼宿命論而已。」Thomas清了清喉嚨又說，「我只是覺得這個世界上沒有什麼超越的、永恆的、不朽的事物，更別提宿命了。我不相信Mr.或Mrs. Right。男女之間的關係不過也就只是追求與被追求，選擇與被選擇，只是人類社交的一種模式而已。男生發現自己喜歡的對象然後進行一個追求的儀式，然後女生答應了兩個人就開始運作一個共同的社會關係。男生比較可憐，被社會制約為進行追求的主動方，必須選擇變成被選擇，把自我的價值交託在女生的選擇權。男女關係不就是這樣，完全是選擇及被選擇，在什麼時候選了或被選了而已，只關乎時機、衝動，無關乎是不是對的人。想想如果自己認定對的人不接受自己或不追求自己，那個人還會是對的人嗎？自己可以為那個人守候一輩子嗎？在高談宿命準備的對的人的時候因為對方沒有選擇自己來參與這個兩人社會遊戲而跟別人開啟了關係卻說那個人永遠是留存在自己心中的最愛的人不是太虛偽了嗎？人跟人的相遇非常隨機，會不會在一起也只是一時的衝動配合兩個人都想談戀愛的時機，一拍即合，只能說是揀著一顆剛好出現在腳邊看起來還算順眼的石頭。開始了關係之後不結束關係不是因為對方最好，只是因為沒力氣再玩那樣的遊戲，沒力氣再進行追求的儀式。另外，妳能確定那個跟妳開啟關係的人也跟妳一樣認定妳嗎？他不見得愛妳，妳也不見得愛他，只是他來到妳的跟前提供妳一個選擇的機會，因為他喜歡妳，所以妳可以選擇喜歡他。就算他真的剛好是那個妳愛慕已久的人選，

妳能確知他來到妳跟前是因為他也那麼認為妳，或者是看見一個關係開啟的可能呢？愛情其實是有點他定論的，因為別人喜歡我，所以我喜歡他（她）；他（她）對我的好牽動我對他（她）的好。愛情是報償、是交換、是貿易，也是巧合；是兩個分子在可以發生化學變化的環境下進行了對的碰撞。」

我思考著Thomas說的話，不禁回想起Casanova說的話；接著我想到：如果我們是因為自身的生物性或內分泌作用產生了衝動，而在兩個人同為社會單身的前提下進行了追求的儀式，主動方提出交往的計劃案，被動方則從數份提案中選擇一份進行後續動作，這樣是不是違反愛情的真義呢？感覺的事情到哪裡去了呢？我們真的是在一個這樣龐大的內在生物性外在社會慣性模式交雜的集體遊戲裡完成所謂愛情這件偉大的事嗎？那麼我們自身的選擇在哪裡呢？所有東西生物性、集體制約、和他定論都幫我們打理好了，那我們的選擇在哪裡呢？我們真的可以確知自己是愛誰的或選擇去愛誰嗎？可是感覺呢？那是愛情的根本。那應該不只是單純的生物性吧。我這麼想著頭痛了起來。

「我是贊成你說的愛情是選擇與被選擇，但是你的觀點其它地方根本漏洞百出。」Ivy說。

「對啊，」Linda附和說，「又不是只有男生會主動，女生有時候也會啊。而且，其實被追求很多時候不是一件很令人高興的事呢。試想你拿到一大堆提案，每個看起來都不錯，要怎麼作抉擇其實是很傷腦筋的。更別說你考慮的這段期間還會有一些傢伙莫名其妙跑到你家站衛兵，突然拿著一束花在公眾場合出現，或者是無聊的電話打不停還是哭著跟你鬧自殺。被愛其實沒那麼幸福呢！」

「我附議Linda說的。」淑萍說，「愛情是關乎一生的選擇，很困難的。女生很辛苦的！」

「除了她們說的，你還忽略了愛情常常是會破壞社會關係如婚姻的。愛情不單是侷限在兩個單身的人之間的相互選擇，電影〈畢業生〉是最好的例子。還有，最愛的人又不等於最適合在一起的人，你說的虛偽我不認同，那最多就只能說是一種機會成本。」Ivy說。

「綜觀妳們的看法，妳們是認同了愛情是選擇與被選擇，且那個對的人、準備好的人事實上是等同於那個最適合生活在一起的人，這樣豈不跟你們渴慕的愛情出現了牴觸。這樣的話何來對的人，何來宿命之理？愛情只是一種幻覺，只是一種幻想，滿足我們不切實際的心靈的幻想。在真實生活裡我們所追求的只是一條有解答好運算的男女方程式。」

他們之間的爭論維持了很長的一段時間，我們的報告差點就開了天窗。

3.6

她BBS的信箱總是有沒看過的信件。不知道都是哪些人寫信給她。

3.7

「小卜，你覺得這隻錶好不好看？」

走在緊接著學校側門的巷道裡淑萍這麼問我。她歪著頭對我晃著她的新錶，那是一隻天藍色、樣式簡單的傳統手錶，不過是塑膠製的，乍看有點像卡通錶，錶面上有可愛的星星圖案，錶帶上則有白色線條作裝飾。

「我覺得啊，真是好～可愛呢！我昨天在夜市買的，一隻才150，真是賺到了。你看它的顏色跟錶帶的搭配，還有它錶面的設計，我又很喜歡藍色，我在想這隻錶一定跟我那件藍色的

上衣很配，結果昨天買回去一試，真的好好看喔～後來我就想不知道它跟我這件上衣搭不搭，結果今天穿來上課，也好多人說很好看呢。小卜，你覺得呢？」

「啊？」

「錶啊，你覺得這樣搭配怎麼樣？」

「ㄜ……」

「是不是很好看？」

「嗯。」

「對嘛，我就覺得我的眼光一定不會錯。」她說著繼續端詳著她的手錶。「買對了東西整個人一整天心情都好了起來呢！」

「喂，幹麼都不說話。」她突然推了我一把。「看你一整天都悶悶的，心情不好嗎？討論的時候也不說話。是不是因為上次我們報告得很爛的關係？」

「啊？沒有啊。我沒事。」

「哎呀，那種事沒有什麼好心情不好的啦。我跟你說喔，昨天我去逛夜市的時候啊，有遇到小約翰耶。」

小約翰是我們系上的一個外籍老師，因為他的英文名字是John，個頭又不高，所以我們常常會開玩笑的叫他小約翰。

「他跟他太太一起出來逛街，買魯味的時候還用他那個破台語跟人家講了半天，結果人家當然是有聽沒有懂啦。後來啊，幸好是我看到，挺身而出，才幫他化解了那個尷尬的局面。哎，有時候覺得教到我這個學生也真是好事一件，又親切又樂於助人。」

「嗯，對啊。」我敷衍的說。

「嗯。」她自我陶醉地停了半晌，又說，「那你到底是為什麼心情不好啊？」

「沒有哇，我沒有心情不好。」

「少來，你明明就有。」她看我沒有反應又自顧自地說了起來，「哼，不說就不說，了不起啊。以後我買新的東西也不要給你看。ㄟ，小卜你看，」她拉住我停在一家蛋糕店的前面，「你看那個蛋糕，」她指著一個大大的生日蛋糕說，「三層的耶！有藍梅、有柳橙、還有巧克力，上面還有草莓，哇……生日的時候吃這種蛋糕一定幸福死了！可是不知道要多少錢呢……一定很貴吧？

「ㄟ，你知道嗎，我以前小學的時候啊，曾經夢想過要當一個糕餅師傅耶。帶那種大大的廚師帽，穿那種白色的很專業的廚師衣服，在廚房裡戴厚厚的手套，然後把蛋糕從烤箱裡拿出來，光想就覺得很炫！還有啊……」

她的聲音在窄小的巷道裡迴繞，這個下午的空氣聞起來是既慵懶又悠閒。

3.8

過了快一個禮拜，她終於回了信：

> 小卜：
>
> 　謝謝你給我打氣，很快就要演出了，到時候要用力一點鼓掌喔。 :)
>
> 　有關你問到台南，其實，告訴你一個小秘密，我對它的認識也僅止於赤崁樓、安平古堡、擔仔麵。 :P
>
> 　有機會的話，我們再一起去探索台南市吧。（別冀望Paerie可以帶你去什麼了不起的地方，她很遜的！）
>
> 　那，有空再聊吧。BYEBYE.
>
> 　　　　　　　　　　　　　　　Paerie

我考慮了很久，還是決定試試看約她出去。是伍弟給了我勇氣。

Paerie：

> *下個禮拜就是耶誕節了，不知道妳有沒有空呢？如果有空的話，是不是可以一起去東海呢？那裡有不錯的舞會。*
>
> *當然，如果妳不行的話也跟我說好嗎？*

小卜

出乎我意料的，她隔天就回信過來說好。我又驚又喜，幾乎不敢相信這是真的。

3.9

這個週末我沒有回家，不知哪來的興致又逛起了校園。這天天氣異常的熱，走在學校裡感覺柏油路面隨時有融化的危險。

我走著走著來到女生宿舍，刺眼的陽光下隱約看見Paerie熟悉的輪廓。她一個人坐在宿舍前的涼亭不知道在想什麼。

「妳怎麼在這裡？」我走過去問。

「好巧。沒什麼，只是吃飽飯想坐一下。」

我在她身邊坐下，但不敢坐得太近，她的身上似乎還散發著神聖的薄光。

「妳……沒回家啊。」

「上禮拜才回去。」

一時之間我不知道該接什麼，只好呆呆坐著。

「對了，」我說，「上次我問Casanova你們排戲的情形，我跟他問起妳，然後他說他跟妳有心結。」

「心結？」

「嗯，我也不懂是什麼意思。」

她看著我露出迷惑的表情，若有所思一會兒後突然大聲地笑了起來。

「哈……我們是有心結。」

我還是一團霧水。

「喂，說到這個，你要不要看我的戲服？我準你偷看一下。」

「啊……可是……」

「可是什麼？」

「大熱天的，妳要穿下來啊？」

「誰說我要穿下來，你上來我房間看啊。」

「啊……可是……」

「又可是什麼？」

「進去女宿……不好吧。」

「有什麼關係，假日管得比較鬆，別被看到就好了。而且我室友她們這禮拜都回去了，沒關係的。」

她說完輕拉我的手示意要我跟她上去，我忽然感到一陣甜蜜的暈眩。

她的房間乾淨地一塵不染，每個人的桌子也非常整齊，像是用來作樣品屋廣告的。她小心地從她桌子底下的箱子拿出她演出要穿的戲服。那件衣服仿希臘女子服裝的剪裁，以白色為底，襯著很淡的紫色，並綴上一些金色的流蘇，看起來就真的像女神們穿的衣服一樣。

「怎麼樣，很酷吧？」

「很好看，真的很好看。」

「Meggy做好的時候我高興的叫出來呢，真是，我也不過就是個花瓶啊。」她吐舌頭說。

「不會的，真的。」

「對了，既然你都來了，讓你看看我的襯衫。」

她把戲服收進箱子裡，然後豪邁地打開她的衣櫃。

「看！」

她的櫃子裡掛著滿滿一排襯衫，有粉紅色方格的、橘色的、深青色、米色、淺綠色、天青色、粉藍色、深紅色、紫色條紋、純白蕾絲、火紅色有南洋風味圖案的、白底黃褐色大理石花紋的、青銅色的、紮染漸層藍的、亮紫色、青綠色、翠綠色、藍白相間方格的，好不炫麗！

我看得目瞪口呆，一下子竟說不出話來。

那些神話裡的英雄在龍窟所看見的光彩奪目的黃金珠寶頂多也不過就是如此！

我驚嘆這無與倫比的美，心間頓時輕湧出感激的甘泉，感謝我細微的生命裡能目睹這絢爛璀璨的彩光。

「你怎麼哭了？」

她這麼說的時候我才發現我的眼淚竟悄悄滑下我的臉龐。

「沒事，可能是太感動了。」

我邊說邊拭去臉上的淚水。

「哈……那你送我一件不一樣的吧！這樣我應該可以了解你為什麼感動。」

「那件也是妳的嗎？」我指著一件尺寸明顯大很多的天空藍白條紋襯衫說。

「這件啊……是啊，」她用手輕摸著那件襯衫，「不過我不常穿，穿的時候就不穿褲子，長到膝蓋呢。」

藍紫欣

我的腦海浮現她穿著那件襯衫的樣子，心跳竟快了起來。

「我想你們男生應該沒有收集衣服的嗜好吧。」她說著笑了。

那天回宿舍的路上如絲如絮的雲花在透明的藍天漾開，如同我綻開的笑容裝著滿滿的感動與感激。

3.10

「古志卜，昨天下午一點二十分的時候你人在哪裡？」

下了課淑萍跟著我不斷問我昨天的行蹤，八成是知道我昨天有到女宿去了。我只是一股腦的往逢甲路走下去，不理會她的問題。

「古志卜！」

「古志卜你居然敢不理我！」

「妳幹嘛對我昨天人在哪兒這麼有興趣？」我停下腳步回她說。

「喔～～心虛囉。」

「我才沒有。」

「你明明就有。」

「沒有。」

「沒有～～？我看到了呦。」

「妳到底想說什麼？」

「你昨天去女宿幹嘛？」

「我……找人啊。找人。」

「找誰啊？」

「妳不要好奇啦！」

「可是我想知道啊。」

「知道了對妳又沒什麼好處。」

「告訴我對你也不會有什麼壞處啊。」

「唉呦，妳不要好奇啦！」

「你不告訴我我跟舍監講喔。」

「……這是威脅？」

「這是談條件，要妥協啊。」

「妳……妳去講啊。」我負氣的說。

「好啊，如果讓她知道你就是那個私闖女宿偷內衣的慣犯，她一定會通知學校吧，然後學校就會先開除你的住宿資格，再通知你的家長來領回……」

「好啦，是Paeriel啦。」

「喔……你什麼時候跟她好起來啦。」

「最近。這樣可以了吧，我要走了。」

「喂～～ 等一下，你還要請我吃東西。」

「為什麼，我都跟妳講了啊。」

「懲罰你一開始的不老實。」

「喂……」

「想想我要吃什麼好呢……」

趁著她在想要吃什麼的同時，我拔腿就跑，跨越車潮洶湧的斑馬線，一邊跑一邊喊著：

「會胖會胖會胖會胖會胖會胖，再吃下去妳會胖死，肥婆！」

她被紅燈擋在馬路另一邊，雙手叉腰很生氣的樣子，我則是得意的笑了起來。我瞥見旁邊有輛賣紅豆餅的推車，轉頭又對她喊：

「喂～～！妳要不要吃紅豆餅？我請客。」

因為車子實在太多，吵得我的聲音傳不過去，她把耳朵朝向我，把手放在耳邊表示聽不到；於是我指指旁邊賣紅豆餅的

推車，再指指我自己，然後指著她。她看了馬上點點頭，雙手上舉比出一個大大的○，笑著露出兩排白白的牙齒。

3.11

人言大樓前有一片空曠的廣場，沿其邊際有高矮不一的花圃，每當日正當中，這裡就美不勝收，日光像一群頑皮的孩子奔鬧在其上，有的甩著彈弓，有的玩捉迷藏，有的跑跑停停玩著紅綠燈，更有一些或蹲或趴，就地打起彈珠了；枝條上、花圃裡的樹葉由於滿盛著陽光的緣故，一串一串像極了發亮的銀錢，在遼闊奔放的天空下隨著微風噹啷噹啷地好不悅耳。Casanova就把舞台選在這裡。

到了演出當天他們搭起簡單的舞台就演了起來。因為演員都著著戲服，很多路過的學生看到覺得好奇也都圍過來看，很快就在舞台邊圍成一圈。

先登場的是水仙的故事，接著依序是歐菲斯、皮葛馬利恩、鐵修斯與亞利雅得妮、阿波羅與黛芙妮，由邱比特與賽姬的故事作壓軸。可是對我來說，有她的那場戲才是主戲。

她穿著那天拿給我看的戲服登場，裸足踏上舞台中央的高台，舉手投足之間流露耀眼的光輝。一個動作一個動作她的影像刻在我的心上化作永恆的記憶，在她演出的同時我彷彿真的看見美神維納斯優雅地從浪花間誕生。

她波浪般微捲的長髮隨著海浪的韻律漫舞，一個抬頭一個起身引來各式各樣化著彩妝前來朝拜的魚群，輕輕揮手就幫它們換上更為鮮豔的衣裳，像是為這群虔誠的香客賞一段新的生命，一朵一朵的浪花也在她的美麗之下變得溫馴靦腆，在和煦的暖陽下玩起親嘴的遊戲；她乘著西風的翅膀，伴著飛舞的花瓣來到這個世界，所有亞當曾命名過的事物她都要再重新命名

一遍，讓它們重新認識自己的美。她白皙透紅的肌膚為世界帶來第二道晨曦，殷紅的雙唇教導人們何謂情愛，流轉的秋波代替謬斯偷吻著詩人的眉宇。她是美神維納斯，是所有美麗事物的總稱與源頭，是美的概念的具體形象，是美的最佳詮釋、最佳演繹。

當天所有其它的劇碼都無法引起我的興趣，唯有皮葛馬利恩讓我印象深刻。

3.12

演出結束的晚上演員們一群人帶去慶功，就連不是演員的也趕去湊熱鬧，深怕少沾染了一份歡愉的氣氛。我一個人待在宿舍，哪也沒去，跟他們我覺得缺少一份參與感，不敢盜飲他們努力後的成果。我在房間裡只開著檯燈，整理這一週的筆記，還有學期末口語演講的演講稿；坐著坐著無聊就聽聽音樂，練習寫她的名字，暗自竊喜約定的日子就要來到。

就這樣快到午夜，當我開始準備收拾東西上床去讀沒有看完的小說，Casanova開了門進來，手裡拿著一罐啤酒兀自坐到窗邊，原本炯炯有神的眼睛變得迷離，不發一語。月光細細雕繪出他俊美的輪廓，和我無法參透的他太神秘的心事。

波西米亞 4
波西米亞

4.1

　　耶誕節，街上到處都充滿了歡愉的氣氛，我的心裡也像掛滿禮物跟裝飾的耶誕樹一樣洋溢著喜悅。我們穿過黑夜及暖和的街道直上台中都會公園。公園裡有零星的火光，跟一小群一小群低語的黑影，我們找到屬於自己的一角，居高凝望發光的台中市。

　　「好漂亮啊！」她說。

　　看見她的眼睛盈滿欣喜，我很想告訴她我覺得她也很漂亮，遠比這片繁華的夜景要來得美麗得多，她的一瞥就足以抵過那下面數千數萬人所拼命堆砌起來的人為美，他們所費盡心思找尋營造的，在她一個簡單的整理衣領的動作就可以瞧見。她陶醉在徐徐的晚風中，城市在她眼底亮了起來。

　　「這樣子看台中市好美啊。」她眨眨眼又說，「可是我們生活在這個都市裡面卻覺得好吵好髒亂。看東西還是要保留一點距離的好吧。」

　　「嗯。」我在一旁附和她說的話。

　　「我以前的老師就曾經跟我們說過她自己的經驗。她說有一次她跟朋友在山上看夜景，就像這樣，她看到山下的城市、街道，都放著光芒，閃耀得讓人驚嘆，可是一下山開進市區才發現不時可以在路上看到隨意丟棄的垃圾、流浪狗、不守交通

規則的駕駛，幾乎是一片混亂。可是她們之前在山上的時候卻完全沒有這種感覺，甚至感覺是完全相反的。那個時候她就跟我們說有些事情還是保持一點距離，朦朧點會比較美。硬要去究一個真相、根本，反而會破壞了那個曖昧的美感。貼得太近真實令人難以承受，站得遠點，會好些。你覺得呢？」

「嗯，是啊。如果一個人他先看到這個山上的夜景，他一定會覺得這個城市就是這麼美麗。他一定沒有辦法去想像其實這個城市真正的面貌是那麼不堪的。」

「是啊，距離創造了美感。」

她若有所思地凝視著那片繁華的燈海，表情變得認真起來。

「後來等我再大了一些，我開始覺得這個道理在人跟人之間也是相通的。有些人就是不適合太去了解，就是要保持一點距離。靠得太近了就會傷害到彼此，像叔本華說的，刺蝟的刺。」

其實我並不知道叔本華是誰，可是礙於顏面我當時並沒有問她。

「人跟人之間就是要有空間，有空間才會有餘裕，有餘裕才能愉快的相處。也因為這樣冷漠和謊言才一直在人跟人之間存在著。」

「真的謝謝你，」她忽然轉頭說，「帶我來這裡。我在台南不會有人陪我到這種地方走走。」

「不會啦……哪的話……」她突如其來的話語讓我有些臉紅。

「你為什麼住宿？」她問。「你不是台中人嗎？」

「是啊，不過我住在台中縣。那個時候會決定住宿一方面是不喜歡每天騎老遠的車去上課，一方面也想體驗一下人家說的自由的大學生活。畢竟我從小就都在台中唸書，也一直都住

在家裡，上了大學想離開家感受一點不一樣的空間感。」

「是不想被人管吧。」她笑著說。

「嗯，也是啦……」

「不用覺得不好意思啊，我也是這樣子想的。」她吐吐舌頭，俏皮的模樣好不嫵媚。

「可以……介紹一下台南嗎？」我說。

「台南……就是那樣吧，住久住習慣了倒也不覺得有什麼特別。或許你也是這樣覺得台中的吧。真的要講的話就是古蹟跟小吃吧。其它的我就真的不太知道了。哎，上大學以前沒有好好了解過自己的家鄉，除了上學考試就不知道些什麼事，書也沒什麼在唸，不知道自己都在做什麼。就是因為這樣不小心考來了這裡，虧我自己唸的還是第一志願。」

「別這麼說，我也是第一志願啊……」

「你之前唸中一中？」

「對啊……」

「哈，那我們可真是同為天涯淪落人！」她拍著我的臂膀說。我那時看著她高興的樣子很想對她說我很高興自己考壞了。為了與她相會，我願意拿可能美好的前程去交換。為了她，我甘心一場華麗的墜落。

「那你家裡有說什麼嗎？」

「我爸很生氣。」

「為什麼？」

「因為我唸私立學校很花錢。加上他覺得這間學校出來沒什麼前途。」

「那你媽呢？」

「她沒說什麼。她凡事比較順著我爸。可能我考這個樣子讓我爸覺得很沒面子吧。」

「嗯……」

「其實我真的想聽到他對我說沒關係。我真的希望他可以認同我，一直……這麼希望……」

「嗯……那你家裡還有其他人嗎？我是說你家裡只有你一個小孩嗎？」

「我還有兩個姊姊一個妹妹，我是家裡唯一的男生。姊姊都已經在工作了，大姊在銀行，二姊在醫院，一個小妹還在唸高中。我爸在高中當教務主任。家裡除了我們小孩，還有我媽、我奶奶、和我舅舅。我舅舅也是因為工作住到我們家來，他在汽車修理廠工作。不過有些時候他會回去我媽娘家那邊，就是嘉義，去幫忙一些請神之類的事情。我媽是初中老師。我奶奶則是就坐在家裡面做做金紙，幾乎不說什麼話。」

「你會不會講得太詳細了？」她笑著說。

「這個……」

「這樣變得好像我也應該多講點什麼……我講講台南好了。」

「好啊。」

「台南呢，是個很暖和的地方，一年到頭都是好天氣，很少下雨。颱風來也很少造成什麼傷害。台南因為歷史比較久，會給人濃濃的文化氣息，讓人覺得這個地方是很有人文感的。街道很多都是古色古香，很多小巷子，人也都給人很親切很敦厚的感覺，很老實。就讓人覺得很溫暖，很有人情味。」

「盛產陽光的南台灣。」我笑笑說。

「對啊，盛產陽光的南台灣。」她說著，也笑了。「可惜我不是那種陽光美少女，不然講話應該可以再大聲一點。」

「對了，」她說，「你覺得我前兩天演得怎麼樣？」

「很棒。」

「真的？」

「嗯。不愧為維納斯。看到妳我真的會把妳跟維納斯的形象重疊，我甚至還可以想像妳像維納斯一樣從海浪間優雅的誕生。」

「哈……」她大笑了起來。「天啊，可千萬不要啊！」

「為什麼？怎麼了？我說錯什麼了嗎？」

「你知道維納斯是怎麼誕生的嗎？」

「不是從海浪間生出來的嗎？」

「沒那麼簡單。她是在宙斯砍掉宙斯他爸的生殖器後，他爸的生殖器掉到海裡激起的泡沫變成的。哎呦，一想就覺得很噁心。說出來真的覺得好難為情。唉，真是有損我的形象！」

「不會的。抱歉……我不知道是這樣。」

「沒關係啦，我開玩笑的。還謝謝你肯定我的演技。看起來我已經有自己的影迷了呢。」

「呵……是啊。」

我們笑完彼此沉默了一會兒，我試探性地問她說：

「講到維納斯，我想到愛情……我們文學導讀這組最近都有在討論有關愛情的話題……我是想……我是想問說……妳之前有談過戀愛嗎？」

「你們都討論些這個啊？」

「也不盡然啦……」

「你是問初戀嗎？」

「啊……嗯……是吧……」

「三年前吧。我16歲的時候交了一個筆友，經常寫信聯絡，很談得來。他的文筆很好，是台北人。久而久之我覺得我有一點喜歡上他，加上好奇心的驅使，我跟他說想見面。所以我就上台北去找他。讓我比較意外的是他其實不難看，人斯文

斯文的，在唸研究所。高高的，我大概只到他肩膀。那天他就帶我在台北隨便逛逛，跟我說他在準備考試，很可能會出國。以後出了國可能聯絡的機會也會比較少。那個時候我雖然對他是還蠻有好感，可是心裡總是比較拘謹，沒有跟他說我的感覺。而且其實我那個時候也覺得我跟他好像也還沒到達那種地步，一整天下來就也沒提過這件事。不過我真的印象很深刻的是那天我要回去的時候，在台北火車站。他送我到車站，就笑笑的離開。當我在看回家的車班的時候突然有一陣很大的地震，車站裡面的人都慌張的推擠在一起，四處奔竄。我嚇得說不出話，看到車班的板子上一格格的數字不停的跳著、翻動著，卻不停下來，我覺得好慌好慌，害怕得哭了出來，我找不到我要回去的那班車。我不知道該怎麼辦，於是就打電話給他。他聽了只說：『妳等我，我過去找妳。』他那個時候已經上了公車，又特地下車折回來找我。當我在一片混亂的車站裡看見他額頭滲著汗珠往我跑來，我的眼睛湧起了淚水，心裡不禁驟然浮現那個叫人又悵惘又心醉的字……」

「那之後呢？」我問。

「我還是沒有說。我只跟他說了謝謝。後來他真的出了國，我們也就沒再聯絡了。那樣也好。」

「那你呢？」她問我。

「我什麼？」

「你的初戀啊。」

「我……」我該怎麼告訴她那個人就是她？

「不想說？」

「我……」

「這麼神秘。那你至少告訴我你喜歡什麼樣類型的女生吧，這樣如果我剛好有遇到也好幫你留意。」

「我喜歡……有氣質的。長頭髮長睫毛……」我在說什麼啊？「……鼻尖圓有酒窩薄嘴唇個性開朗好相處……嗯……無不良嗜好……嗯……對。」

「……喔。那我知道了。」她笑笑說。

「對了，還有，我們組之前還討論過愛情是什麼。What is love。妳覺得愛情是什麼呢？」

「你覺得愛情是什麼？」

「我覺得愛情是靈魂相契合的感覺，是一種發自內心帶有渴慕的關心。」

「那妳覺得呢？」我問。

「我覺得啊，」她頭髮一撥，回眸對我嫣然一笑，「愛情是波西米亞的。」

4.2

我們走在東海大學的校園裡，斑駁的樹影襯著月光鋪成幽靜的石板路，夜已經漸漸深了。

「那伍弟現在還好嗎？」她問。

「還好吧。妳怎也叫他伍弟？」

「學你的啊。你怎麼不叫他Woody？」

「只是覺得……比較親切吧。叫伍弟比較可以感覺到他的純真。」

「嗯……有時候是天真啦。」

「為什麼這麼說？」

「我只是在想他到底了解那個女生多少。如果他只是因為那個女生好看然後就要跑去跟別人在一起，那就不太聰明。而且說不定他連人家長什麼樣子都沒看清楚，那就跟阿波羅一樣笨囉。」

「阿波羅？」

「阿波羅與黛芙妮啊。剛演完耶，忘啦？」

「喔……」

「我只是在想如果伍弟他只是憑藉著匆匆的印象去追人家，可能會像阿波羅一樣只會嚇跑人家吧。」

「劉伍弟他看起來很認真的，應該也仔細想過吧。」

「嗯。那就好。」

「對了，現在幾點？」

「現在啊，」她從包包裡拿出手機，「11點35分。」

「好特別的手機。」

「Nokia8250。沒研究？」

我搖搖頭。

「那我介紹一下。Nokia手機的特色是無天線，這支的特點則還有可以自錄鈴聲、聽聲辨人，不過它最大的賣點還是它的造型。一般手機左右上下通話掛斷鍵的地方它簡化成四個鍵，並作成蝶翼的造型，俗稱蝴蝶機。」

我看著她說的部分，確實成蝶翼狀，紫色的外殼應該是她特意選的。

「我換過一次外殼。原本銀色的有點俗。你看這個。」她把手機拿面對我，「果凍按鍵。」

「什麼果凍按鍵？」

「我的按鍵啊，你沒有注意到是透明的嗎？我都叫它果凍按鍵。我覺得很可愛。」

我們走著走著來到人群聚集的地方，大家都是為了要聽12點的鐘聲。我沒有告訴她鐘聲的事，想給她一個驚喜。

「為什麼大家都聚在這裡？」

「等一下妳就知道了。」

「又要神秘。」

「我可以問妳一個問題嗎？」

「嗯，問啊。」

「妳覺得我是個什麼樣的人？」

「還算老實的人。」

「那妳對我的第一印象是？」

「好個剛上大學的大學生。」她忍不住笑出來。

「別再笑我了……」

「那你對我的第一印象呢？」她收起笑容問。

　　隨著時間越來越接近12點，周圍的人越來越多，我倆被迫要挨得更近一些。看著她注視著我的眼睛，那麼靠近，我的心跳呼吸全都不聽使喚，快得我沒有辦法思考。*我從第一次看見妳，就愛上妳了。*我說不出口。看著她清澈的眼睛我說不出口。我對她的愛慕哽在喉間。我該現在告訴她嗎？這是對的時機嗎？這是種暗示嗎？還是她只是單純地問我對她的第一印象？可是我該如何對她形容？就在這個時候，鐘聲響了。清脆悠揚的鐘聲響遍整個校園，所有的人莫不高聲地歡呼。

　　「鐘聲！聽，是鐘聲！」我開心的說。

　　但當我轉回頭時卻看見她的表情轉為迷惘，雙手掩著耳朵，倉皇地要離開。

　　「Paerie！Paerie！」

　　我大聲地呼喚著她的名字，可是她頭也不回。在我還沒反應過來之前她就已經隱沒在雀躍的人群之中，不見蹤影……

波西米亞　5
耶誕節之後

5.1

「你們耶誕節那天玩得還愉快嗎？」Meggy問我。

Meggy是紫欣的室友，之前戲劇演出的時候幫她做維納斯的服裝，說真的，她真是有一雙巧手。除了Paerie的衣服以外，她還負責作了將近一半的人的戲服，不過裡面最出色的當然還是穿在Paerie身上那一件。她的身材相當嬌小，我甚至懷疑她有沒有150公分。她的近視很深，據說將近1000度，單眼皮，小眼睛，總戴著一副厚厚的大眼鏡，感覺占掉她臉的三分之一。她的鼻子塌塌的，兩頰有不明顯的雀斑，常看她頂著兩條長辮子在校園裡來去。如果說Paerie是第一眼就會抓住別人視線的亮眼女生，那麼Meggy就恰巧是相反的那一種。她的存在感不強，很少在一群人裡面發言，除非她先跟你說話，否則你真的很容易忽略她。

我們在圖書館裡遇到，如果她沒有出聲，我很可能不會發現她從我身旁經過。我暫且把手上的書擱在架上的空格。

「還好。她有馬上回宿舍嗎？」

「你沒有送她回來嗎？」

「嗯……這說來話長……」

「我很早就睡了。也沒活動。不知道她是不是在我睡了之後進來的。不過我今天早上有聽到她講電話的聲音，所以應該

是我還在睡的時候回來的吧。」

「那就好。因為昨天她先跑掉了，我沒找到她，所以蠻擔心她不知道有沒有回來。」

「跑掉了？為什麼？你沒有做奇怪的事吧？」

「沒有沒有，真的。我都搞不清楚是怎麼回事。總之她就跑掉了，我真的沒有對她做什麼。」

「喔……你們有在一起嗎？」

「沒有啊。只是一起出去而已。」

「喔……」

「真的，我們沒有在一起。」

「我知道。」

「妳怎麼知道？」

「你剛剛不是有講？」

「對，啊，喔，不是。總之，對，我們沒有在一起。」

「嗯……真羨慕你們。」

「為什麼？」

「耶誕節的時候有人陪啊。」

「嗯……是啊。」

「我也好想談戀愛。」

「這樣啊。」

「突然這麼說會不會很奇怪？」

「不，不會。」

「真的不會？」

「真的不會。這很正常啊。」

「我有時候真的非常羨慕像Paerie她們這些長得漂亮的女生。總是會有很多男生主動地想接近她們，愛她們。不會有男生像對她們那樣對我。可是我也好想談戀愛啊。有時候會想要

怎麼樣才能吸引別人的注意呢？要怎麼樣才能讓別人愛上妳呢？」

我沒有回答，因為我不知道答案。我想我比她更想知道。

「我認識的很多人都交男朋友了。」

「嗯……」

「雖然我覺得她們其中有一些真的很盲目，為了談戀愛而談戀愛，可是我又好想像她們一樣，有一個疼自己的人。」她的眼神閃過一絲落寞。「有些時候真的會想好希望談一場戀愛，管它是不是很盲目，管他那個人是誰。只希望有人可以愛我。」

聽她這麼說，我也不知道該說什麼，我自己也還在單身的這一群裡。

「對不起，跟你說這些莫名其妙的話。」

「不，不會。妳拿的是……」我指著她手上拿的書問。

「喔，是歌得的〈少年維特的煩惱〉跟Toni Morrison的〈The Bluest Eye〉。」

「我只聽過第一本。」

「嗯。是系上教授推薦我看的。你也來借書嗎？」

「對啊，不過是替我們組上借的，就是找一些補充資料。因為這次討論出來的東西很少，想說至少隨便找些什麼東西充一下場面，多講個五分鐘十分鐘。」

「喔。」

「那我還要回去做書面我先走了。」

「喔，好。」

一時沒有話題，我趕緊道別。

AENEAS：Paeire

PAERIE　：是小卜啊。

AENEAS：妳後來去哪裡了？

PAERIE　：我就回去了。不好意思……

AENEAS：不會。可是妳怎麼回去的？

PAERIE　：我叫小黃載我回去的。

AENEAS：小黃？誰是小黃？

PAERIE　：計程車啦。:)

AENEAS：那麼晚女生一個人搭計程車很危險的。

PAERIE　：我知道了，我以後會注意的。謝謝你。

AENEAS：為什麼妳後來跑掉了？

PAERIE　：這很難解釋……

AENEAS：是我的關係嗎？我有沒有做什麼不該做的事？

PAERIE　：沒。不是你的問題。

AENEAS：那是為什麼？

PAERIE　：因為鐘響了。

AENEAS：什麼意思？

PAERIE　：因為12點的鐘響了，魔法消失了，灰姑娘必須回家了。 :)

AENEAS：我不懂妳說的。什麼灰姑娘的12點。

PAERIE　：別問了，好嗎？

AENEAS：可是……

PAERIE　：讓我也耍一下神秘吧。 :)

AENEAS：嗯……

PAERIE　：你期末的speech弄好了嗎？

AENEAS：還沒。

PAERIE　：我現在跟Meggy要交換練習我們的speech，看晚點還是下次再聊

PAERIE　：好嗎？

AENEAS：喔，好啊。妳們忙吧。

PAERIE　：嗯，那先晚安了，byebye。

AENEAS：See you.

PAERIE　：881

5.3

伍弟又失戀了。

這次我回到寢室又看到伍弟趴在桌上哭得淅瀝嘩啦。他身上穿著一套跟他不搭調的西裝，領口打著大大的蝴蝶結。

「又怎麼了？」我問。

「失戀。」馬龍說。

「對方是誰？」

「上次那個。」

「同一個？為什麼？」

「他聽我們的話改變策略，打算先跟人家作朋友，煞有其事地去借了一套西裝，然後還有那個大領結（我不知道那種東西他是去哪裡借來的）。他還把先前熬夜做的紙鶴，滿滿一大罐好像有四千隻，拿去要送給人家以示他的誠意。可是對方覺得他很奇怪，嗯，是很奇怪。總之……如果我知道他是要穿這樣去的話，我之前就會阻止他了。」

這次伍弟像是怎麼樣也停不下來，後來還跑到廁所去哭。我們四個則是也不知道該說什麼就隨他去，先是講他的事講講就變成閒聊，講得興起就順便打起牌來。

「玩點特別的？」Casanova 問。

「玩什麼？」

「成語接龍大老二。」

「那是什麼？」我問。

「就是每一次出牌的時候，出牌的人除了要可以壓上一副牌，也要可以對上一個人的成語才可以壓。舉例來說，我先出34567，然後我說大小不一，下一個人要用這個詞的最後一個字當做第一個字來造詞。他想出45678，可是他要先對出那個成語才可以下牌。於是他說一事無成，然後他下45678。這樣懂嗎？」

「Okay，那就先玩玩看了。」Kevin說。

我們很快就進入狀況。

「話說回來，Woody也不是第一次喜歡別人了，卻還有那種不顧一切的勇氣，感覺好像還是初戀一樣。」Kevin說，「眼高手低，四一對。」

「這樣不好嗎？我覺得很好啊。」我說，「低空飛過，六一對。」

「再怎麼勇敢再怎麼純粹別人不跟你在一起有什麼用？」Thomas沒好氣的說，「笨蛋一個。這是需要技巧的。過街老鼠，K一對。」

「數一數二，二一對。Last。」

「過。」

「過。」

「過。」

「王者風範，三一張。」

這一把我最輸。我邊洗牌邊想剛剛Kevin說的，不顧一切。這也是讓戀愛變得令人神往的地方吧。純粹為了喜歡一個人而

喜歡一個人，不顧一切的嘗試與付出，不管那個人的地位背景，不管那個人的附加價值，只為了喜歡那個人而去喜歡那個人。不過是否也是不顧一切到什麼都沒看清楚呢？像阿波羅一樣。或許也可以說是盲目。盲目的為了愛情不顧一切。為了戀愛而談戀愛？Meggy說的話突然跳出來。所以我們自以為不顧一切的絕美的初戀，其實是為了談戀愛而談戀愛的結果？我們是為了愛情談戀愛，而不是為我們自己談戀愛？其實我們沒有選擇的能力？

「一口咬定，三一對。」我說。

「唉，Woody啊Woody，我看他這輩子還是要一個人過一生囉。定期貸款，四一對。」

「定期貸款不是成語吧。」

「哎呀，隨便啦。哪來那麼多成語。」

「好吧，款款深情，七一對。」

「唉，有句話說得好：女人總是記得讓她笑的男人，男人總是記得讓他哭的女人；但女人總是跟讓她哭的男人在一起，男人總是跟讓他笑的女人在一起。」Thomas又說，「現在已經不流行好男人了，像Woody這樣永遠註定要當小弟弟。」

「情感豐富，A一對。」

「過。」

「過。」

「過。」

「世界之最，三一張。」

「最後王牌，五一張。」

「最後王牌？」

「定期貸款都可以了……」

「嗯。排除萬難，九一張。」

「男女有別，九一張。」

「別有洞天，十一張。」

「天昏地暗，Q一張。」

「暗……按……按下去……嗶----，K一張。」

「我還媽個B咧，」Kevin說，「這都可以我就不玩了。」

這一把Thomas最輸。

「明眸皓齒，34567。」Casanova說。

「齒……齒牙動搖，678910。對了，Thomas，你下學期也要辦助學貸款嗎？」

「搖旗吶喊，910JQK。」

「要。下下學期也要，下下下學期也要。媽的。過。一畢業馬上負債數十萬。」

「數十萬還好啊。」Casanova說，「我倒覺得人的出生才是個悲劇。先是不知為何而生，一旦出生就又欠了一屁股債，而往後的一生我們都在努力的還債跟放款。」

在我們還在思考Casanova這句話裡的深意，房間的門被一把推開。Woody站在門口，一身凌亂，鼻涕還掛在臉上，說：「我也要玩！」

我們都大笑了出來。

5.4

來到大學的第一個學期很快過去，耶誕節之後我就沒有再和她出去過，最多就是寫寫信或丟水球。雖然我對她的感覺特殊，但我不知道她是否也和我有一樣的想法。我想愛她，這個念頭讓我時常感到焦慮、不安，因為會不會被接受其實有很大的關係，而這種不確定性，讓我始終開不了口。

這天我帶伍弟到火車站，他要搭下午一點多的車回高雄

去。我們買完票站在車站前想著要到哪裡去吃午餐，距他的車班到達還有一段時間。

「寒假打算做什麼？」我問。

「練練樂器吧。」

「吉他？」

「嗯，還有鋼琴、小提琴、中提琴、手風琴、口風琴、貝斯、鼓、直笛、二胡。」

「……喔……真不錯。」

「那你呢？」

「我還沒想到。」

「你以後想做什麼？」

「你說職業？」

「也可以啦，或者是夢想。」

「我……沒有很想做什麼，應該說我不知道要做什麼。先當完兵再說吧。以後的事……我沒有想很多……」

「我想當一個音樂家。」

「什麼？」

「我說我想當一個音樂家。我想要把我的音樂灌成CD，介紹給在世界上每一個角落的人。」

我應該要嘲笑他的天真和不切實際，可是不知為何陽光下的伍弟看起來竟是那麼耀眼，叫人不敢直視。

「你有想到要吃什麼嗎？」我問。

「沒有。你有想到嗎？」

「還沒。」

「小卜！伍弟！」

一個聲音叫著傻傻站在大太陽下的我們。轉頭一看才知道原來是Paerie跟Meggy。伍弟高興地向她們揮手，我則還為這突

來的巧合感到困惑。

「你們要去哪裡？」Paerie問。

「我要回高雄，小卜載我過來坐車。一點多那班。」

「我也是今天回家，Meggy載我過來。你坐幾車？」

「5車。」

「好巧，我也是5車。你坐幾號？」

「20號。」

「咦？我是18，這樣有沒有在一起？」

「好像有耶，哇，真巧！」

我的困惑慢慢轉變成一種奇怪的忌妒。

「那妳們現在要去哪？還有一段時間。」

「先吃飯吧，我不喜歡吃火車便當。」

「我們也在煩惱要去哪裡吃，要不要一起吃飯。」

「好啊，可是我們想吃麥當勞。你們要一起嗎？」

伍弟回頭看看我，我呆了一下才說：

「好啊！」

於是我們一群人到麥當勞用餐，我點了一份4號餐，伍弟點了1號餐，Meggy點了兒童餐，Paerie則只點了一份冰淇淋。

「妳這樣只吃冰淇淋不好吧。」我說。

「嗯？喔，不會啦，我不太餓。我跟Meggy分一點薯條就好。」Paerie隔著伍弟對我說。

坦白說，這不是我希望的，我們四個人因為室內位置不夠，被迫坐到邊邊一整排的座位，我坐在最左邊，往右依序是伍弟、Paerie、Meggy。雖然我知道這是一次非常意外的可以一起用餐的機會，雖然我知道我也不是她的誰，但是我的心裡還是有一些或許並不該有的期待。從坐下來到用完餐，幾乎都是伍弟和Paerie的對話，我被隔得太遠，看的聽的比說的多。無奈

與失望陪我躲在角落吃完我的4號餐。沮喪的我變得有點生氣，氣自己怎麼不多說一點什麼，怎麼不說一些有趣的話題，也氣那兩個即將在火車上相處4個小時的人現在就已經這麼健談。好不容易吃完一頓飯，我們趕著到車站，我看著他們兩個人在剪票口的另一邊開心的揮手，心裡面更是五味雜陳。直到他們消失在擠著上車的人群裡，我才發現在剪票口的這一頭剩下我跟Meggy。

「那你要回去了嗎？」

「我……對啊。」我想我一定一臉慌張。

短短的幾十步路把我逼往尷尬的頂點，我連一句充場面的話都想不出來，對她跟她的生活我根本幾乎一無所知。老實說，也沒有很大興趣知道。

「我要往這邊走。」我說。

「喔。」

「那……我走了。」

「你是不是喜歡Paerie？」

「為什麼這樣問？」我心虛地反問她。

「剛剛在麥當勞你眼睛沒有從她身上移開過呢。」

我不確定我是不是真如她說的那樣眼神從未從Paerie身上移開，在她問這個問題的當口，我反而什麼也回答不出來。

「你是非她不可嗎？」

「我又沒說我喜歡她。」我說。

「喔。沒事了。那你早點回去吧，再見。」

她說完就轉身離開。我根本沒搞清楚到底發生了什麼事。

波西米亞　6
花開的原因

　　一大清早天還沒亮，我坐在客廳裡折著零散的金紙，電視切到最小聲。還算寬闊的空間裡放著茶几、木桌、大木椅、還有幾張藤椅，另外靠門口堆著比人高的金紙，那些都是已經做好捆好等著人家來拿貨的。事實上這樣一堆厚厚如城垛的金紙雖然燒到冥府去至少值個幾億元，在現實生活中它們可值不了幾個錢。這個時間大部分的人都還在睡覺，屋子裡安靜得讓捕蚊燈的聲音顯得特別刺耳，空氣中瀰漫著沉沉的檀香，我一個人盯著電視畫面上已經重播不知道多少次的「第101次求婚」。我想上課。自然不是因為熱愛英文的緣故。我懷念一個多月以來發生的事，想念她身上香草般清新的氣息，還有她靈動的眼眸像兩對戲水的黑白鴛鴦，以及她輕巧的喉頭一個字一個字都像琴桴一個音符一個音符敲在我跳動的音板上。我會幻想某一天我騎著腳踏車載她穿過晨間的林蔭，她拿著花側坐一手攬著我的腰；我會幻想某一天我跟她走在黃昏的碼頭看著夕陽在油輪的氣笛聲中沉沒到海裡；我會幻想有一天我跟她坐在純白的長凳上，閃爍的日光灑在四周的草皮，我跟她說：「我們結婚吧。」；我會幻想有一天在大廈的頂樓我們交換對彼此餘生的承諾；我會幻想，我有幻想，其中包括一些很愚蠢的，像是在17世紀的場景裡我對著窗台上的她唱著情歌，或者是我在險惡的叢林裡像泰山一樣一盪把她從一群猛禽中救走。小妹的出現打斷了我的幻想，她走進客廳，身著碧綠色的細肩帶上衣，淺

綠色針織衫當外套，配上藍色軟牛仔褲，玉色高跟鞋，手裡拎著提袋，一副要出門約會的樣子。

「妳要出去？」

「嗯。」她頭也沒抬，信手翻翻今天的報紙。

「去哪裡？」

「管那麼多幹嘛。」

「去約會？」

「你管那麼多幹嘛？」

「喂，娜娜。」

「幹嘛？」

「我是妳哥耶。」

「我哥又怎麼樣？我還『我歌』咧。爸媽我都沒報備了。」

「那妳回答我一個問題，不然我跟爸媽講。」

「問啊，怕你。」

「妳覺得愛情是什麼？」

「我覺得你腦袋燒壞了，」她把報紙摺好往我頭上一敲，「愛就愛了，搞什麼理論，你要不要問問花它們為什麼會開，無聊。不準跟爸媽講啊，你答應過的。」說完她袋子一提低身出了半開的鐵門。

我向來就對她的直率作風非常頭痛，看她一大清早一聲不響跑出去心裡更是不免有些擔心。於是我決定幫我父母盡一份監督小妹的責任，趕緊尾隨在她之後出了門，跟蹤她在清晨冷清街道上格外明顯的身影。

不知道小妹會不會被奇怪的男人給騙了，我想，她才高一，可能還不太會看人，如果迷上不應該愛的人那就不好了，希望他們現在還沒有交往的很深入。

我遠遠跟著她騎了一段路，彎進市區裡，沒多久停在一棟公寓前面。她從口袋裡拿出很小的石子向二樓的窗口丟。一會兒一個年紀跟她差不多的男生開公寓門出來。兩個人嬉鬧了一下，那個男的就跨上車準備載她。他們先是在一家超商停了下來，買完東西沒有停留到一個藏在巷道裡的小公園裡。兩個人坐在花圃邊一面吃早餐一面聊天，有說有笑。我則是躲在旁邊的騎樓拿著預先帶來的報紙，在上面打了兩個洞偷看。以前在電視上看到二流的偵探劇裡面的偵探這樣搞都覺得實在是蠢的不行，沒想到今天我自己也沒想出更酷的方法。

　　那個男的身材還算壯碩，捲捲的頭髮黑皮膚，披著一件舊格子襯衫袖子捲到手肘，看起來頂多像是小妹一個比較窮的學長，不像是壞人。他們在小公園裡待了快40分鐘，就是吃早餐聊天，不然就兩個人坐在一起看來往的車子，那個男的輕輕摟著小妹，兩個人什麼也沒說。之後不久男的就再載小妹回他家，然後讓小妹把車子騎回家。這個時候也才差不多六點半。

　　看小妹進屋子幾分鐘，我跟著進去，把報紙擺好，屋子裡還是濃濃的檀香味。我不禁對剛剛發生的事產生了想法。我驚訝於小妹跟她男朋友就這樣為了約會肯一大清早跑這麼一趟。*你要不要問問花它們為什麼會開，無聊*。小妹的話又出現在我的耳邊，我開始了解她說這句話的意思。沒有人教花怎麼開，可是花自己就會綻放，它自己就會開。愛情它的發生也是自然的，人沒有被教要去愛，可是人很自然的就會順應那個感覺去投入在那個情境裡，就像小妹跟她男朋友一樣，愛不需要學習，那是種自然反應。另外小妹也讓我再多思考了一次所謂初戀這件事。也或許說是所謂的 "puppy love" ，一般發生在高中以下我們認為沒有看得見的結果的青澀戀情。是，這樣的愛情可能真的是欠缺技巧性的，可能真的是欠缺思慮、盲目的，

可是也因為這樣，它變得格外美好，令人嚮往，因為它不計成本、不顧後果、不看條件，不在乎別人的看法、結婚的考量、對方的背景，只談關係裡美好的感覺，對愛情來說最純粹的部分，是最自然的。

想著想著舅舅起床進到客廳來，隨手就拿起報紙。

「志卜，這麼早啊。咦，這報紙怎麼破兩坑？」

波西米亞 7
新學期

7.1

新學期最令人驚異且不解的事就是淑萍竟然是上個學期班上的第一名。

「呀——呼～～～～」

出了系辦淑萍大聲地歡呼，聽在我們幾個耳裡是極為刺耳。

「哈哈，你們可要多加油囉。這樣好了，以後呢，你們定期奉上一些蛋糕果汁，叫聲淑萍姊姊，我是很樂意幫大家補習的呦。包你們的成績突飛猛進！」

「是淑萍阿姨吧。」我說。

「我們會記得奉上鮮花素果的，阿姨。」Thomas附和。

「說得好啊，機八。」伍弟說。

「幹，不要叫我機八，很難聽。小孩子不要講髒話。」

「喂，你們很不夠意思耶，忌妒，我知道，忌妒。哼，就不要哪一天跑來求我，到時候不來個三跪九叩可是不能了事的。」

「開什麼玩笑，誰要求妳啊，八婆。」

「是啊是啊，我等不及要看你跟我下跪囉，機八男。」

「死Woody，就叫你不要叫我機八。弄得連這八婆都叫我機八。」

「哈，機八，機八。」

「不過話說回來，你這顆頭是怎麼回事啊？」淑萍問，「看起來活像雞毛撢子。」

「是最流行的挑染好不好。跟不上流行哪，八婆。」

「難看死了，我才不會花錢去搞這種東西。頭殼壞去。」

「對啊，其實蠻難看的耶，雞八。」

「媽的，死小孩你是不能安靜點。」

「你們放假的時候都在做什麼？」

「打電動、玩樂器吧。」

「我是很用功的看了一些課外書呦，」淑萍說，「我還把傲慢與偏見跟咆哮山莊看完了呢。」

「是，是，好厲害，」Thomas說，「八婆。」

「那你放假在做什麼呢，Thomas。」我問。

「睡覺。」他不好意思的說。

「哇！真了不起，這樣你也敢笑別人。」淑萍說。

「寒假比較短，沒有工可以打嘛。」

「對了，我們西概是不是要交作業啊？」伍弟問。

「是啊是啊，」淑萍說，「就是那個奧得賽的那個啊。」

「哪個？」我問。

「咦，你不知道嗎？」

「有這回事嗎？」

「其實我也不知道……」Thomas說。

「哇，那好險我現在想到，不然你們就完了。」伍弟說。

「哇哈哈……」淑萍忽然得意了起來，「各位兄弟，現在知道什麼叫現世報了吧。唉，你們現在還有叫我姊姊的機會呦。」

「去你的，」Thomas說，「誰要叫妳姊姊。」

「姊姊～淑萍姊姊～」伍弟的聲音嬌了起來。

「我的天啊，伍弟你一定要這麼沒志氣嗎？」我說。

「不要這麼說嘛……我也是不得已的啊……」

「伍弟乖，那姊姊再幫你喔。」

伍弟這樣先下手為強反而讓我跟Thomas更不好意思低頭了。雖然明知報告一個禮拜做不出來，也只能逞一時英雄，不然臉不知道要往哪擺。

「那我要上去了。」走到女宿前淑萍說。

除了伍弟很高興的揮手道別，我們根本是僵在那裡不知該說什麼。

「兩位仁兄，」淑萍雙手作揖說，「加油啦。」

想當然爾Thomas在淑萍走後又咒罵了一頓。

「你們先過去吧。」我說，我們約好要去網咖打電動。

「那你呢？」伍弟問。

「我想先去買個飲料，我不喜歡裡面賣的。」

「那等你喔。」Thomas說。

「好，幫我跟Kevin說一下。」

我跟他們分手後又回去系辦一次，問有關新學期選課的事，然後才離開學校。出了側門就看見Paerie正在搬一輛摩托車。

「怎麼了？」我問。

「咦？是你啊，小卜。沒事，我只是想把我的車牽出來。」

「妳的車？」

「對啊，我新買的。50的。雖然跟你們的比起來小很多可是我還是牽不太動。你可以幫我把旁邊那台搬開嗎？」

「好。」

說完我就過去把擋在她車旁的機車移走，好讓她可以順利地把她的車給牽出來。

「謝謝。」

「為什麼會想到要買車？」我問。

「比較方便吧。感覺自己成熟獨立一點。」她笑笑。

「其實最主要是我這學期不住宿舍了，」她又說，「我這學期搬出去外面，這樣就不好意思又叫人家來載我。而且也比較自由。」

「那為什麼要搬出去呢？宿舍不好嗎？」

「沒有不好。只是搬出來外面會比較自由。你也知道雙子座熱愛自由。」她吐吐舌頭又說，「像我之前因為生活習慣跟大家比較不一樣，有些時候很早睡，就常常被她們吵得很受不了。另外因為我電話也常會講很久，所以……會覺得很不好意思，所以想想就乾脆搬出來了。」

「其實住外面真的不錯啊，我想我會慢慢適應的。」

「嗯。最新的Going？」我問。

「是啊，我幫她取名叫藍藍。」

「藍藍？」我看著它紅色的車身說。

「是藍藍。要念成ㄌㄢˇㄌㄢˊ。」

「喔，我知道了。」

「那所以妳現在住哪裡？」

「我住得有點遠耶。走路要一段時間。嗯，下次有機會我帶你參觀我家好了。我等會兒有點事。好嗎？」

「好，好。」

當然好啊，這是這學期最美麗的一句話。

「那我走了。拜拜。」

「嗯，拜拜。」

看著她鮮橘色的襯衫漸漸飄遠，我心裡面有一種預感，我們之間應該很快就會有更進一步的發展。

7.2

　　已經快兩點了，Thomas看起來是不會回來了。自從上次聯誼之後，他跟其中一個女生雅芽就聯絡得頻繁，前一陣子應該是已經在一起。那之後他就經常徹夜不歸，我不想去想像他是否跟別人有複雜的男女關係。Casanova在床上翻著足球雜誌，伍弟正在把CD燒到電腦裡面去，Kevin則是已經睡了。我把椅子搬到伍弟旁邊，他看看我又把頭轉回去。

　　「怎？」他說。

　　「嗯……沒有，沒什麼事。你在做什麼？」

　　「我要把音樂燒到電腦裡面，」他指指桌上一大疊的CD，「這樣我要聽音樂就不用常常在那邊換片，很麻煩。」

　　「對，這樣比較方便。」

　　「你作業做好了嗎？」

　　「還沒，你呢？淑萍有幫你嗎？」

　　「有啊，幫了大忙呢，我應該可以在期限前交出來。」

　　「嗯。伍弟你是不是會做紙花？」

　　「什麼紙花？」

　　「就是用鐵絲跟紙還是海綿什麼的，作玫瑰花。」

　　「喔～ 會啊，怎麼了？」

　　「可不可以教我？」

　　「嗯？你要送人啊？」

　　「只是想先學起來，以後如果要送人的話，說不定有機會用到。」

　　「好啊，我可以教你。你真的要送的話，如果急的話啦，我這邊還有一些紙鶴。上次因為很難過原本想全部丟掉，可是丟到一半覺得很可惜，畢竟是花了很多時間作的。要嗎？大概

還有兩千四百多隻。」

　　「那個……沒關係，不用了，你留著吧，那是你的心血啊。」

　　「我真的覺得很難過。」他沉默了一會兒說。

　　「嗯。」

　　「在家裡還是會常常想到那些事。」

　　「我知道。」

　　「我會想她。」

　　「你很喜歡她。」

　　「嗯，不過現在都已經破局了，應該也沒什麼好說的了。」

　　「剪頭髮是因為她嗎？」

　　「嗯，對啊。」他靦腆地笑笑。

　　「還蠻好看的啦。」

　　「是嗎？你是第一個這麼說的。」

　　「蠻適合你的，看起來成熟一點。」

　　他又笑笑。

　　「我想了很多，放假的時候。」他說，「我覺得越來越不了解到底何謂愛情了。很多東西都混在一起。像是喜歡和愛，說實在我不清楚區別是什麼。我不知道感覺到底應該要說出來才對，還是要藏起來。簡單的說就是我真的不懂愛情。愛情到底是什麼？」

　　這個時候馬龍從樓梯爬下來，睡眼惺忪。

　　「馬龍馬龍，你覺得愛情是什麼？」

　　Woody總喜歡給別人亂起綽號，像是Thomas的名字原本叫作連奇邦，可是因為在新生報到的時候他一說他的本名，Woody馬上就冒出「啊？機八？」，使得這個難聽的綽號從此

如影隨形的跟著Thomas。馬龍的狀況也差不多是如此，他的名字原本是馬如龍。

馬龍一臉睡意，顯然不在狀況內，對Woody的問題是一頭霧水。

「我……只是想小便……」

我跟伍弟不由得笑出來。

「原來你只把女生當作是洩慾的工具啊，」我說，「這樣子不行喔。」

「Karl-- Ma—lone～～～～」伍弟在一邊大喊一邊作拉弓箭狀。這是他想出來作弄馬龍的口號，每次只要馬龍說出什麼很好笑或是很蠢的話，他就會這麼喊，以表示馬龍有經典的演出，就像是NBA裡球員得分了以後播報員會大聲喊出並拉長球員的名字。

Kevin什麼也沒說，自認倒楣地跑出房間。我們兩個還笑個不停。

7.3

信箱裡有兩封信，一封是Paerie寄的，另一封是淑萍寄的。

我先看了Paerie的那一封：

小卜：

我的新家整理得差不多了，那天過來喝杯茶吧。 :)
最近新聞有很多關於火星的報導，不知道你有沒有留意，我覺得還蠻有趣的。
Have a nice day.

Paerie

我看完立刻回信給她。

Paerie：

很高興你約我過去喝茶，不知道什麼時候妳方便
呢？我是都可以，以妳的時間為準。我迫不及待想看看
妳的新家。

火星的話，我真的是沒有什麼研究，因為電視也很
少在看，所以……其實說到火星，我直接想到的就只有
火星人而已……

妳最近好嗎？新的生活還習慣嗎？

小卜

回完信我又打開淑萍的那一封。

小卜我是淑萍。你報告寫得怎麼樣了？你能不能在
下禮拜交出來？我這裡幫你整理了奧得賽的旅程，這樣
你就不用全部看完，希望會有幫助。不過……你還是要
記得請我吃東西啊！

1. Island of Cicones：這個很無聊，沒什麼好寫的，總之
   就是奧得賽他們到一個島上打劫，結果被人家追殺，
   只好趕快逃走。
2. Lotus Isle：這就是我們所熟知的蓮花島。島上有一種
   神奇的蓮花，只要吃了之後就會陷入昏睡、沉入夢

鄉、流連忘返。很多奧得賽的船員們因為吃了島上的蓮花忘了要返鄉，奧得賽只好派清醒的船員把他們帶回船上，盡早離開。

3. Island of Cyclops：這是奧得賽返鄉旅程的下一站，他在這裡遇到了獨眼巨人。獨眼巨人看到奧得賽他們接近，心裡很高興，因為他雖然自己有飼養羊隻，可是他非常喜歡吃人肉。於是他用烤羊肉當餌把奧得賽跟他的船員全都騙到了他住的洞穴裡面，然後他再用大石頭把洞給封起來，這樣他們就逃不出去，他可以慢慢把他們全都吃光。他打算每天吃兩個人，直到把他們都吃光為止。奧得賽當然知道這樣下去不行，所以他就想出一個辦法，假裝請獨眼巨人喝酒，在他問起自己名字的時候說自己叫作「沒有人」。當獨眼巨人喝了酒熟睡了，他就和船員一同把獨眼巨人的眼睛刺瞎。獨眼巨人哀嚎之際，住在附近的其他獨眼巨人就過來問說誰把他怎麼了嗎？然後獨眼巨人就大喊說「沒有人」傷害我！「沒有人」要殺我！於是其他的獨眼巨人以為他在胡鬧就走開了。獨眼巨人沒有辦法只好等到清晨。他再次把石頭搬開，把羊隻放出去，但在每隻羊出洞穴的時候，檢查他們的背部，以免奧得賽他們趁機坐著羊逃跑了。可是奧得賽他們都機靈地藏身在羊的腹部，因而逃過獨眼巨人的搜查。等到獨眼巨人發現這個詭計，奧得賽他們已經逃到船邊了。笨就笨在奧得賽離開島之前還自大地留下自己真實的姓名。獨眼巨人於是向他的父親海神波賽頓請求讓那該死的奧得賽沒有辦法順利地返家。

4. Home of Aeolus：Aeolus就是風神。奧得賽他們這次來

到了風神住的地方，跟風神提及返鄉之事後，風神慷慨地答應協助，交給他們一只神奇的袋子，裡面有各種不一樣的風，只要他們需要順風就可以打開袋子放一點出來，那些風會把他們平安送到家，惟這個袋子不可以完全打開，否則裡面的風會全跑出來並越吹越狂造成反效果。奧得賽遵照風神的指示小心地使用這個袋子，他們也就真的差點回到家鄉，他們已經可以看見故鄉的海岸，可是就在此時奧得賽因為太過疲憊加上離鄉已近而鬆懈，就不小心睡著了。他的手下懷疑袋子裡面是他不願和他們分享的黃金，於是就把袋子打開，自然所有的風都跑了出來，把他們的船全都又吹回了風神的住處。風神知道後認為可能奧得賽他們是受到其他神的厭惡，因而拒絕再提供協助，打發他們離開。（事實上也確實如此，因為奧得賽傷害了海神波賽頓的兒子獨眼巨人，所以奧得賽一路回家都受其阻撓。）

5.Island of the Laestrygonians：一樣也是無聊的一站，這島上的傢伙是食人族。為避免被當作生魚片吃掉，奧得賽和他幸運沒被抓到的船員迅速離開了。

6.Island of Circe：接著他們來到黑立阿斯（Helius）的女兒色琦（Circe）的住處。色琦是一個女巫，她把上島偵查的船員都變成了豬。一名僥倖逃出的船員告訴奧得賽這件事，奧得賽就隻身前往要見見這個女巫。在途中赫米斯（Hermes，記得吧，十二神裡面那個傳令快腿。）出現了，他給奧得賽一些神奇的藥草，使得色琦的魔法無法在他身上生效。色琦發現自己的魔法無效，知道他就是奧得賽，便邀他上床共纏

綿。奧得賽遵照赫米斯的指示拿出刀子抵著色琦，要她允諾絕不傷害他。色琦答應了，於是他們就上床了（！？）。之後奧得賽跟他的船員在島上快樂的過了一段時間，直到他的船員提醒他要再度啟程。色琦在他們離去之時告訴他們他們一定要先去到陰間去找泰瑞西亞斯（Tiresias，在伊底帕斯王故事裡出現過的先知。）的鬼魂，問他安全生還過金嗓女妖（Sirens）跟席拉（Scylla）還有查瑞比底斯（Charybdis）的方法，另外他們若到了黑立阿斯，絕不可吃其所飼養的牛隻。

7.The Underworld：奧得賽一行人聽從色琦的話到了陰間，並用生血誘來亡靈。泰瑞西亞斯喝了血後告訴他們避開劫難的方法，也告訴奧得賽目前他的家鄉的情形。除了泰瑞西亞斯，奧得賽他們還見到了包括亞格曼農（特洛伊戰爭中希臘軍的統帥）、阿奇里斯、跟奧得賽的母親等人。

8.The Sirens：金嗓女妖。她們有女人的面容跟鳥的身體，會唱悅耳動聽的歌引誘水手，然後把他們吃掉。奧得賽依泰瑞西亞斯說的用蠟把船員耳朵封起來，他們就順利的通過了那個地方。

9.Scylla and Charybdis：席拉（Scylla）跟查瑞比底斯（Charybdis）都是怪物，前者有十二隻腳、六個頭，每個頭還有三排牙齒，後者是一個巨大的漩渦。她們分據奧得賽必行航線的兩邊，奧得賽往哪邊偏都會有危險，於是奧得賽命令船員們航行時往席拉那邊靠，因為如果他們被查瑞比底斯吸下去，那他們就全完了。因而在他們通過時，席拉一口氣抓走了六個水手吃了，其他人則趁這個機會趕緊划離。

10.Cattles of Helius：再來奧得賽到了黑阿利斯的島，可是他的船員沒有聽從他的命令偷偷地把黑立阿斯的聖牛宰了吃了。黑立阿斯一氣之下一狀告到宙斯那，宙斯就用雷擊把奧得賽他們所有的船隻轟沉，而所有的水手除了奧得賽也就這麼溺斃了。奧得賽漂流了很久，甚至還差點又被捲進查瑞比底斯的漩渦，最後終於漂到了卡莉普索（Calypso）的島。

11.Island of Calypso：卡莉普索是個仙女，她一眼就看上奧得賽，便對他無微不至的照顧，希望他跟她一起生活，她甚至還給了他一般人夢寐以求的永生。可是奧得賽在島上住了七年之後，終於抵擋不住對家鄉的思念，懇求卡莉普索讓他離開。在一些其他神明的勸說下，卡莉普索雖然不捨，也只能點頭讓奧得賽離去。

12.Phaeacia：下一站奧得賽到了菲阿西亞（Phaeacia）。他先是在岸邊遇到了公主瑙西卡（Nausicaa），藉由公主的指引進到了王宮。國王王后以厚禮款待奧得賽，奧得賽並在王宮的酒宴上聲淚俱下地敘述了他心酸的返鄉之旅。之後他請求國王幫助他回他的家鄉伊撒卡（Ithaca），國王也慷慨地答應了。

13.Ithaca：回到故鄉後，奧得賽的旅程還不算全部結束，因為他的皇宮現在正被一群無恥的食客們給霸佔著。他們都是覬覦國王地位財產對奧得賽的妻子展開追求的愛慕者（他們不過就是會在那裡聊天喝酒……）。奧得賽的兒子（Telemachus）對這樣的情形毫無辦法，而奧得賽的妻子（Penelope）則表示一旦當她把奧得賽父親的壽衣給織完後，就會從他們之中選一個改嫁，可是每晚她都會偷偷爬起床把一天織

好的部分給撕開，隔天重織。這個技倆最後終於給食客們識破，所幸奧得賽假扮乞丐聯合他的兒子、僕人，來了一場大逆轉，用只有他拉得開的弓箭把所有的食客都給殺了。最後雖然奧得賽的妻子沒有馬上投入他的懷抱，還試探了他一下，不過故事到了最後總算是完滿的結果，奧得賽與妻子重聚，跟她訴說一路上的驚險過程，色琦跟卡莉普索的部分，咳，他飛快地略述過去了（好個狡猾的傢伙）。

　　嗯……只是講個大概，有些細節沒講很仔細，因為我手打得很酸，希望你可以看得懂，有不了解的再問我。那個題目是自訂的，記得報告上要寫你的名字學號，要編頁碼，不要超過三頁，double space。就這樣。另外，明天記得交作文的revision，也是double space。另外再另外，導讀的書面你弄好了吧？

　　淑萍的信寫得很長很長，讓人十分好奇她到底是哪裡來這種美國時間。因為如果只回一個謝謝感覺好像很不應該，所以我暫時就把信標記起來，打算下次看到她再跟她說謝謝。隔天她見了我也真的不客氣的要我請吃飯，我就這麼幫她打點了整整一天的早、中、晚餐。雖然我的報告確實因為她的幫忙才能只晚一個禮拜交出來，可是對她這種強迫中獎的幫忙法我覺得十分無奈。

7.4

過了幾天Paerie回了信：

親愛的小卜（其實你是火星人吧）：:)

　　我想擇期不如撞日，就明天下課吧，我們在側門碰，到時候再聊吧。

Paerie

我簡單地回了信，跟她確認我已經收到信了。

7.5

「我有一個case。」Ivy說。

「妳是指什麼？」我問。

「我要延續之前有一次談到的愛情與選擇的問題，不過我想把問題弄得實際點，就是有實際的case。」

「那是怎麼樣的case？」Thomas問。

「我有一個朋友，」Ivy接著說，「她最近面臨了一個需要選擇的狀況。她自己其實有一個暗戀的對象，而且聽說那個人也喜歡她，可是那個男生卻遲遲沒有表態；到了最近她的身邊突然蹦出一個向她告白的男生，而這個男生說實話人也真的很好，給人感覺很不錯，可是她不知道是不是應該就要這樣接受那個男生。她不知道她原本暗戀的那個男生到底是只打算跟她做朋友還是有想要突破他們之間曖昧的關係。」

「總之就是她不知道是要繼續苦守可能沒有結果的曖昧還

是跟另一個喜歡她且她不討厭的人展開一段戀情。」我說。

「對，對。」Ivy說，「小卜，討論到現在你今天最開竅耶。」

突然一陣沉默，大家全都盯著Ivy看。

「好啦，是我是我，那個女生就是我！」Ivy漲紅著臉氣急敗壞地說，「這樣你們高興了吧。」

「看，她臉紅了耶。」Linda拉著Ivy的衣袖一手抬起她的下巴說。

「唉呦，討厭！」

「我們知道那個女生是妳啊，不過我們對那兩個男生是誰比較有興趣。」Thomas說。

「我們班上的嗎？」淑萍也跟著起鬨。

「不會是Jeffrey吧。」Linda開玩笑的說。

「不是啦，拜託。」

「還是Casanova？」淑萍說。

「妳該不會暗戀我吧？」Thomas說。

「哼，最好是喔。不是我們班的啦，都是外系的。」

「啊～～ 真不好玩，那跳過了，我們討論下一個議題吧。」Thomas說。

「ㄟ，Thomas你很壞耶。」Linda說。

「好吧，老是把我當壞人。」Thomas說，「那我先講我的意見好了。我覺得其實也不用那麼困擾啦，他們又不一定真的喜歡妳。」

「你在說什麼，有人跟我告白了耶。」

「喔，那我們假設那個人是喜歡妳的好了……咦？那有什麼好困擾的？就選這個了啊，另外一個人又沒說他喜歡妳，妳自作多情個大頭啊。」

「話不是這麼說的。我剛不是說他好像也喜歡我嗎？」

「妳聽誰講的？」

「他朋友啊……」

「那難說喔，說不定是他的朋友故意想把妳們撮和在一起才這麼講的。妳沒聽說過要讓兩個人愛上對方最好的方法就是讓他們兩個都以為對方喜歡自己。」

「你心機太重了吧，Thomas。」淑萍說。

「是真的好不好，哪天妳試試看，保證有效。這正呼應了我之前提過的愛情他定論，其實我們不是選擇的一方，而是被選擇的一方。當別人給我們愛慕的訊息時，就為我們開啟了一個選項，我們只是去選擇愛這個人而已，因為他喜歡妳，所以妳可以喜歡他。」

「說得跟大師一樣。」Linda說。

「嘿，這可是我苦思的結果呢。」

「說到選擇，」我說，「讓我想到以前有聽我的高中老師說過一個蠻特別的想法。他把愛情的選擇比喻作一扇扇門。每當一個人喜歡上我們，就會多出現一道門，它們是容許我們跟他人之間情感流通的連結，就因為他人對我們感覺特別，我們握有開啟這些門的選擇權，只是一旦當我們選擇開啟了其中一道，走了進去，其它的門也會跟著消失。」

「聽起來還挺有道理的。」Linda說。

「可是這並不代表我們心中真正的選擇，」我繼續說，「他說，我們真正的選擇在於一扇看不見的門。」

「看不見的門？」Ivy問。

「當有一天，為我們開啟的這些門都消失了，而我們還握有那把鑰匙，就是對愛情的主動選擇權，我們選擇去開啟了那扇看不見的門，那才是我們所要追求的真愛。」

「說來說去就是主動論的支持者嘛。」

「好玄喔！」淑萍說。

「其實我自己也不太懂。」我不好意思地摸摸頭。

「它的意思是不是說真愛是需要時間沉澱然後去釐清的？」Ivy說。

「大概吧。」

「是說實際一點我覺得再等一下也是好的，」Linda說，「刺探一下那個男生是不是真的對妳有意思，也讓另外那個告白的再等一下，反正如果他真的喜歡妳，應該不會在乎多等那麼一點時間的。而且……莎士比亞不是也說『得來太容易的就不覺珍貴了』。所以再觀察看看吧。」

「我看別太期待比較好，」Thomas說，「一旦屈服在愛情之下，結果可是會很慘的。」

「你安靜點不會有人當你是啞巴。」淑萍拿課本狠狠推了Thomas一下說。

7.6

「就是這裡。」她說。

一起吃過晚飯後她帶著我來到她住的地方。她的房間門口有一個精巧的三層鞋櫃跟一個小小的垃圾桶，裡面丟著兩隻折傘。鞋櫃的上面放著一個全罩的安全帽，旁邊擺著三雙白色、淡紫色、磚紅色的球鞋；鞋櫃的下面兩排則更琳瑯滿目，有優雅的高、低跟涼鞋，繡花的懶人鞋，平頭的黑色、藍色高跟鞋，尖頭的深紫色高跟鞋，茶色皮靴，海灘圖案的藍色拖鞋，跟一些我喊不出來名字的鞋款。

「進來吧。」她說，「放心，不能讓你看到的東西我都先收起來了。」

進到房間我馬上注意到在進門的地方還有一個小鞋架，

也滿滿都是鞋子，正對著小巧的浴間。房間裡面有一個窗戶，旁邊掛著一幅金黃色色調的畫，第一眼看不出畫著什麼東西。有一張床，靠著牆角，枕頭旁邊坐著幾隻可愛的玩偶，棉被整齊地貼齊床沿，靠著床邊的是她的筆記型電腦。房間裡面沒有書桌跟衣櫥，靠著另一邊的牆角有幾個塑膠整理櫃，有兩個三格書櫃，是倒著擺的。書架裡書只放了四格，其它兩格放了信件盒、雜物箱、還有一些牛皮紙袋。書架上面有喇叭、CD隨身聽、化妝品、鏡子、奇奇怪怪的小飾品、和一張她自己的照片；照片裡的她是一頭有層次的短髮，看起來像是有用髮雕梳過，瀏海向側邊梳得服貼；她身上穿著白色的衣服和黑色折裙，看起來像制服。正對窗戶靠浴室的這一邊有個簡單的流理台，上面放著一件粉藍色的雨衣、一組碗盤架、俎板、兩把水果刀、一條已經開封的吐司、一大瓶滿滿的Choya梅酒、一個綠色杯緣的黑色陶杯、一支金色的小湯匙，以及一瓶桔子醬、兩顆水蜜桃、一根香蕉。在流理台的上方有一個方形掛籃，邊邊掛有塑膠葡萄藤，裡面裝著菜瓜布、玻璃杯、跟兩隻高腳杯。流理台的水槽旁放有一瓶洗潔劑、一包黃豆粉、摺疊整齊的抹布。房間裡面還有一張小木桌，上面除了丟著幾隻原子筆，就只有一本夾著書籤的「拜倫詩選」。房間的地板全覆以紫色的巧拼，是薰衣草那種微醺的紫色。

「怎麼樣，還算典雅吧。」她說。

「很不錯啊，」我說，「可是為什麼沒有衣櫥跟書桌？」

「哦，那是有原因的，等一下你就知道了。」

「還有那幅畫是……？」

「那是克林姆的『吻』。你要仔細點看才可以看出來他畫的是什麼。」

我走近一些，才看清楚原來畫裡畫的是一對情侶在懸崖邊

接著吻。

「看出來了嗎？」

「嗯。」我說。「那這張照片是⋯⋯？」

「是我高中的時候拍的，我身上穿的是我們學校的制服。受不了，那時候看起來好清純。」她拿起相框說。

「嗯⋯⋯那所以為什麼沒有衣櫥跟書桌？妳衣服要放哪裡？」

「喔，對。你先躺下。」

她指指巧拼，示意要我躺下來。

「這樣嗎？」我躺平後問。

「對，等一下喔。」

她把印著碎花的窗簾拉上，接著走到門邊。房間裡的燈倏地就被關掉，整個房間也迅速地暗了下來。然後我看到天花板跟四周的牆壁有微微的亮點，天花板上尤其密集。是銀河！我猛然意識到這片天花板就是一片星空，上面滿是發光的星星。

「很漂亮吧。這是我用市面上的螢光星星剪碎加上一些螢光材料自己弄的，還挺費工夫。不擺書桌跟衣櫥會讓牆壁可以貼的範圍變得比較大，感覺整個夜空會比較遼闊。」她在我身旁躺下說。

「我很喜歡星星，很喜歡充滿奧秘的宇宙。我很小的時候曾經夢想過當一個太空人，穿著太空衣在太空裡飄啊飄的。初中的時候特別鍾情地科裡講星星的那一章，考得特別好。還買過各種有關太空的介紹、圖鑑，也研究過每個季節的星星，甚至還參加過一陣子天文社。不過那些東西現在都忘得差不多了。還剩下的，沒有改變的，就是那股對未知的好奇和莫名的想望。我想飛往天際，感受那種毫無拘束的自由，無憂無慮，只有自己，和那些悠遊的、美好的一切。我羨慕蒲公英們，因

為她們是最瀟灑的旅人。」

有好長一段時間她沒有說話，房間裡安靜得只有我和她此起彼落的均勻呼吸聲，我一度還覺得她可能睡著了。

「我開燈喔。」她說。

日光燈啪的一下打開，我的眼睛還不太能適應，突然一張鬼臉出現在我的眼前。

「哇！」我失聲叫了出來。

「哈哈……抱歉。」她笑著說。

她把長著獠牙的鬼臉面具拿下來。

「這是一個朋友去巴里島玩的時候買回來送我的。」

「猛然看到真的會嚇到。」我摸著那個面具說。

「嗯，大概就是這樣了，我的房間。」

「嗯……」

就在這個時候我的手機響起來，是Thomas打來的。靠，我想，什麼時候不打。我猶豫著要不要接起來，要在裡面講還是拿出去房間講，我不想讓他知道我現在在Paerie這裡。

「我……」

「怎麼了？」她問，「為什麼不接？」

「我……」我拿著手機往門邊走，示意要出去講。

「哎呀！」換她的手機響起來了。

我作了手勢跟她說那我就走了，她點點頭，一邊接起手機一邊對我揮手。

我帶上門，只能隱約聽見非常細碎她講電話的聲音，而Thomas的來電也已經因為響太久沒接自動轉語音了。

這不是巧合，回學校的路上我反覆的對自己說，這不是巧合。她所嚮往的宇宙正是我第一次看見她的眼睛時驚嘆之下所做出的類比。這不是巧合，一定有什麼力量要將我們牽在一起。

　　鐵絲、紙藤、緞帶、剪刀，這是做紙花的準備材料與工具。

　　先拆開紙藤，讓它看起來像一條昆布，然後再一端折出一個長三角，長三角的大銳角要稍稍超過紙的另一緣。拿出鐵絲，接著把鐵絲的一端彎出一個圈套住之前摺出的長三角末端，略略套緊之後往內捲直到鐵絲頭被紙藤完全包住。掐住紙藤包著鐵絲的下緣，把紙藤往外摺，鐵絲繼續往內捲，一邊捲一邊調整捲起的紙藤的形狀，這是未來成品的花瓣，重複這個過程直到一朵花成形。接著用剪刀剪去多餘的紙藤，並用緞帶把花的下端跟鐵絲纏緊，然後一樣用剪刀剪去多餘的緞帶，這樣一朵紙花就完成了。這個過程講解起來好像很簡單，在伍弟手裡也是輕鬆成形，可是我卻費了很大的功夫還學不好。每天睡前我都會嘗試作幾朵，拆紙藤、摺三角、套鐵絲、捲花瓣、纏緞帶、拆紙藤、摺三角、套鐵絲、捲花瓣、纏緞帶、拆紙藤、摺三角、套鐵絲、捲花瓣、纏緞帶、拆紙藤、摺三角、套鐵絲、捲花瓣、纏緞帶、拆紙藤、摺三角、套鐵絲、捲花瓣、纏緞帶、拆紙藤、摺三角、套鐵絲、捲花瓣、纏緞帶，就這樣我的床上已經堆滿了各式各樣應該算是花的半成品。

波西米亞　8
賭一頓豪華晚餐

8.1

伍弟有了新的戀情，這一次是初中時候的同學。

「是嗎？你們是什麼時候認識的？」Thomas問。

「初中的時候。」伍弟說。

「那為什麼會突然湊在一起？」我問。

「有一次逛街的時候剛好遇到，就聊了起來，很意外，真的，沒有想到那麼巧，她現在也在台中唸書。」

「在哪裡？」我問。

「她在中興。」

「你們之前就熟嗎？」

「不，其實沒有。以前就只是朋友，還蠻聊得來的朋友。她變蠻多的，變得有氣質很多，或許跟她唸中文系有關係吧。」

「她知道你喜歡她嗎？」

「我沒有跟她說。有點不希望之前的事再發生，我……想再看看。我們會彼此聊聊彼此的生活，談一些以前的事，交換一些生活上的心得。我們很談得來，真的。反而沒有很久沒有聯絡的那種隔閡。不知道為什麼感覺還是非常熟悉。」

「你喜歡她什麼？」Thomas問。

「我……不知道，我也不知道到底喜歡她什麼。就是喜歡啊，也說不上來，感覺吧，感覺這種事很難解釋的。我喜歡跟

她說話的感覺，覺得她好像真的懂我要表達的東西，覺得她接受這樣子的我。這應該就是喜歡吧？每次我跟她講話，接到她打的電話，我都會覺得很開心，覺得這一天煥然一新，不一樣了。雖然我真的不知道這是不是愛，可是我想我是喜歡她的。跟她在一起，就算沒有見面講講電話，我也會覺得很高興了。我不知道，我⋯⋯不知道是我變膽小了還是怎麼樣，可是⋯⋯我覺得這樣很好，我還沒有想那麼多。」

「那她有讓你覺得她喜歡你嗎？有暗示嗎？」我問。

「好像吧⋯⋯我不確定，我不知道。我覺得現在的感覺很好⋯⋯」

「那你希望一輩子都這個樣子嗎？」Thomas說。

「不希望啊，可是⋯⋯我⋯⋯我還沒有心理準備。我覺得我們應該是彼此喜歡的，至少都感覺特殊。只是我⋯⋯還沒⋯⋯我沒想到要怎麼說，我不想去破壞現在這種美好的感覺。只要可以聽到她的聲音，我就覺得很好、很滿足了。我覺得這樣就很好了。」

「即使她身邊有另一個人？」Thomas說。

「她現在沒有男朋友。」

「我是說即使她後來跑去跟別人交往了，你也覺得無所謂嗎？」

「我⋯⋯在意啊，可是⋯⋯」

「如果真的覺得可以就上啦，想那麼多一點屁用都沒有。不在一起又不是炮友那有什麼好談的？」

「話不能這樣說吧，Thomas。」我說。

「我只是講我的看法。看得到吃不到的東西有什麼好捨不得的，媽的。」

「我⋯⋯那個⋯⋯我要走這邊。」

「喔，好，那你先走吧。」我說。

「你要去停車場？」Thomas問。

「沒有啊。」

「那你幹麼跟我走這邊？不是不順路。」

「沒關係啦，就一小段路，我再走回去就好。」

「你知道嗎，我覺得你跟Woody還有淑萍可以組一個純情陣線。」

「這一點都不好笑。」

「喔，是嗎？」

「對。還有我覺得你越來越低級了。」

「真的？怪了，Ivy也這麼說耶。」

「會很奇怪嗎？你是很低級啊。」

「嘿，你們傷到我的自尊囉。我不是那麼低級的啊。」

「是啊是啊，對了，那個，」

「什麼事？」

「你跟她現在是怎樣？」

「誰？」

「雅芽。」

「就在一起啊，還能怎樣。」

「你是……好像不能說是怎麼辦到的……你是……你們是怎麼在一起的，我真的很好奇。」

「她深深為我高強的性能力所吸引。」

「…………喔，這樣子啊。」

「對啊，有其它問題嗎？」

「我一定是神經錯亂了才會跑來問你這個問題。」

「沒關係啦，朋友嘛，我不care的。如果哪天你想擺脫處男之身而且又不介意我上過她而且她也不介意讓你上的話，是

可以讓你搞一炮喔。」

　「你在說什麼啊……你們……做了？」

　「當然囉。如果不能打個幾炮為什麼要在一起？」

　「不是吧，不是這樣吧。」

　「那是什麼？」

　「關心吧……就近的關心吧。」

　「哼，真是冠冕堂皇。朋友不能關心嗎？」

　「不一樣啊，我……」

　「如果不能打炮何苦來哉呢？幹嘛搞個關係來讓自己難受？」

　「那是種感覺……」

　「你說性衝動？」

　「不是，唉，我真的不了解她為什麼會跟你在一起。她那麼漂亮。」

　「靠，這麼多車，學校又超賣停車證了。你是說我不配？」

　「不是……我不是那個意思。」

　「告訴你吧，」Thomas坐上機車坐墊點了煙說，「你不了解的事還有很多。對，她是漂亮，可是，咦，奇怪了，就是給我這種癩蛤蟆給搞上。還搞得爽不曨咚的，叫得可大聲！很多事就是這麼難以理解。你說在外面教英文，那些美語補習班的，他們英文都是最好的嗎？不是！都是敢做的站出來做。那些真的行的因為一些奇怪的矜持、自尊，是不會降格去教兒童美語的。同樣的道理，你說美女跟誰在一起？跟敢追她的人在一起。不是跟君子。美女想得太多又有所謂的矜持，她們是不會主動開口的，而且說不定因為從小到大追求的人太多，對她們好的人太多，她們連自己喜歡什麼樣子的人都不清楚。君子

想得太多，又太喜歡搞什麼對女性的尊重，結果就是像我們這種人撿到便宜。你說像雅芽這種美女會跟誰在一起？哈，sur-prise，跟我這根醜陋的大機八在一起！」Thomas拍拍自己的褲襠說。

「我還是不了解……她怎麼會跟你這種大色魔在一起？」

「你當然不能表露出你的想法。真實不適合見光，它適合待在伸手不見五指的黑暗角落痛快地自慰。真實如果被人家發現原來它們不是大家想的那個樣子，它們就會被討厭，所以真實就該好好藏起來，至少要披件想像的斗篷才上街遊行。你知道為什麼要有高級的西裝褲嗎？就是要把裡面毛茸茸又蠢蠢欲動的大傢伙給包裝起來。女人是種寵物，是一種要用幻想餵養的寵物。她們喜歡幻想，舔著幻想的她們顯得特別溫馴。你要穿得西裝筆挺，裝得斯斯文文，要不就要表現得老老實實、好不誠懇，這樣才能給她們一種美好的期待，讓幻想去鋪好她們自以為會那麼走的路。你要裝得深情款款，在該說永遠的時候毫不猶豫，讓她們滿足對幻想的愛撫。不用對你說的話太認真，女人只是要安撫她們自己短暫的不安，對未來的不確定感，還有放任自己不負責任的依賴。別想得太多，因為女人就是需要幻想，你不餵她們，會餓死她們跟你的關係，你不餵她們，還有成排的男人等著餵呵！」

「你跟她在一起只是為了要跟她做嗎？」

「對啊。」

「你沒有想過結婚這件事嗎？她不會這麼想嗎？你跟她交往只是為了那個目的？」

「沒錯，我沒想過要跟她結婚。她應該也沒打算要跟我結婚。大家玩玩嘛，心照了。她看起來清純，骨子裡可騷得很。我的老二她可愛吸的咧。」

「這樣不是……很不道德？」

「道德？愛情跟道德有什麼關係？就算有關又怎麼樣？道德就像是女人的陰道，可是會越幹越鬆的哪！性的美味嚐一次你就會無法克制的想要第二次第三次。那種甜美的滋味是嚐一次就不會忘的。漸漸地你就不會管什麼道德不道德了，爽了再說。而且真的這種事跟道德是無關的。道德不過就是女人的束腹，是人為了好看想出來虐待自己的。你想為什麼有那麼多人不怕風險召妓、搞婚外情？愛情萬歲？道德至上？狗屁！」

8.2

「Linda她不過來了。」Ivy拉了張椅子坐下。

「為什麼？」我問。

「她感情上有突來的變化。」淑萍說。

「分手了？」Thomas問。

「沒有。不過現在狀況不是很穩定。」Ivy說。

「妳說他們倆的的關係嗎？」我問。

「還有她目前的狀況。」

「沒關係啦，今天就我們自己先討論吧。」淑萍說。

「是什麼問題啊？」我問。

「好像是男生那邊覺得有點倦了，覺得好像變成習慣，耗著沒有意思。」

「常會發生的問題。」Thomas說。

「如果已經變成那樣，那就真的很不好了。」淑萍說。

「那樣，還能算是愛嗎？」我問。

「嚴格來說不行吧。」Ivy說，「當愛情變成習慣就已經不是當初兩個人所要追求的了。兩個人見面只是因為慣性，打電話問好只是制約，那很奇怪的。如果只是要習慣性的膩在一

起，那為什麼當初要那麼用力的一起去追求愛情？」

「感覺那樣有時候就會變得像家人了，」淑萍說，「好像就少了一些該有的東西。」

「那為什麼不乾脆分了？」Thomas說。

「沒那麼容易的，」淑萍說，「雖然可能已經沒有感覺，可能真的只是制約，只是習慣，可是就因為是長久以來的習慣，成為生活裡的一部份，就不容易放棄。像是你每天都要走某一條路回家，如果一天不走，換一條路走，會很容易覺得陌生、不安、不對勁，也像是你每天吃完飯都一定要去喝一杯飲料，不喝就覺得不對，甚至會沒有安全感，因為你生活中一些慣常的事改變了。習慣，管它是好習慣還是壞習慣，一旦習慣就難以改變。睡覺時一定要抱的熊熊玩偶，打球時一定要戴的幸運護腕，開電腦一定要上的BBS，每個禮拜一定要看的日劇……」

「難道就一直那樣嗎？即使已經沒有感覺。」我問。

「也不是。如果沒有感情，沒有愛，那當然是很痛苦。只是要勇敢地去結束並不簡單。」

「是啊，」Ivy說，「要在一起很難，要分開，更難。」

「莫名其妙的依戀。」Thomas說。

「說真的，」Ivy說，「兩個人如果只是要賴在一起，那有點漫無目的。習慣畢竟是愛情造成的現象，單是習慣這件事是沒有辦法造就愛情的。」

「還要性驅力。」

「Thomas你夠囉。」Ivy說。

「一段愛情沒有辦法結束，」我說，「我聽我姊講，有時候不是很單純的。她用股票做例子說很常一段感情沒有辦法結束是因為其中一個人已經付出得太多，好比花了很多很多錢買股票，看好某一支股票會漲，可是它跌了，跌得很慘，一般人

沒有辦法在這個時候趕緊喊卡，及時斷頭，以至於造成更大的損失。一般人都會太相信自己的眼光，不願承認自己是買了錯的股票，總是期待有一天它會回漲，而且因為投注下去的金額太龐大，往往不是說要抽腿就可以抽腿。現實和情感因素的相互交織，就造成投資人發現股票大跌，可是不能或沒辦法輕易脫手，以致於資金套牢、週轉不靈，到最後還有可能破產。」

「而當然這些資金包括了親吻、擁抱、禮物、關心、思念、牽掛、承諾、身體等等，對吧。」Ivy說。

「嗯，我想是吧。」

8.3

這個晚上我一個人逛著唱片行，隨便看看新上架的CD，並沒有特定想買哪一張。而有些事就在你最不經意的時候發生了。這晚我逛著逛著就接到Paerie的電話。我先是深呼吸了一下，才把電話接起。

「喂？」

「喂。」

「喂，小卜嗎？」

「嗯，對，怎麼了？」

「我……你在忙嗎？」

「沒有，怎麼了？」

「你在外面？」

「對，我現在在唱片行。」

「你可以過來嗎？你可以過來找我嗎？我在中友這裡。」

「妳在一中那邊？」

「我不知道我在哪邊，總之我在中友百貨這裡。你可以過來嗎？」

「好，好，妳等我，我馬上過去。」

「那我在門口等你。」

「好，我就過去。」

我立刻騎著車到中友百貨，雖然不知道發生了什麼事，但是只要她叫我，我想我怎麼樣都會趕過去。

我很快地就在百貨公司前面找到她。她把頭髮盤了起來，擦了紫金色的眼影，穿著天鵝絨質感的上衣，有些許透明感下擺不對稱剪裁的蕾絲裙，腳上穿著珍珠藍的高跟涼鞋。我向她走過去，她看起來有一點疲憊，眼睛紅紅的好像哭過，削瘦的皮包像是垂掛在她纖細的手上。她看到我，露出了一點笑容，熙來攘往的人群中，爭奇鬥艷的霓虹燈下，她的身影顯得特別孤單。

「妳……」

「什麼都別問好嗎？」她一頭靠在我的胸膛，聲音極為孱弱。

「喔……好……」我說。

我們就在街道的一隅坐了下來，她的眼睛只是直視著前方。我沒有說話，也只是陪她坐著，因為除了問她怎麼了我腦袋裡想不到其它話好說。

「小卜，你講個笑話好不好？」

「笑話？」

「嗯。」

「我不太會講笑話耶。」

「沒關係啦，就隨便講一個，什麼都好。」

「嗯……那妳聽聽看這個喔。」

「嗯，說啊。」

「請翻譯這個句子，翻譯喔：A book can increase our knowledge。英翻中。」

「怎麼了，突然變成上課了。」

「翻嘛。」

「嗯，書本可以增進我們的知識。」

「不是。」

「不是？」

「不是。」

「那是什麼？」

「公佈答案了喔。」

「說啊。」

「A書可以增進我們的知識。」

「什麼嘛，好爛喔。爛死了，低級，6分。」

「啊……我覺得還蠻好笑的耶……」

「好吧，6.5。」

「啊！」

「怎麼了？」

「我想到另一個笑話，妳聽聽看。」

「說說看。」

「我從以前校刊上看來的。有一天老師找了小明來問話，他問說：『為什麼這次你作業寫得這麼潦草呢？』小明就跟他說：『我妹最近生病了。』」

「還可以，7分。」

「才7分。好吧，再給我一次機會。」

「你又想到笑話了？」

「嗯。」

「怎麼腦袋一下靈光起來了。」

「有一天某甲上課遲到，可是他還是大搖大擺的走進教室，教授看見了很生氣，就叫他站住，說：『這位同學，你的

態度怎麼這麼惡劣呢？上課遲到你居然還不慌不忙，進教室連報告都不會。』只見某甲非常傲慢地轉過身，對老教授說：『你知不知道我是誰？』教授看他那個樣子，心想不知道是得罪到哪個大官的兒子，心裡非常害怕，說：『不知道。』某甲往講台逼近，惡狠狠地盯著教授看，又問：『你真的不知道我是誰？』老教授退後了兩步，顫抖地說：『不……不知道。』說時遲那時快，某甲很高興地說：『太好了！』然後就把報告塞到講台上那疊報告裡，隨即逃出教室。」

「哈哈……」她拍著手笑著，「不錯不錯，10分。這個好笑。」

看她笑著，我心裡也覺得同樣開心。她如雲雀輕啼的笑聲，只怕會就這麼永遠烙印在我的耳畔。

「總算講了一個滿分的笑話。」我說。

「誰跟你說滿分是十分的？滿分是一百分呦。」她說完看我楞了又用手肘頂頂我，「好啦，開玩笑的。滿分是十分。」

我們又坐了一會兒，路上的車，騎樓下的行人依舊絡繹不絕。這時我心想像我們兩個這樣的大城市小故事是不是在哪裡也正在上演著呢？幸福是隨處皆是，此刻跟她一起坐在這裡真是再幸福不過。

「你說你以前學校在這裡？」

「對。那邊過去再走一下就到了。這一帶我們算是很熟的。」

「你們學校長什麼樣子？」

「我們學校……就是那樣啊，沒有什麼特別的吧，教室、操場、司令台都有啊。」

「我不是那個意思，沒關係，算了。我以前唸的學校雖然不大，可是空間設計上感覺蠻寬敞的，都是女生，除了音樂

班。我們以前假日常會相約到學校去唸書，中午就一起出去吃飯，有些時候會偷帶小說去交換，一整天也沒唸到書。你知道，天氣熱的時候，靠近我們學校有一家冰店……討厭，我在說什麼啊。對不起，跟你說一些無關緊要的事。」

「沒關係，真的，沒關係。」

「嗯。」

「你會不會打保齡球？」她停了片刻後又說。

「不會，我沒有打過。」

「我跟你說喔，我很厲害喔。我最高可以打到兩百二十分！」

「保齡球滿分是……兩百五十分嗎？」

「錯！是十分，我破表兩百一十分。」她吐吐舌頭又說，「是三百分。」

「那你有沒有什麼比較厲害的運動？」她問。

「我……對運動不是很擅長。」

「那這樣好了，你有沒有什麼特殊的才藝還是專長？就是一提到那樣東西，你就有自信不會輸給別人。」

「我……我不知道耶。我沒有想過這個問題，其實。什麼才藝……」

「我跟你說，我很會撒嬌喔，如果有撒嬌大賽的話，我想我一定可以拿到很前面的名次。」

「那是一種專長嗎？」

「對喔，好像不是……」她想想後尷尬地對我笑了笑，「我好像也什麼都不會耶。唉，我就連演戲的時候也只能演花瓶。」

「不會啦，我覺得妳……」

「謝謝。」她打斷我的話，視線依舊直盯著前方。「你真是個好人。」

「台中真是個奇妙的地方，」她說，「感覺什麼建築都大，電影院也大，百貨公司也大，吃到飽的店也大，好像全都擠滿了人，好熱鬧，晚上一到燈全亮了，五彩繽紛的霓虹燈，迷炫的街燈，還有四處窺探的車燈，照得老鼠都趕快鑽到下水溝裡去當忍者龜了。可是又好荒涼……好蒼涼……沒有生命，沒有生機，一張張竄動的臉龐好無助，好陌生……好漠然……」

她的眼底閃過一絲落寞，鵝黃的路燈下她看起來格外憔悴，薄薄的粉底悲傷地像是隨時都會剝落。

「這個地方不是我的家鄉。」

「妳家不是住台南嗎？」

「我不是那個意思，不過謝謝你還記得。」

「我不屬於這個地方，不屬於這個城市。」她頓了頓又說，「或許我從來也就沒屬於過哪一個地方。」

她說的話很玄，我沒一句聽得懂。

「哼，我怎麼可能會屬於哪一個地方呢？」她說著，笑了。

「為什麼？」我不解地問。

「我沒有家啊，」她高嘆地說，「我不應該會有家的。」

她這時已經站起來走到人行道的邊緣。她挺直身子看著寬闊的柏油路，忽然半轉過身對我說：

「你相不相信我敢衝過去那邊的安全島？」

「啊？」我還沒有反應過來。

「賭一頓豪華晚餐！」她說完就跳下人行道，往前奔去。

「嘿！」我緊張地趕快跟了上去。

「啊！」她被一台急駛而過的計程車嚇得跌倒在安全島上，那輛計程車一邊開走司機還一邊罵著髒話。

「妳沒事吧？」我靠上前去問她。

她兩手緊緊環著我的脖子，一頭埋進我的胸間。

「我很高興你來了⋯⋯」她嗚咽地說，「我很高興你來了⋯⋯」

等她情緒舒緩了一些，我帶她走回人行道，路上的行人已經開始少了。

「你剛有沒有嚇一跳？」她調皮地問。

「我心跳差點停了。」我說。

我們又在騎樓下走了一會兒，慢慢地路上的車也少了。

「你可以載我回去嗎？我沒有騎車過來。」

「可是我沒有帶多的安全帽耶。」

「難不成你要我坐計程車回去？我身上可是一毛錢也沒有。」

「不是，我⋯⋯」

「好！好，說好。」她壓著我的頭說，「載我回去。遠遠如果看到警察我會叫你靠邊停的。」

8.4

親愛的Paerie：

不知道妳現在覺得好點了嗎？
我最近剛好在學做紙花，就摺一束給妳。
希望妳會喜歡，心情可以趕快好起來。

小卜

我把寫好的卡片放進信封，小心地把它插在紙玫瑰花束中間。這樣應該可以了吧，我想，每一朵看起來都差不多大小，

形狀也都蠻漂亮的。可是好怪。送她玫瑰她會不會覺得很怪？我反覆想著。又不是男女朋友，這樣送她花她會不會覺得我很奇怪？當面拿給她她會不會覺得很怪？當面拿給她她會收嗎？嗯……我思考了很久，終於決定要怎麼做。

　　我趕在她下課之前把花拿到她平常停車的地方。花了一些時間決定花束應該要怎麼擺。最後我把花束放在她機車的腳踏墊上，這樣就不會太醒目，可是她一定會看到。可是我又很擔心會不會在她發現之前有人看到就先偷偷拿走了。因此我把花放好以後就跑到一段距離以外的巷子躲起來偷看，我要確定花有確實到她手裡。

　　等待的過程中接連有幾小批人經過，男男女女，可是他們都沒有發現花在那裡。我等啊等的，意外地發現Thomas跟伍弟兩個人居然在這裡出現。他們走到一半突然停下來，Thomas拉著伍弟指指我放花的地方，倆人就往那邊走去，Thomas甚至還伸出手要去拿花。Shit! Shit! 我心想，不會被他們發現吧。結果伍弟一手打在Thomas的手上，讓Thomas的手縮了回去。兩個人就這麼離開了。好啊，伍弟，你真是太可愛了，伍弟我愛你。

　　終於，她出現了。她拿起花，左右端詳，取出裡面的卡片，看完淺淺地一笑。她把花放回踏墊上，立起來擺，騎著車走了。

　　看著她離開的背影，我感覺，這個世界變得可愛了起來！

波西米亞　9
音樂大賽

包廂裡面鬧成一團。

「池塘邊的榕樹下～」

「機八，不要對錄音機放屁啦！」

「放妳媽個屁，幹，拿個歌本不行。」

「喂，不要唱榕樹下了啦，卡歌卡歌！」

「小菜傳過來，小菜傳過來。」

「點一下鴛鴦蝴蝶夢。」

「降key！」

「媽的，不要擋路。」

「ㄟ，你們誰會看這個是不是到底了？」

「Cathy！Cathy～」

「喔，難聽死了，會不會唱啊。」

「Woody，我要點張惠妹的。」

「妳說什麼？」

「張惠妹！」

「話說在很久很久以前……」

「你老師咧！」

「還有沒有人要濃湯？」

「這首是誰的歌？」

「誰要麥克風？」

「酒！那邊還有沒有酒？」

「走調了啦。」

「遜掉了喔。」

「Casanova，歌本。」

「茫茫的嗚喔哦哦～～」

今天是淑萍的生日，班上一群人到KTV來幫她慶生，Thomas想出了用錄音機把今天的過程都錄下來的點子，於是一進包廂就把錄音機打開。隨著大家酒越喝越多，大家也就越來越high，包廂裡面幾乎快聽不到拿著麥克風的人到底在唱什麼，只能看螢幕的畫面對唱歌的人的嘴形。我們買的是深夜時段，因為隔天是禮拜天，大家已經打定主意要奮戰到天亮。

「好了好了，請大家注意到這邊。」

伍弟拿起麥克風對著包廂裡面講，他反覆說了好幾次大家才慢慢安靜下來聽他要說什麼。

「在這裡要藉這個場合跟大家打一下廣告。」

「Woody，今天淑萍生日耶，你講話不用打一聲招呼啊？」Tina說。

「啊，抱歉抱歉。」伍弟連忙轉向淑萍那邊，「借我打一下廣告。」

淑萍只是向他揮揮手，她已經醉得眼睛都有點張不開。

「就是呢，學校最近要辦一個音樂大賽，我有報名參加，請大家那天如果有空一定要來捧場，幫我加油。」

「好啊，沒問題啊。」大家此起彼落地鼓掌說著、吆喝著，「得冠軍啊！」

「還有一個比較特別的，」伍弟繼續說，「就是我這次三個項目，個人、團體、創作，都有參加，可是特別是創作這一

組我曲子的詞是Casanova幫忙我寫出來的，請大家一定要來聽聽看！」

大家更熱烈的鼓掌，Casanova則是小揮一下手跟大家致意。

「我講完了，那接下來……」

「壽星致詞！」突然有人高喊。

「壽星還沒致詞。」

「致詞。致詞。致詞。致詞。致詞。致詞。致詞。致詞。致詞。」大家聽到跟著起鬨不斷地覆誦。

淑萍一臉茫然。

「致詞？」淑萍咪著眼睛看電視螢幕。「我不會唱耶，誰的歌？」

「是叫妳去致詞！」Linda說。

淑萍搖搖晃晃地走到前面。

「生日的許願，咦？是嗎？」

「是致詞。」

「沒關係啦，生日的心願！」

「生日的心願是，咳，讓我喜歡的人跟我告白！」

「喔～～～」

「Sharon太精采了！」

「真情流露啊！」

「那個幸運的傢伙是誰啊？」

「很敢說喔！」

「然後，致詞，」淑萍擺了擺頭，「我不太會致詞，不過……嗯……」

「怎麼樣快說啊。」

「嗯……今天感謝大家幫小女子過一個這麼樣不同的生日，為了感謝大家，我在這裡，咳，為大家帶來一場香豔刺激

的脫衣舞哦哦哦哦～～～」

淑萍說完就真的麥克風一丟，解起釦子來了。女生們尖叫著，座位上男生這邊則是噓聲四起。

「八婆沒身材不要學人家亂脫，強姦眼睛耶！」Thomas說著拿起桌上的洋芋片就往淑萍身上砸。

「拜託，我……可是，咳，不隨便脫的，我告訴你……」

淑萍說的一半突然停了下來，一手搗著嘴巴。大家看著她安靜了下來。她急著要跑回座位，可是腳步沒踩穩，絆到伍弟的腳，就整個人跌到我身上，吐得我滿身都是。

「邱淑萍！妳很噁心耶！」我兩手趕快從身上拿開對她大叫著說。包廂裡面又陷入一陣混亂。

9.2

打，不打，打，不打，打，不打，打，不打，打……我來回踱步不停在心裡交戰，煩惱著我到底要不要打電話給她，跟她說想約她出去。這個學期我們的交集其實多了很多，不過都是在BBS上聊，真的到了這種時刻，我發現我自己還是裹足不前。要打嗎？不試試看怎麼知道行不行？還是不要打吧，感覺好奇怪，突然約人家出去。打打看嘛。不行不行，還是要再考慮一下，要是被討厭怎麼辦。打啦，不行，打，不打，打，不打，打，不打，打，不打……

算了！還是打打看吧。我心一橫按下通話鍵。

嘟……嘟……嘟……

「喂。」

「啊喂。是我，小卜。」

「喔，小卜啊，怎麼了，什麼事？」

「那個，我……我是在想啊，那個……是不是可以約妳出

去？」

「去哪裡？」

「咦，那個……」天啊，沒想到她答應得這麼爽快我根本沒想清楚到底該去哪裡。

「想不出來？想不出來我決定囉。」

「啊？妳要出來嗎？」

「嗯，你等一下過來載我，我再跟你說要去哪裡。」

「等一下，現在？」

「對啊，不然你以為我說什麼時候？反正我也正愁不知道要做什麼。」

「啊，喔。」

「嗯，那待會兒見囉。」

「好，好。」

我在一種莫名其妙的情緒裡驅車前往。

載著她我們再次來到都會公園。她看起來精神很好，沿著路邊我們一面走她一面眺望著山下的台中市。

「怎麼會突然想來這裡？」我問。

「我沒有白天來過這裡，想來看看。」

「原來這裡白天是這個樣子啊。」她又說，「這個時候看台中就感覺有點霧茫茫的。」

「嗯，晚上這裡風景比較好。」

「是夜景吧。」

「嗯，對，夜景。」

「嗯……我們進去看看好嗎？」

「好。」

「這地方比我想像得大多了呢。」她走進公園說。

「是還蠻大的，徒步要走完要花上一些時間。」

「真的那樣的話你要背我走回去了。」

我們來到一片草坡上方，她興奮地大叫起來。

「嘿，是草坡耶。」

「怎麼了？」

「我一直想試著從這樣的草坡滾下去，感覺就很浪漫的樣子。」

「是啊。」我看看那片草坡說。

「你先滾好不好？」

「啊？」

「我說你先滾。」

「可是妳不是說妳想試嗎？」

「我會滾啊。可是你不一起滾、不先下去的話，我會覺得很不好意思。還有，滾下去的時候要一邊喊『啊～』。」

「可是……」

「好嘛～」她拉著我的衣袖，眼睛眨八眨八的，指著前面的草坡說，「先滾。」

沒有男人可以抗拒這種眼神。

「啊～」

「啊～～」

我滾到草地上，她緊接著滾下來，不停笑著。

「我就說嘛，很好玩的。」

她笑著笑著發現我在看她，也慢慢靜了下來。我們倆個人四目相接，我的心裡有著千言萬語這個時候全都飄了上來，等在嘴邊。她的眼神深邃無垠，如我第一眼瞧見她時那般。我調整了一下呼吸，看著那一顆顆的流星。

「我們這樣……會不會很像在談戀愛啊？」

她沉默了一會兒，從草皮上抓起一把草往我頭上一扔。

「愛你個頭！」

她笑著站起來拍拍身子，跑掉了。我也站起身，拍去頭上、身上的草屑跟了過去。

「哇，這裡好漂亮啊。」我們走到湖邊時她說。「這裡晚上點起黃色的燈光一定很有感覺。」

爽朗的下午我們走在湖邊一個個大型的立方石塊上，湖裡的水波光瀲灩。她一面從一個石塊跳到另一個石塊，一面數著石塊的數目，像個小孩子一樣。她的馬尾在輕風中擺盪搖曳，好比飛舞得優雅的蜻蜓，我的步伐也跟著輕盈了起來。

「妳會討厭我嗎？」我試探性地用相反的問題問她，一方面不想太直接表露我的心意，一方面不希望聽到太刺耳的答案，同樣一件事，同樣一個問題用慣常的方式問感覺就太直接地把人推上那個約定俗成的命運關卡，感覺就負荷了太多人類所累積的對戀愛的共同記憶，也就是俗稱的告白。我沒有辦法承擔那樣巨大的壓力。

「不會啊，」她頭也不回地說，「我蠻喜歡你的啊。」

我愣住了。這是一個怎麼樣也意想不到的答案。

「那，」我又問，「妳怎麼會跟我出來？」

「嗯？」

「為什麼會想答應跟我出來？」

「跟你在一起我覺得很輕鬆，」她轉身面對著我，陽光從她的側臉斜射下來，她的笑容極為燦爛、耀眼。「你的眼裡有一片草地……青蔥碧綠，感覺在那上面我可以自由地奔跑、嬉笑，沒有時間，無邊無際，那種感覺很像永遠。」

9.3

「咦，小卜是你啊，怎麼來了？」伍弟看見我高興地說。

「我經過就想說順便過來看看。」

「可惜其他的團員都去休息了，我們剛在練團體賽要表演的曲子。」

練習室裡只有伍弟跟另一個團員，看起來像鼓手，掛著大眼鏡，留著長長的捲髮跟大鬍子，感覺不像是會出現在大學校園裡面的人物。他如果手臂刺個青去演美國的飆車族一定不會引起任何懷疑。他的長相與其說是伍弟的團員倒不如說是他的流氓爸爸比較恰當。

「這位是阿吉。」

流氓爸爸注意力從雜誌移到我身上，對我揮手打招呼，我也跟他揮揮手。

「你們在練什麼曲子？」

「嗯，不是很熱門的曲子，你可能沒聽過，名字叫作『Friday I am in love』。我有CD，可以放給你聽。」

「是誰唱的啊？」

「怪人合唱團，The Cure。」

「喔。」好個怪人合唱團。

「我們原本在考慮另一首Damn Yankees唱的『High Enough』，不過怪人的這首旋律比較討喜。」

「好繽紛。」聽著音樂我說。

「對啊，感覺就很像陷入戀愛的感覺。好像那種耶誕節大家一起丟著彩帶高興地唱歌。」伍弟說著也有模有樣地哼了起來。

從練習室離開我散步來到操場邊常有人對牆練習網球的角落。我的腦裡還是那首曲子。在樹蔭下蹲下來我意外地在一叢醡醬草裡發現一株四葉的，心中雀躍不已。我把它小心摘起拿回寢室夾在厚厚的課本裡作成壓花。

「我就說不是故意的啦。」

淑萍跟Linda還在談著她生日她吐在我身上的事。

「Ivy妳那天沒去真是太可惜了，」Linda說，「淑萍最後吐在小卜身上那一幕真是經典。」

「唉呦，我真的不是故意的嘛。」

「好了，Thomas來了。」Ivy說。

「哈，歹勢遲到了。」

「你也會不好意思啊。」Linda說。

「喔，妳已經從情殤中復原過來了嗎？」

「沒有什麼情殤好不好，你太誇張了，只是吵的兇一點而已。」

「那上次說今天的主題是什麼？」

「浪漫吧。還有為什麼大家都渴慕愛情。」Ivy說。

「那誰要先？」我問。

「我先吧。」淑萍說。

「我覺得浪漫就是可以兩個人一起吃晚餐，分享一天裡面的點點滴滴。」

「嗯，」我說，「如果妳不吐在對方身上的話。」

「唉呦，就說了不是故意的，我喝醉了嘛。」

「好了好了，換我。」Linda說。

「我覺得浪漫就是兩個人手牽著手，不說什麼話，可是卻可以感受到彼此的心意。」

「聽起來很像大茂黑瓜的廣告。」Thomas說。

「那你的呢？」Linda回Thomas說，「你的會比我的浪漫嗎？」

「喔，太容易了好不好。」Thomas說。「我的浪漫就是點上淡淡的香精油，放著輕音樂，兩個人一起在燭光下喝紅酒吃燭光晚餐……那之後的事。」

「Thomas你很低級，動不動就想到那個。」

「拜託，冤枉好不好。我是說幫她蓋上棉被看著她睡覺。」

「總之你就是要吃完飯讓那個女的上床就是了。」Ivy說。

「好啊，說得好啊。」Linda附和著。

「那我覺得呢，」Ivy說，「浪漫是絕對的主體性加上近乎絕望的激情。」

「嗯……說得有點道理。」Thomas說，「小卜？」

「我……我覺得浪漫就是兩個人一起出去的時候，在斑斕的午後，對方突然回過身對自己說跟你在一起感覺很輕鬆……那種感覺很像永遠……」

「哇里咧……」Linda說。

「還『斑斕』咧……小卜你今天怎麼了？怪怪的喔。」Thomas也說。

「那，」Ivy說，「再從小卜輪回來囉。」

「喔，好。」我說。

「關於為什麼大家會那麼渴慕愛情，我覺得是因為大家都為了那種合一的滿足感，想與自己缺失的宿命的另一半相結合。」

「很普通啊。」Thomas說。「這種論調真是了無新意。」

「你的很有創意嗎？」Ivy問，「不然給你先講好了。」

「內分泌啊，都是內分泌作祟。性的驅力決定了一切，所有的苦悶都是性的苦悶。」

「你的也是了無新意啊，大家都知道你會這麼講。」Ivy又說，「我覺得人會那麼渴慕愛情是因為在愛情裡自己都變成了

獨特的，而人希望自己是獨特的，是與眾不同，是被偏愛的，是被favored的。愛情重新定義了一個人的價值。」

「那換我。」Linda說，「我認為人渴慕愛情的原因是愛情提供了一個適當的場域讓人可以抒發內心本能的愛戀、奉獻、關心。」

「我的想法可能怪一點，我覺得是因為在愛情裡面人可以回到那個純真的孩提時代。情人之間的話語行為會變得像小孩子，因而脫離沉重的現世生活，返回那個無憂無慮的童年，感受真正的自由及純真，不受拘束，有無限的可能。」淑萍說。

9.5

終於到了音樂大賽的當天，會場裡擠得滿滿都是人，我跟Casanova站在室內的一角等著比賽的開始。比賽的順序是先由個人組開始，再來是創作組，最後才是團體賽。我原本想約Paerie一起過來看，可是她說她有事不能過來，所以作罷。Thomas現在人不知道跑去哪裡，馬龍也一大早就不見人影，最後只有我跟Casanova過來加油。

經過主持人的開場白，比賽正式開始。個人賽的參賽者一一上場獻技。

「Woody說你幫他寫詞啊。」

「他太過獎我了。他原本自己就先寫好了，我只是幫他改而已。」

「就是潤飾？」

「差不多。加一點東西，減一點東西。」

「這個不行。」Casanova說。

「為什麼？」

「她走音的地方太多了。」

「嗯。Casanova。」

「怎麼？」

「其實我一直有在想之前你跟我說的有關於愛情的事，就是有關Aristophel、Midas、Medusa，還有什麼Tan……來著的，可是還是有一些問題困擾著我。我可以問你嗎？」

「可以啊。我可以回答的我一定盡量跟你說。」

「你覺得一段愛情裡的重點是什麼呢？影響兩個人最大的。」

「我對這個沒有既定的看法，不過我曾經聽別人說過影響兩個人最大的其實不是一段感情當下的狀態，而是那段感情的軌跡。換句話說就是影響一段感情最大的，可能導致其破滅的，或繼續維持下去，或者在風雨中倖存的，是兩個人的過去。人很容易對過去有所依賴、依戀，還有迷信。當一段感情要結束，它必定是已經累積了大量的問題以至於過去的一切拖垮了正在進行的一切；而一段感情若最後能夠維持或挽回也一定是有著難以割捨的難忘的回憶。人會翻舊帳，無法原諒已經遠去的過往，也會因為深印心上難以忘懷的美好曾經而忽略某些事情已經改變的事實。回憶是個最弔詭的東西，因為它創造了思念以及回想，複雜化現存的事物，朦朧甚至歪曲人的感官、情緒、思考。另外，說到過去，人很多時候也會為了無法改變的過去而怪罪、疑心，例如對於一個未曾謀面的對方的舊情人。在這個情況下，過去所引發的更多是幻想，大部分與現實無關且與事實不符，可是它卻很容易觸發妒忌、誤解、責難、想像、誤判，最終導致感情的破碎。」

「這樣……」Casanova說得很玄，我自己都不了解到底他有沒有回答我的問題。

在我們談話的同時，伍弟已經開始表演，我們一邊聽他的演唱，一邊在下面聊著。

「那怎麼樣才能讓人喜歡上自己？還是說怎麼樣才能知道對方喜不喜歡自己呢？」

「這些問題沒有定解。比較可能的是去做適當的分析、了解，因為你永遠都不可能知道對方確實在想什麼，也永遠都沒辦法使得一個人愛上自己。愛情中曖昧的關係是必經的過程，在這期間猶如不斷地猜測對方手裡的牌是什麼。你必須了解，人其實是無法為自己做選擇的，人沒有辦法控制自己要不要愛上一個人。愛情，它為我們做了決定。我們只能等到大略的方向確定了，再小心地往那個方向前進。重點在於如何接受，要不要接受，不是如何探知，如何究其所以。有些人會用極端的態度看待愛情，不過那都是不好的。人必須了解愛情僅是愛情，它存在一如它不存在，我們不能用我們的知識或感情去對其加以思索。記得我跟你說過的米達斯跟梅杜莎嗎？過於讚揚愛情的人好比前者，他們會把愛情幻化為一切美好的集合，但是這就像是在沙漠裡看見海市蜃樓，是過度需要且渴望水的結果；過於貶抑愛情的人則好比後者，他們相信愛情的本質是危險的，當別人發出正面的訊息，他們不可予以同等回應，否則就會像飛蛾撲火一般自尋死路，但是他們不了解造成不好的果的因，全是他們自己加諸的。最後有一點要補充，披頭四曾說：『The love you take is the love you make.』這句話在愛情裡是不正確的。因為有關愛情的付出與回報永遠都會是不等值的。」

「咦？」我以為我看見了Paerie。

「怎麼了？」

「不，沒事。我想我看錯人了。」

我們說著說著很快地伍弟就在創作組的比賽中登場了，我們莫不給他熱烈的掌聲。

輕輕掀開眼簾
是妳的笑臉
佔滿我的視線
轉不開對妳的依戀
想用一生的時間
擁抱妳脣齒間的甜
永遠有多遠
我願意跟它到天邊

凝望妳的眼睛
看見我自己
靦腆的笑意
在妳眼中揮不去
是該愛上妳
放任愛情悄悄將妳叫醒
還是就讓我倆
繼續交換曖昧的關心

想妳的人啊
欲言又止不說話
想妳的心啊
多希望妳能猜透我的想法
愛妳的人啊
若靜靜貼近妳的長髮
妳會不會握緊我的手當作回答

伍弟這首歌輕快的旋律明顯擄獲了全場的焦點。加上在團體賽中優異的表現，雖然個人賽失利，伍弟還是在音樂大賽裡抱回了兩個獎項，都是冠軍。就在伍弟在台上演唱創作的曲子時，我才篤定的相信那天在車站他說的那些話絕對都是認真的，他耀眼的光芒直接來自於他對夢想的堅持、自信，還有他永遠都懷抱著的無可匹敵的真誠。

波西米亞　10
5月1號

　　我盯著手機上的日期，想著她是否會記得。我在一次丟水球的時候有跟她提過，可是她會記得嗎？還是說她其實並沒有放在心上，她根本就不在乎這個。或許她根本未曾注意過。她會不會是想給我一個驚喜？這個可能性似乎不高，都已經要入夜了。她忘記了？她有記得過嗎？她會知道我是故意透露給她知道的嗎？她是否有曾經對我暗示過什麼呢？她會記得我最特別的日子嗎？上一次聊天是不是有什麼話她其實是對我說的？她那句話有什麼特別的意思嗎？對她來說我到底是什麼呢？我們現在的互動算不算曖昧呢？她有沒有承認我呢？我對她來說特別嗎？我是她的誰？如果我對她來說是特別的，她應該會記得吧？她應該會記得我的生日吧。所有其他人忘了都沒有關係，他們都忘記我這個人也沒有關係，但是她會記得嗎？她可能只是太忙了。可是忙什麼呢？只是一句簡單的祝福啊。如果她喜歡我送給她的花，她會不會回送我什麼呢？如果有的話，那是不是可以算作是我們之間的信物呢？我們之間是有一些暗語，是有一些小秘密，這讓我們跟其他人是很不一樣的。火星人、草地、襯衫、銀河，這種種的一切都是在說明我們之間的關係是非比尋常的啊。也許只差一句告白，也許只差那個時機去為我們搭起那座橋樑，也許她也在等著我開口。所以她會記得嗎？她記不記得是否真的關乎到我對她重不重要？5月1號，應該很好記吧？雖然可能沒有跟二一諧音的2月1號好記，可是

應該不難記吧？就算她真的忘記了好了，她會不會想起來？她會不會今天上網開信箱剛好翻到那份通話紀錄，記起今天是什麼日子？不，她應該是記得的。她會記得，我想。可是只剩幾個小時了。一天都要過三分之二了。她會來找我。她會不會來找我。我還要繼續掛在站上嗎？她今天會不會上站？她會不會打電話給我？她會送禮物過來嗎？為了不讓別人太早知道我們之間的事或許她會託人送禮物過來。託誰呢？Meggy？沒有比她更適當的人選了。就Meggy吧。可是她可能會想見我。她可能會想跟我說說話。那應該就要約在外面。那樣的話她就要先打電話給我，寫站內信的話我不一定可以及時收得到，是說不一定要今天，可是如果是今天的話就更好了。可是今天已經沒剩多少時間。說不定她忘了。不不不，她不會忘的。她只是要給我一個驚喜。我是不是要打一通電話給她給她一點暗示？可是她不會忘記的，那樣就會變得很奇怪，好像我在跟她討什麼似的。而且如果她主動打電話給我，那表示我對她來說是真的很重要。

我就這麼想著想著也快七點了。Casanova、Thomas不在，伍弟和馬龍各自在做自己的事。沒關係，他們忘了就算了。反正我也沒有特別跟他們提過。

「要去吃飯嗎？」我問。

「不用了，我再自己去吃就好。」馬龍眼睛仍盯著螢幕。

「我吃過了。」

「那我就自己去吃了。」我好像在跟自己說話。

吃著飯我還在想著，究竟她記不記得或到底她知不知道。她不可能不知道的。可是我還是會有些許的懷疑，我沒有百分之百的把握。越是這樣想，我的心裡就越悶，飯吃起來一點味道也沒有。

我不想去想這些事，可是腦袋就一直在轉，吃過飯逛進夜市裡依舊如此。

　　「一杯梅子綠。」我對老闆說。

　　可是，如果她真的忘了呢？不是故意的，就是因為忙著一些什麼事情，或者是說做事情做到一半不小心睡著了，忘記了，是不小心的。這樣就沒有關係。如果是這樣的話。

　　「來，好了。」老闆說。

　　我正要付錢，突然一張陌生的臉孔湊了過來，對我笑了笑說謝謝，然後拿走我的梅子綠，就這麼走了。

　　我真是呆了。

　　怎麼回事？

　　「先生！」我試著要去叫他回來。

　　「先生錢還沒付喔。」老闆對我說。

　　「啊對，對不起。」

　　我把錢給老闆以後，馬上追過去找那個男的。到了大門前的噴水池終於給我追上。

　　「先生！」

　　「什麼事？」

　　「那個，那杯是我的梅子綠。」

　　「可是我已經喝完了耶。」

　　「不，不是。可是那是我的梅子綠。」

　　「阿我就說我已經喝完了。不錯，還蠻好喝。」

　　「可是那杯是我買的。」

　　「真的喔。」

　　「對啊，不是，我……」我真是不知道要說什麼了。

　　「那我賠你一個蛋糕好了。」

　　「啊？」

這個時候我看見伍弟一群人從噴水池後面拿著插著蠟燭的蛋糕走出來。我大概知道是怎麼一回事了。

那個人是伍弟的朋友，紡織系的。他受伍弟之託負責來演這場荒謬的戲碼。

在我們準備回寢室慶祝的時候，我的手機響了。

「喂。」我接起手機。

「喂，小卜啊。」是大姊。

「喂，大姊什麼事？」

「沒事，跟你說一聲生日快樂。」

「喔，好我知道了。」

「你妹要跟你說話。」

「喂，生日快樂。」一個慵懶的聲音說。

「喂？」

「就這樣？」我說。電話那頭有很明顯的電視的聲音。

「嗯，她在看電視。」

「我知道。」

「對，就祝你生日快樂。」

「那先這樣吧。」

「等一下，媽媽要我問你錢夠不夠用。」

「夠。好了，先這樣吧，我現在很忙，先不講了。」

「好，那你自己小心。」

「拜拜。」

「那再見。」

他們在寢室幫我慶生，一共有六個人。扣掉全寢的室友還有淑萍跟Ivy。他們買了一隻長相極古怪的玩偶給我，看起來又不像恐龍又不像鱷魚。

「這是誰挑的？」我問。

「我！」淑萍很快地舉手。

「好，很好，妳怎麼知道我喜歡這個？」我跟妳有仇是嗎？

一直到了快12點，慶生都結束好一陣子了，她還是沒有打電話給我。

我想放棄了，就去洗澡了。洗完澡回到書桌前赫然發現有一通簡訊。

是她傳來的！她說：

Happy Birthday. ＝）

波西米亞　11
費頓的仲夏夜之夢

就是它！

我一看見這件亮紫色荷葉滾邊的襯衫心裡馬上衝出這樣的感覺。她收到的話一定會很喜歡。我想送這件襯衫給她做生日禮物。

怎麼沒有標價？我心想。

「先生你喜歡這件嗎？」

「對，可是沒有標價。」

「這件是女生穿的，先生你要送人嗎？」

「對，我送人。」

「她的尺寸是……？」

「我不知道耶……」

「她到你哪裡？」

「嗯……眉毛這裡吧，我想。」

「她會很豐滿嗎？」

「啊？」

「她抱起來感覺會讓你覺得很豐滿、很有肉，還是一般？還是比較瘦一些？」

「不，妳誤會了。我們不是那種關係。我是說……我們可能快要是那種關係，可是還不是那種關係。就算是那種關係，

我想我們應該還不會發展到那種關係。」

「她比我胖嗎？」

「差不多。」

「那買S的就可以了。」

「好。那這件衣服是……」

「2400圓。」

「耶！不能便宜一點嗎？啊……對不起。」

「沒關係，加上我們現在店裡的折扣只要1200圓。」

「喔……差這麼多。」

「那先生你要嗎？」

「好，請幫我包起來。」

「請稍等。」

可惡，我剛剛一定很丟臉。

回去之後我把之前做的壓花拿出來放在小小、透明的小袋子裡，並把它用來取代原本在衣領後面的清洗注意事項標籤。

我躺在床上看著它華美的光澤，心想，她一定會很喜歡。

11.2

「那期末主要就考這個？」Thomas拿著仲夏夜之夢的劇本問。

「對啊。」Ivy說。「你忘記我們今天要討論這個了嗎？」

「討論什麼？」

「仲夏夜之夢啊，跟上次說不好討論的主題一起。」

「誰來講一下故事？」

「Thomas，老是這樣不行喔。」

「好了，別拖時間了，我稍微講一下好了。」淑萍說。

「這個劇是莎士比亞寫的你知道吧？故事裡面的內容就

是有兩對男女，分別是賴桑得（Lysander）、赫米亞（Hermia）、地美特利阿斯（Demetrius）、海倫娜（Helena），其中賴桑得與赫米亞彼此相愛，海倫娜喜歡地美特利阿斯，可是地美特利阿斯喜歡的是赫米亞。因為賴桑得跟赫米亞的戀情並不被赫米亞的父親所接受，他希望她下嫁給地美特利阿斯，所以賴桑得與赫米亞決定晚上在樹林裡相會，然後私奔。海倫娜知道了這件事，便把它告訴地美特利阿斯。地美特利阿斯認為他不能讓他們兩個人私奔成功，所以就趕去樹林裡，而海倫娜則是為了追地美特利阿斯跟著跑進了樹林裡。在樹林裡有著精靈王奧伯龍（Oberon）跟他的僕人撲克（Puck）。奧伯龍看見了地美特利阿斯跟海倫娜的互動，就計劃要讓海倫娜了其心願，讓地美特利阿斯愛上她。於是他便叫撲克去找到了『三色菫』，只要把它的汁液點在一個人的眼皮上，當那個人醒來，他就會愛上睜眼看見的第一個人。可是錯就錯在撲克把賴桑得誤認為是地美特利阿斯，在他眼皮上點了汁液，結果讓賴桑得去愛上了海倫娜。之後雖然順利地讓地美特利阿斯愛上海倫娜，可是這麼一來變成兩個男的都喜歡海倫娜，而赫米亞沒人愛了。經過一夜荒唐的胡鬧，奧伯龍叫撲克解除賴桑得對海倫娜的迷戀，而讓地美特利阿斯繼續愛著海倫娜。這麼一來事情就圓滿結束，皆大歡喜。這個劇還有另一條線是講奧伯龍跟仙后鐵達尼亞（Titania）跟一群跑進森林的工匠裁縫們，不過那是支線我就沒講，回去自己看。」

「那說起來這三色菫真是神奇，一點就可以讓一個人喜歡上另一個人。」Linda說。

「其實校門口就有呢。」Ivy說。

「真的嗎，我從沒注意過。」淑萍說。

「不知道有沒有像劇裡面講的那麼神奇就是。」Ivy答道。

「華格納好像有一個劇叫Tristan and Isolde也處理到類似的主題，」Ivy又說，「不過我記得不太清楚。」

「誰是華格納？」

「別在意，不會考。」

「那我們就用這個來談主題囉。」Linda說。

「好哇。」淑萍附和。

「什麼主題？」Thomas問。

「愛情是可以被創造出來的嗎？」Ivy說。

「什麼意思？」我問。

「就是愛情是不是可以被用靈藥像三色堇創造出來的。」

「沒有愛情靈藥這種東西吧。」我說。

「那種東西當然是沒有的，可是如果是類似那樣的東西呢？」Ivy說。

「什麼意思？」

「比如說親吻。」

「今天如果有一個女生親了你，你會對她感覺特殊嗎？你會喜歡上她嗎？」淑萍補充說道。

「我懂了。」Linda說，「就是說原本可能是要先有愛情才會親吻。可是如果今天反過來會不會出現愛情。」

「也就是說愛情的符碼如親吻或擁抱到底是愛情的起因或表徵。」Thomas說。

「對對，就是這個意思。」Ivy說。

「這好難回答喔。」我說。

「為什麼。」Thomas問。

「一般來說的確應該是先有了愛情再有親吻跟擁抱。可是如果有一個女生抱了你，親了你，如果那個女生不是太令人討厭，你一定會有感覺的吧。你一定會突然開始更注意那個女

生。但是那是愛情嗎？」

「不知道耶，感覺好像真的很曖昧。」Linda說。

「如果那樣真的可以的話，是不是也就代表慾望、肉體的接觸是可以達到形而上的愛情呢？這樣是不是很奇怪？」淑萍一語道中我們的疑惑所在。

如果說愛情到肉體的接觸是可逆的，那麼是不是也就等於認同愛情是可以被製造出來的呢？是不是代表愛情是可以被創造的？那麼一來愛情一部份的「命定感」是不是也就變得有點荒謬呢？如果這樣的話，慾望跟愛情可以畫上等號嗎？兩者的關係到底為何？那種感覺到底是不是愛情？愛情又到底是什麼？Thomas提到看過一篇報導說男人在與不相識的女人過夜後有時候早上醒來卻沒有辦法接受女子離去，會希望那個人留下來。那種感覺是什麼？這兩者之間的弔詭究竟要怎麼解釋？究竟是愛的感覺促成了愛的行為，還是愛的行為成就了愛的感覺？如果愛情是可以被製造的，那人為什麼還要談戀愛？其實我們都知道這種逆向操作一定有其破綻所在，可是我們又沒有辦法去解釋分析那中間的曖昧、灰色地帶。這兩者可以清楚劃分嗎？或許可以解釋為生物性作祟，可是依戀是屬於生物性的一部份嗎？而且那種感覺好像又不只是單純的生物性。那到底是什麼？這個問題我們沒有討論出解答，甚至連交集都沒有，這已經遠遠超出我們的智慧所能理解的了。我們沒有辦法解構愛情的符碼之於愛情的意義，不能回答它處在愛情的何種位置。真的要將它從愛情中劃分，去釐清兩者的關係，感覺猶如要去回答「蛋生雞，雞生蛋」的問題。

　　怎麼下起大雨了？看著黑壓壓的天空跟傾盆的雨勢我這麼想。不行，還是要去。過了今天就枉費我準備了這麼久。

　　於是我穿上雨衣，把早先跟她借的筆記還有襯衫小心翼翼地放進置物箱裡。機車一騎就去到她住的地方。

　　我先把雨衣脫下來撐開在坐墊上方，然後才開置物箱把東西拿出來，以免弄濕。我把雨衣掛好，對著後照鏡整理一下儀容，確定都沒問題了，才上去她住的地方。

　　嘟……嘟……嘟……嘟……嘟……嘟……嘟……嘟……

　　「喂？」

　　「喂，我是小卜。」

　　「喔，怎麼了，什麼事？」

　　「我拿筆記來還妳，妳可以開一下門嗎？我快到妳房間門口了。」

　　「好，好，你等一下。」

　　她半開了門，身上只裹著一條浴巾。她的頭髮還濕答答的，臉上還滿是水珠。

　　「不好意思，我剛在洗澡，」她喘著氣說，「怎麼了？」

　　她白皙透紅的肌膚讓我一下轉不開視線。

　　「啊……我……那個……沒事，我只是來還筆記……」

　　我手忙腳亂地把筆記遞出去，腦袋一片空白。

　　「謝謝你，那我進去了。」她接過筆記說。

　　我不停應著「好」，目光不敢再移回她身上。又覺得興奮，又覺得羞愧，我踩著凌亂的步伐趕緊離開。

　　禮物！

　　走到樓梯間我猛然察覺到襯衫還夾在我的腋下，又折回去

她的房間。回去的時候我才注意到鞋櫃旁邊的垃圾桶裡插著的是我送她的玫瑰。正覺得奇怪，就發現她房間的門沒有關好，光從門縫透出。我彷彿聽見房裡傳來奇怪的聲音。我摒住呼吸輕輕地把門推開一點，目擊了一幕最驚心動魄的景象：有一對男女正趴在床上激烈地交合！我忍住心跳，又悄悄把門關好，踮著貓步要離開這棟屋子。我感覺心裡有什麼快要爆炸開來，我只想趕快逃離這個地方，有什麼快要爆炸開來，我想趕快逃離這個地方我要逃離這個地方逃離這個地方有什麼快要爆炸快要爆炸快要爆炸！

冰冷的大雨和著我滾燙的淚水模糊了我眼前的一切。在我耳際響起的只有他們狂熱的叫聲以及她的嬌喘。什麼都扭曲了，失真了，都變形了。我眼前的景象早已經不成形。

當我赫然發現自己騎到一處平交道，我已經來不及煞車，就這麼整個人從車上摔落，人跟車都在地上翻滾。

「啊──啊──！！」

我耳畔交雜著他們歡愉的聲音和平交道鐺鐺單調的警示聲，身上已感覺不到任何痛楚；火車坷隆坷隆地疾駛過我的身旁，我不停地大吼，只為驅走那惱人的影像……

11.4

接連的幾天我的腦袋時常會出現不同的男人壓在她身上的情景，有黃皮膚的，有白皮膚的，有黑皮膚的，有很年輕的，有老的，有瘦的，有胖的。我無法克制自己沒有原因的畏寒，恐懼著我自己也不知道是什麼的東西。我開始不敢直視她，我開始害怕被她發現，我開始懷疑著許多我曾經相信的事。

我究竟是什麼？

那個影像不斷地出現，好像是真的一樣，不斷出現。那是

真的嗎？交錯的畫面與聲音混亂了我熟知的一切，我弄不清楚到底哪個畫面是真的。是黑皮膚的那個嗎？是滿身肥肉的那個嗎？他們到底是用什麼姿勢？我看見她的臉了，可是為什麼她的五官開始扭曲、膨脹？有人的笑聲。誰？是誰？誰在笑？喘氣的聲音。又是誰在喘氣？那個咕啾咕啾的聲音是什麼？女人的笑聲。男人的笑聲。又有人在喘氣。不對。是狗嗎？笑聲。笑聲。呻吟，變成了呻吟聲。他們大口喘著氣，有呻吟聲。他們？不要靠過來，黏黏的好噁心。有汗臭味。誰的汗？咦？旋轉了。我開始旋轉了。到底是什麼在旋轉？好暈，好暈。誰幫個忙不要再轉了。我好暈。快停下來啊，快幫我停下來啊，不要笑了，停，不要笑了，我要吐了，好暈。

我看見她的臉了。她也看見我了。她笑得好燦爛，向我走來，可是我要走了，我要走了。

11.5

PAERIE　：小卜。

PAERIE　：小卜你在嗎？

AENEAS：我在……

PAERIE　：你怎麼了？為什麼看到我就跑掉了？

AENEAS：我不知道……

PAERIE　：為什麼？怎麼了？

AENEAS：對不起……

PAERIE　：對不起什麼？

AENEAS：我看到了……我不是故意的……

PAERIE　：你看到什麼？

AENEAS：妳生日那天我走了以後又折了回去……

AENEAS：我不是故意的，真的……

AENEAS：妳門沒有關好……

PAERIE　：……………………………

AENEAS：為什麼？為什麼要這樣？我不了解。我不了解！

PAERIE　：你不會了解。

……………………………………………………………

…………………………………………………

………………………………

………………

……

她下線了。

11.6

她下線了，消失了。

隨著我慢慢有一點意識，我開始感覺焦急。有股強烈的衝動告訴我我必須去找她，我必須要見到她。我不能失去她。有好多話我沒有說，我必須見到她。我要告訴她我有多喜歡她，越是覺得我快要失去她，我就越這麼覺得。我要見到她，我一定要見到她，我一定要告訴她我喜歡她。

咚咚咚咚咚咚咚咚咚……

我敲著她的門叫她的名字。我一定得跟她說。

「好了，不要敲了。」她開門制止我。

「我……真的很對不起……」

「衝到別人家亂敲門是你道歉的方式？」

「我只是想見妳。」

「你見到了。」

「對不起……我……我真的不是故意的。可是我有好多話想跟妳說，好多好多話。」

「你不要說那種會讓我覺得很尷尬的話好嗎？」

「……我……我們進去講好嗎？我真的有好多話……」

我向前進了半步，可是她伸直了右手頂著我的肩膀，要我停在原地。在這一刻，我感覺有一些東西瞬間毀滅了。

「你不會了解我的世界的。」她低著頭，沉默了片刻之後又說，「就算你了解，你也不會接受的。」

「妳……有愛過我嗎？」我緩緩地說出這句話。

她沒有說話，時間一秒一秒的流過。不知過了多久，她才又開口。

「我只當你是朋友。」

聽到她說這句話，我的頭慢慢垂了下來。她今天穿七分褲。好可愛的粉紅色七分褲。她腳的旁邊是什麼？啊，是我的花啊。我的花還插在那個垃圾桶裡。我送的花是垃圾嗎？我是垃圾嗎？是垃圾嗎？是垃圾嗎？

「有事嗎？你還有事嗎？」

「沒，我沒事了。沒什麼事。」我盯著我的花這麼說。

接著她的門就這麼在我面前關了起來，是很安靜地，關了起來。

我拿起我的花——黃色的紙玫瑰——走向幽暗的樓梯間。我一階一階往下走，走到一半我的腳就沉重地提不起來。我感覺到無止盡的悲傷，可是卻一滴也不從眼睛出來。我頹然地坐在樓梯間裡，感覺，這太虛幻的一切。好像一場夢突然醒了一樣。夏夜的魔法就這麼消散了，消散了……

我以為她像蝴蝶在我生命中飛舞，可是原來只是園裡的花影搖曳。

波西米亞 12
熾

12.1

　　她的生日很靠近暑假。在那之後我們就被距離拉開，又分居到不同的城市裡，我留在這裡，而她，回台南去。

　　我沒有辦法一下消化突如其來的衝擊，所以決定趁著暑假暫時離開這個地方。我計劃去拜訪幾個同學，就當作是散散心，我不想在這個時候一個人待在這個充滿回憶的地方，那種孤獨太可怕了。

　　一早我搭上客運，看著窗外台中的輪廓漸漸變淡，心情竟也真的舒緩了些。靠著椅背，只用耳朵聽車上的電視，我想暫時把過去幾個月發生的事都忘掉。

　　首先我要到高雄去，去找伍弟。

　　我不清楚車子到底開了多久，搖搖晃晃地我的身子鎖在狹小的座椅裡昏昏沉沉好似漫無目的。我的腦袋不時會跳出有她的畫面，可是我總會阻止自己再繼續想下去，因為類似的冥思最後一定都會走到那個驚駭的畫面，以及她對我說的最後那一句話。我不想去想，我不願思考，我不想讓自己陷入進退兩難而且其實一點意義也沒有的想念。可是可笑的是每當我這麼想的時候，我已經在記憶的泥沼裡掙扎了好久，喝得飽飽的和著她的氣味的泥水，無法自拔。我不應該去想的。連想都不應該去想。可是現在她和他在做什麼？現在她和他在做什麼？

不知道為什麼我想起一首英文老歌，tie a yellow ribbon around the old oak tree......tie a yellow ribbon around the old oak tree......it's been a long year......and you don't want me......you don't want me......you are having sex with him......and you don't want me......what am I doing......who am I......not a hello......not a bye......it was just a friendly slap on my face and I wanna cryyyy......

　　在高速公路上很孤獨，可以忙的只有哈口氣用力擦擦窗戶，再用力地把自己向著玻璃撞昏。也許他們應該考慮在高速公路上種些老橡樹，不，就種滿老橡樹吧，一整排的老橡樹。這樣子的話坐車的時候比較不會無聊，往窗外看就可以看見黃絲帶，可以唱著歌看看外面綁滿黃絲帶，艷黃色焰黃色橘黃色蛋黃色淡黃色金黃色澄黃色鵝黃色硫黃色土黃色油黃色酒黃色鮮黃色嫩黃色乳黃色斑黃色米黃色苦黃色麻黃色穀黃色亮黃色暗黃色木黃色暖黃色銅黃色茶黃色焦黃色，啊，多麼美妙一條湍急的琥珀！可是黃色黃色，黃玫瑰黃玫瑰，可惡，去死去死去死。

　　車子究竟過台南了沒有？公路上一成不變的景色讓我好生著急。掀開布簾的一角只能看見灰色的公路上，車子和車子在彼此之間交錯，恩恩恩恩嗡嗡地像蜜蜂，嗡恩恩嗡恩恩恩嗡嗡嗡地又像貪食的長腳蚊，我是它肚裡的一滴血，是它親吻她的肌膚後懷著的，亞當啊亞當，他是夏娃的一滴血變的，她是完全的伊甸園，而他是上帝吃剩扔出園子的果核。

　　花影搖曳……花影搖曳……我多想剪去那一段記憶，那麼心中的杜鵑也不要咳血悲啼了，我，，，我我我，軟癱在陰冷的白沙灣，趴臥在漂流的浮木──極似早朽的枝枒──隨時都要翻覆。如果真的可能，我想動個腦前葉切除手術，就切掉所有我們之間的交集，只留下驚鴻的第一瞥。讓我保留美好的想像，讓我能夠有勇氣相信那個尚未遇見就已思念的形象。

如果他們已有彼此之間的生活，為什麼她還要對你好？為什麼她要邀你參觀她的房間，對你施以親暱的口吻？為什麼她要跟你出去？在心情低落的時候期待你的出現？為什麼要對你嗚咽？在你幾乎按耐不住心中的情愫向你提及……永遠……？

　　像這樣和妳肩並肩　那到底我是妳的誰？I don't care if Monday's blue, Tuesday's gray and Wednesday too, Thursday......

　　台南，那是一個什麼樣的地方？每一塊磚、每一粒塵，都會有她的氣息嗎……

　　我醒過來的時候車子已經停在高雄了。我依約到火車站前，伍弟已經等在出口。

　　晚上伍弟帶我到愛河畔，我們也就是走走看看，因為伍弟說高雄其實他也不太熟。

　　「為什麼叫愛河？」我問。

　　「我也不知道，應該不是有很多人選在這裡結婚吧。」

　　「應該不是。應該也不是有一對很有名的情侶在這裡溺水。」

　　「嗯，應該不是。」

　　晚上的愛河在霓虹的照耀下反射出迷離的光輝，如果沒有喧囂的車聲應該會更有氣氛。

　　「這裡雖然叫做愛河，可是氣味不好，沒有多少人會來這裡約會。」伍弟說。

　　「你平常會來嗎？」

　　「不會耶，我比較常待在家裡。如果我爸媽有事我會幫忙顧店裡。」

　　「生意好嗎？」

　　「還可以。我爸開這家店最主要還是因為興趣。」

　　「你喜歡音樂也是因為興趣嗎？」

「簡單的說是這樣，可是又不完全是。」

「怎麼說？」

「我們學樂器都要很小都開始學，那個時候根本就沒有辦法想到興趣這件事，等到我大到發覺這個問題時，我已經在這條路上了。可是我當然是喜歡音樂的，那是後來的事。如果讓我再晚一點選擇，說不定我就真的會去唸音樂系。」

「你爸媽很敢投資。」

「為什麼？」

「栽培你這方面的才能。」

「什麼意思？」

「音樂教育……或是說藝術好了，畫畫還是什麼的，這些不是都很難短時間看出成效嗎？而且就算真的學得好，也不見得有實際的出路。更何況投資一個音樂家真的要花很多很多錢。」

「你說得我都覺得對不起我爸媽了。」

「啊，不好意思……」

「可能是因為我爸媽真的都非常喜歡音樂的緣故吧。」

「喔。」

「他們兩個以前也都是學音樂的。聽我媽說這類的問題其實他們以前也有想過。我媽說她以前跟我爸談戀愛的時候，我爸還沒有開這家樂器行。他沒有正式的工作，偶而就是去拉拉樂團，或者是接一些外面的case。她自己則是一個新任的音樂老師。我媽說交往之初我爸其實對自己走音樂這條路感到極度的懷疑。因為他以前學音樂的時候總想著要當一個一流的演奏家，可以站上國際的舞台，可是後來發現走音樂好像完全不是那麼一回事。越學得多他就越發現自己其實沒有他自己想得那麼行，他不是那種十年才出一個的那種奇才，加上演奏要受到

人家的青睞有時候還要靠一點關係，而他受不了那種環境，就回國內來了。」

「那回來以後呢？情況有好點嗎？」

「但是即使回到國內問題還是沒有解決，他反而發現更多的問題。他發現──其實他早就知道──音樂在台灣並沒有受到應有的重視，而且台灣人們實際的性格使得學音樂這件事到了最後好像只有教書一途。他覺得非常抑鬱。他以為音樂可以實現他當一個知名演奏家的夢想，可是事實不然，當他回到國內試圖在這個熟悉的環境做些什麼嘗試的時候又發現這個熟悉的環境其實很難養出什麼像樣的偉大音樂家。教琴會有穩定的收入，可是他又不想教琴，因為那讓他覺得自己好像是降了自己的格，去做一些太過簡單的事，有一點像是汙辱了他的自尊。」

「嗯……」

「所以他就跑去拉樂團、接case，收入是還好，可是也不能說是穩定。看到自己一些以前的同學，音樂成就比他低的，跑去教琴，開音樂教室收入比自己多得多，他又會覺得心裡有些不平衡，覺得難以理解，備感困擾。而在這段期間，他又對他自己身為一個演奏家的身分感到十分懷疑，因為他赫然發現自己一直以為在做的好像根本就是徒勞，是沒有多大意義的。他發現他身為一個演奏者，他可以把莫札特、貝多芬等大師的曲子演奏得淋漓盡致，可是那又怎麼樣呢？他"只是"一個演奏者，他只是在重現一些前人的經典。真正有靈魂的是這些曲子，真正會留下來的是這些曲子，不是他。演奏者們終究會煙消雲散，不被人所記得。這麼一來，這麼多年來，他所篤信的到底是什麼呢？他們所堅持的、所強調的只是先人的遺產嗎？只是複製品，到處都可以聽得到的嗎？差別祇在於複製得好或

不好而已。他這麼長一段時間以來所用心堅持的，以為高雅、高人一等的古典音樂到最後只是另一項可以用來謀生的生活技能。他不清楚自己有沒有比別人更有修養，他不清楚自己到底心靈方面有沒有比別人更為富足，可是可以確定的是他也會為生活的柴米油鹽而煩惱，他也會希冀靠著他僅會的這項才能去賺取一些生活所需。只是當發現他自以為超越所有音樂的古典樂到最後只不過就是一種音樂，他所了解的音樂知識價值跟路邊賣雞排的所需的知識幾乎等值，那種感覺真的很難受。有一次我媽因為生病請我爸去幫忙上課，結果他一踏進教室就有學生取笑他的頭髮像豬哥亮。後來整堂課下來根本也沒有人在聽他上課。他那天非常沮喪。好像所有他的焦慮、疑慮，通通在那天實體化了。」

「那後來呢？」

「後來我媽罵他太理想化了。」伍弟笑笑地說。「後來我媽說服他去借了一點錢開了現在這間樂器行，在裡面兼教琴。然後⋯⋯就是現在這樣了。我回家有空也會幫我爸媽教一些。」

「可是⋯⋯你不會有所顧忌嗎？」

「什麼顧忌？」

「就是為了夢想努力了半天以後，然後出現跟你爸一樣的焦慮。」

「我沒有想那麼多。我只是單純地喜歡音樂。能夠跟音樂生活在一起我已經很高興了。我不期望音樂能為我帶來什麼財富。以後的問題以後再說吧，而且同樣的問題不一定會出現啊。」

12.2

出了池上車站，Casanova搖下車窗對我揮手。

Casanova的家看起來屋齡頗長，有個不小的院子，屋子只有一層。奇怪的是住在這裡的只有Casanova他自己跟一個菲傭。基於禮貌的緣故，我不敢多問他什麼。

到池上的隔天，Casanova帶我到附近繞了一下，令人意外的是池上真的不大，開著車不消多久就可以逛遍。沒有想到一個這麼小的地方竟產著聞名各地的池上米。

「那是什麼？是稻穗嗎？」我指著田地裡一大片的金黃色問。

「不是。那是油菜花。」

油菜花的色澤非常特別，近似金黃，但又多了那麼些鮮嫩，在涼風裡搖曳著身姿，不論誰看了都會忍不住想下去抱它一把。

「我們在這裡停一下。」

Casanova把車停在一處牧場的旁邊。牧場裡有馬匹跟羊隻悠閒地散步、啃草，或者就只是慵懶地趴在草地上。

「這裡是原野牧場，」他說，「算是一個景點，不過我覺得這裡還不是池上最值得一看的地方。」他指著遠處的山間說，「那才是我要你看的。」

我朝著他指的方向看過去，看見遙遠的天邊錯織的藍色塊。遠方的山從這裡看起來是沉鬱的藍色、藍綠色，天空在迷濛的霧氣裡顯得毛絨，是水藍色的，越靠近兩座山交接處就越變得暗沉，如同加進了奶精剛在咖啡裡旋開的那種淺茶色，配上墨綠、青綠、灰棕色的近景，整個畫面猶如溢出了濃濃的史詩味。

154

「那個方向過去就是啞口。」他說。「從這邊過去要好一段路程。在這裡看起來倒是有那麼幾分神秘的色彩。我覺得這個景象是整個池上最美的。」

　　的確如此，看到這個景象我腦中會很自然地浮現各式各樣浪漫的奇幻故事。

　　「那麼走吧，我帶你去花蓮看看。」

　　我們開了一段時間到花蓮，空氣裡有一股濕潤的清香。

　　花蓮真是太美了，彷若一朵從濁池裡鑽出的蓮花。清秀的遠山全披著青蔥的外衣，綿延不斷，像極了優雅的唱詩班；飛揚的輕風不知是否是在這綠色的居所住久了的關係，也飄染著碧綠的光澤。花蓮的天空極為清澈，晶瑩明燦，是脆藍色的。

　　Casanova先帶我去參觀東華大學，他說他有一個朋友唸這裡。

　　東華大學是花蓮唯一的一所大學，位在花蓮縣的壽豐鄉志學村。據說學校初建時還只是一塊荒地，荒煙漫草。是經過一段時間才變得像現在這樣有超商進駐，以及整巷子的商家。

　　當我們穿過小巷進到校園裡時，我真是為它遼闊精緻的校園震懾了。因為這個地方不僅幅員遼闊，目光所集皆是校地，還為群山所環抱；青山藍天，能在這個地方求學怎不羨煞旁人！

　　我們開在學校的外圍，據Casanova說這一條路叫做「外環」，是環繞整片校園的道路，全長將近7公里。東華之大從它的建築物就可以看出來。不但大部分的建築全都不超過4層樓，還有10個左右的籃球場，游泳池，高爾夫球場，保齡球館；到目前為止全部校地開發也不過一半，還有一半是所謂的未開發區，可以說是保留了最完整的自然原貌。校園裡面除了較多見的環頸雉，偶爾還會看見蛇跟野兔。

「我們就在這裡逛一逛吧。」Casanova停在一群紅色的建築物前說，「這裡是他們學校的教學區，重要的建築物都在這一帶，也是活動率最高的地方。這一棟是文學院。他們也有英文系，不過他們的全名是英美語文學系。」

「唉，是嘛，文學就該在這樣的地方唸啊，至少心情會好一點。如果可以在這裡睡一下午，曬曬太陽，」我坐在中庭的花圃邊說，「那感覺一定很棒吧。」

東華的建築別具濃厚的人文氣息，文學院裡有不少著名的作家教授，英文系裡除了一般的研究所以外，還有全台灣第一間的創作研究所。

穿過文學院，我們來到一片寬闊的草地，包圍在四座建築物中間。

「右邊是行政大樓，左邊是圖書館，草原過去是舊的活動中心，他們管它叫玻璃屋。」

「為什麼叫玻璃屋？」

「看到那個嗎？」Casanova指著湖邊二樓高由一扇扇玻璃窗構成的八角形房間。

「因為都是玻璃嗎？」

「正是如此。」

我們走到湖邊，平靜的湖面映出湛藍的天空、米白的行政大樓、以及覆以短草柳條的小丘。

「這裡是東湖，是東華兩個湖裡的其中一個，聽說他們還有一個華湖是在未開發區裡，裡面保留了自然生態的原貌，是一個很神秘的地方，不過我沒有去過。」

「這裡真的很漂亮呢，沒想到一座大學校園可以蓋成這個樣子。有湖還有橋，就連背景都是棉雲依青山。在這裡唸書的人一定很幸福吧。」

「看人了。這裡的位置較為偏遠是一個問題，離市區有十多公里，物資取得沒有台中方便。」

　　我們又在校園裡待了一段時間，接著Casanova就帶我到七星潭去。

　　「那些是什麼？好漂亮啊。」我指著車窗外鮮黃色的植株說，我們這時剛要從學校出去。

　　「那些是阿勃勒，你看到的黃色的部分是它的花，一串有十來朵。一棵阿勃勒上會有好幾十串花。」

　　就如Casanova所說，阿勃勒枝上掛了一大串一大串的花，鮮黃閃爍，看起來就像是一串一串鍍金的鈴鐺。

　　七星潭雖然名為潭，實則是一片海，海岸上覆蓋著滿滿都是各形各色的小石頭。七星潭是一個很奇妙的地方，在這裡可以看見遠處的花蓮燈火，可是在這裡就是會為其低沉宏亮、往返不歇的波濤所深深吸引。

　　我看著這片一望無際洶湧的海潮，心思全沉澱了下來，轟隆隆的海浪聲迴盪在我的胸間，像個溫柔的慈母一次一次撫慰著我的心靈。我感覺她輕柔地摟著我，愛撫著我，好像所有的苦痛都可以化解，所有的罪過都可以赦免，所有的侷限都可以超脫。在這裡，是安全的。這裡，是家。

　　如果可以一直待在這裡，那該有多好？這片洋海會是我永恆的歸宿。我感覺自己像是阿奇里斯，倒浸入柔暖的水裡，母親的手細心地呵護著我，洗滌我全身的脆弱與哀愁。我感覺這就是新生，這就是羊水，這就是投胎輪迴最好的盆皿，這就是重生。

　　奧得賽所注視的海也是這個樣貌吧？海，她是如此不可思議。

　　且讓一切都暫停吧，都來聽聽這海的律動，她是永遠活動永遠流動永不止息的，有什麼比她更壯闊、更偉大呢？生命的

意涵都在她裡面了，什麼愛恨情愁是什麼呢？

　　我佇立在細沙的淺灘，讓層層的尾浪吃上我的腳踝；對著無邊的大海，我對Casanova說：

　　「我想我已經開始想念花蓮的海。」

　　隨著星子一顆一顆被點起，Casanova跟我來到了另一頭也是位在海邊的南濱夜市。

　　就因為位在海邊，南濱夜市和其它的夜市有很大的不同。在這個地方你可以嗅到鹹鹹的海水還有沁涼的海風；而它裡頭所有夜市該有的東西也是一樣不缺，果汁攤、打彈珠、空氣槍打靶、丟圈圈、Bar台、魯味、鹹酥雞、大型電玩、電動車、丟飛鏢……應有盡有。

　　花蓮是一個多麼適合談戀愛的地方啊！處處充滿了恬靜浪漫的氣息，處處都叫人驚奇。我的腦中浮現她跟我在花蓮的生活：

　　我們會在那如畫的校園裡騎著單車嬉鬧，趁著野兔沒有發現幫牠偷偷拍照，在清晨的薄霧還圍繞，還揉眼的晨曦一個微笑。我們會悠閒地橫越草地，漫步在湖邊輕聲細語，看湖裡的魚兒活潑地擺動身姿，水面上的波紋一圈一圈交錯舞動像滑順的絲緞一樣。我們可以一起躺在草地上，欣賞阿勃勒身上閃亮的外衣，我會靜靜的看著她，聽她說我的眼裡一樣也有一片草地……然後我們要到思想靈動的海邊，聽海的聲音，一句話也不用說，就讓波浪摩挲我們的心，讓它磨亮我們鏽蝕的靈魂，撫平因為瑣事而激起的情緒。我們可以一直這麼靜靜地、靜靜地坐著，等待天黑，看晚霞在混雜的橙藍融化到滿溢的海水裡像漂浮冰淇淋，接著星星的白天接著到來，它們有些都還穿著睡衣，半夢半醒，於是恍恍惚惚閃爍不定，再來我要告訴她我多麼幸運，因為這美麗的夜空我只要望著她的雙眸就可瞧見。

然後我們可以一起去逛夜市，一定要是靠著海的這一個。我帶著她走過一個又一個的攤位，穿過熱鬧的人群來到堤防，還可以感覺到夜市溫暖的火光，遠處鼎沸的人聲，以及不時綻放的璀璨的煙火，我牽著她的手要再往堤防下走……

「我想我們還是走到這裡就好了。」

我回過神看見Casanova站在堤防上。

「我想我們還是走到這裡就好了，」他說，「再往下走可能會很危險。」

於是我們坐在堤防邊，面對著海聽夜市裡的聲音。

「對了，」他問，「我好像沒有問過你為什麼突然會想來個環島旅行。」

「喔……就是想到處走走，轉換一下心情……」

「有目的的嗎？」

「沒有，沒有目的。」

「沒有目的的旅行聽起來就像流浪了。」

「……我不知道。」

「旅行是好的，旅行總是可以讓人覺得refreshed。」

「不過也有人認為旅行是不好的，」他又說，「Jan Morris就說 *Travel is largely a matter of enjoying differences, but this is seldom a permanent pleasure*。愛默生（Ralph Waldo Emerson）也說 *Travel is the paradise of fools*。不過當然，這只是一種生活方式，是見仁見智的。有的人喜歡固定、一成不變的生活，也有些人喜歡飄忽不定的波西米亞式流浪生活。」

「波西米亞？」我的神經突然繃緊了起來。

「嗯，對啊，就是吉普賽的意思。」

我沒有在花東待得太久，事實上我隔天就離開了。也許是住不慣簡樸的生活，也許是對這種清新的環境覺得陌生，我

也不知道。總之我接下來就搭著車去到了宜蘭，淑萍在那兒等著我。

12.3

「這裡的確是一個不錯的地方。」

「我就跟你說吧。說到宜蘭啊，這兒可是絕不能不來。」

淑萍捏著袖角夾著雙臂站在強風中，我則是坐在河邊的大階梯，我們看著冬山河寬闊的河道享受遼闊視野所帶來的片刻閒逸。

「這裡的感覺跟花蓮有點像。」

「大概是因為都是在東部的關係吧。」

「我到Casanova那邊的時候也有這種感覺，覺得無拘無束的好自在啊，不像台中總是烏煙瘴氣鬧哄哄的，光是空氣的感覺就不一樣。」

「嗯，是吧。」

「你喜歡這邊嗎？」她問。

「蠻喜歡的。」

「跟花蓮台東比起來比較喜歡哪裡？」

「嗯……我比較喜歡台南耶……」

「咦～ 台南？為什麼？那邊有什麼東西嗎？你有去過那邊嗎？」

「沒有啦，我只是隨便講講。」

「哇，沒事尋我開心啊。哼，該罰！」她說完往我頭上敲了一記。

「不過我真的蠻喜歡這裡的。」

「那還用說，我們這兒可是觀光勝地呢！有聽過童玩節吧。我們這裡好久以前就開始辦了，越辦越盛大。假日的時候

人尤其多，幾萬人呢！擠得感覺好像全台灣的人都跑到這裡來了。我們這邊會有很多的展覽、遊戲，最多是玩水啦，親水公園嘛。有些時候想要輪個什麼遊戲設施都很困難呢。另外我們還會邀請很多國外的團體到這裡來表演，熱鬧得很！」

「說得好想這裡是妳開的一樣。」

「哎呦，沒有啦，祇是去年來當過個小翻譯而已啦。」

「呵，瞧妳得意的。」

「嘿嘿，ㄞ勢ㄞ勢啦。可惜你晚來了點，不然就可以趕上這個盛會。」

「下次吧。」

「嗯，要來喔，我可是最棒的導遊呢！」

「自大狂。」

「是真的啊。哼，要不然你下次來自己逛，你就不要哭著來求我。」

「生氣了，淑萍姊姊？」

「哼，乖～ 呵呵……你最討人喜歡了。」她摸摸我的頭說，然後在我旁邊坐了下來。

「我說淑萍啊，妳有想過以後要做什麼嗎？」

「老師。」

「……妳一定要這麼明確嗎？」

「為什麼？明確有什麼不好？」

「沒有不好，是很好啊……只是妳跟伍弟都很明確的知道自己以後要幹嘛，我覺得自己好心虛喔。」

「為什麼會這樣想？興趣可以慢慢找啊，你又不是明天就要出社會，而且興趣這種東西是可以常常變的啊。你記不記得我跟你說我以前想要當一個大師傅，作蛋糕的那種。信不信由你，我以前真的有一陣子對這件事非常認真呢。還ㄥ了我媽去

買作蛋糕的材料跟用具，結果作出一個讓我爸連拉兩天肚子的蛋糕以後這個夢想就破滅了。」

「我說的不只是夢想，我說的是以後妳就會那麼做的，比較像是職業之類的。」

「老師啊。」

「對啊，為什麼那麼明確？妳到底為什麼要當老師？」

「因為我覺得把小孩子教好是一件很重要的事。一個人長大以後能不能變成一個對社會有用的人往往都取決於這個時期，如果我們沒有在這個時候給這些小孩良善的誘導，萬一他們以後變壞了，那不但對社會是一個很嚴重的傷害，還會平白造成很多悲劇，毀了很多無辜的人的人生。我覺得有好的下一代，才會有好的未來。聽起來雖然很八股，可是我真的這麼覺得。我覺得教育是人類活動裡面最重要的一件事，也就是所謂的薪火相傳，是人類經驗的累積及延續。說到延續人類生命可以分成兩個層面，一個是生命的延續，另一個是知識的遞嬗；其中又以後者來得重要許多。一個是生育，一個是教育，我覺得如果不能做好教育的工作，光是會生產一點用都沒有，只會徒增其他人的共同壓力。」

「妳知道嗎？就是你們這種態度讓我覺得好惶恐，你們都可以講出一大串道理來支持你們喜歡的東西，可是我連我自己喜歡什麼都不知道。」

「哎呦，慢慢就會知道的啊。」

「而且考試也考不好，考到這種學校……」

「喂，你這樣講很沒禮貌喔，什麼叫這種學校，我也是唸這間學校的啊，有什麼關係。」

「可是妳成績很好。」

「你用功一點就成績好了啊，你又不笨。」

「可是我就覺得我很笨。很多應該很簡單的事我就是想不明白，我就是想不通。我不了解。我真的覺得自己好笨好笨。」

「什麼事啊？」

「我……沒有啦，我就是覺得自己很笨。」

「哎呀，小小卜不可以看不起自己喔。」她用食指戳我的臉說。

「妳覺得……愛情是怎麼樣的呢？」

「什麼意思？」

「這麼說吧，妳覺得愛情應該是什麼形式的？」

「這很難說耶。愛情的形式本來就有很多種啊。像是我知道的有人在一起每天就是全武行，打打鬧鬧的，一定要弄到兩個人都精疲力竭，才像是有愛到。也有的分隔兩地一年見不到幾次面，只能用睡前的簡訊道晚安還有偶爾的電話來聯絡感情。甚至還有那種老婆不見了自己帶一個小孩跟另外一個單親媽媽跟她的小孩合租一間公寓的，這也是一種。可是我覺得不論如何，可以跟跟自己交心的人在一起什麼形式都好的。」

「嗯。」

「怎麼突然問這個？」

「沒有啦，就突然想到。」

「妳會不會覺得我們有很多時候是沒有辦法控制自己的偏好，」我又說，「或者應該說我們很多時候其實是沒有辦法為自己負責的。因為我們出生的背景決定了我們成長的歷程，決定了我們的人生觀、價值觀、有些時候還是愛情觀。因為這些成長背景的因素我們不得不去接受一套想法，說無意間被淺移默化可能會比較恰當吧，就是我們其實受到我們出生的環境，包括文化，影響很多，以致於其實我們認為自己喜歡的，是為

自己做決定的，事實上是不純粹，而已經受到偏頗的想法所導引的？」

「嗯……我覺得你這樣講有問題耶。因為你又不能決定你要出生在怎麼樣的地方，什麼樣的國家，什麼樣的家庭。你可以做的就是之後的啊。而且說自己沒有辦法為自己負責，這個太強詞奪理了吧，你固然是受到環境受到文化影響，可是你還是有自己的想法啊，你如果不喜歡不認同一種思維，別人又沒有辦法強迫你接受，你後天學到的知識不就是要用於審視你過去所學到的一切跟未來即將面對的一切嗎？如果因為這樣說人沒有主體性，都是被大環境牽著走的，那不是誰都可以可憐兮兮說不是我的錯，是時代的錯，把自己的責任推得一乾二淨？成長的環境會影響我們的人生觀、價值觀、愛情觀沒有錯，可是影響這三觀的不只是成長的環境啊，還有你接觸的人，朋友、老師、情人，這些都會改變你的三觀啊。而且我非常相信人雖然因為無可抗力的因素看起來會不一樣，會有高有矮有胖有瘦有黃皮膚白皮膚黑皮膚，可是他們的靈魂都是一樣高貴的，就像是一樣晶潔明淨的水被裝在不同大小長短顏色的瓶子裡，看起來會不一樣，可是那只是看起來而已。我認為人是有能力去改變自己的一切的，人一定有這個能力。這就是連同自由意志跟個人自由而來的責任跟權力。人要為自己的行為負責，因為人是有權力去選擇自己的行為的。」

「嗯，是啊……」

「幹嘛突然這麼悲觀？」

「也沒有啦……」

「咦，對了，你接下來還要去哪裡啊？就回台中了嗎？」

「還沒，我還要去台北。我要去找Thomas。」

「喔，那傢伙啊……」

「怎麼了？」

「沒呀，我跟你一起去好不好？」

「為什麼？」

「就無聊啊，想出去走一走啊，反正我最近也在想是不是要去台北玩玩。」

「好啊，那去台北的時候一起走吧。」

「嗯，一言為定。打勾勾。」

12.4

「喂，你不是說他住這裡嗎？」

「他給我的住址是這裡啊。」

「沒有人嗎？」

「該不會是出去了吧。」

「手機呢？他手機不會也沒開吧。」

「嗯，是沒有開。」

「忙什麼大事業，同學來也不會招待一下。到處啪啪走。」

「看起來也只能等他回來了。」

「拜託，那要等到什麼時候。我們去看電影好不好？」

「現在？」

「對啊，不然那傢伙又不知道什麼時候才會在。」

於是我們到附近的電影院買票，因為離開演還有一段時間，我們就先在旁邊的百貨公司逛一下。

「這裡好冷清喔，」淑萍小聲對我說，「看起來生意很差。」

「這樣逛起來不是比較舒服？」

「是沒錯啦，可是我以為台北人都會很多。」

「這倒是蠻令人意外的。」

「你看這裡化妝品專櫃也才幾個，我看八成快倒了。」

「是很像要倒的樣子……」我看著垮著臉的專櫃小姐說。

「嘿！小卜，你看我這樣子好不好看？」

淑萍不知道什麼時候跑到擺墨鏡的架子。她戴著一副時髦的墨鏡從旋轉架後面探出頭來，笑得燦爛。

我為這幅景象所驚艷，在那一瞬間我的心裡竟浮現出一股強烈的喜悅！但不到一秒鐘的時間我馬上又感到非常自責。我想到她。

這就是戀愛的感覺嗎？這種欣喜，這種甜上心頭的感覺，這就是戀愛嗎？可是我不應該這麼覺得的……我不應該對她以外的任何人有這種感覺的……

那是一部很悶的文藝愛情片，中途我一度看到睡著，可是看到淑萍看得熱淚盈眶，出了電影院我什麼也不好意思說。

「喂，我想我還是回去好了。」

「為什麼？」我問，邊按下重播鍵。「Thomas剛剛有打過電話過來了耶。」

「就覺得還是回去好了。跟你們住在一起那種感覺好彆扭喔。」

「妳可以睡到別的房間吧……喂？喂？」

「是他嗎？」

「喂，對，我們就在附近而已啊。」

「你跟他說我要回去了啦。」

「可是妳才剛來啊……喂，不是，我在跟她講話，她說她要先回去。對，我不知道啊，我剛也是這樣問她。那你要過來嗎？對，我們在這邊。好，好，拜拜。」

「他講什麼？」

「他說他要過來。他先送妳去車站，然後我們再作打算。」

送走了淑萍，我們到車站附近一家麵店吃晚餐。

「她幹嘛這樣急著回去？」

「我也不知道，她說不想跟我們住一起。」

「那真怪了，如果這樣的話為什麼還要上來？」

「不知道。」我聳聳肩。

「她該不會喜歡你吧？」

「不會吧，我們只是朋友啊。」

「你沒聽過日久生情嗎？」

「你少胡說了啦，怎麼可能。」

「心裡有鬼喔～」

「就說沒有了，少無聊了。」

「好啦，不談這個。對台北的第一印象如何？」

「感覺……就跟台中是個大都市很像吧，可是又有些不一樣。這裡的人感覺都很匆忙，給人感覺都蠻冷漠的。」

「嗯。習慣就好。台北這兒就是這樣的，步調快，生活緊張，誰也管不了誰。在這裡啊，很容易認識一個人，因為大家都急著認識彼此，一下就靠得很近，有時候近得嘴碰嘴了；可是在這裡也很不容易認識一個人，原因也是因為大家太急著認識彼此。一下靠得太近，沒有焦距，連對方長什麼樣都不知道。」

「嗯。」

「小卜。」

「怎麼了？」

「你看後面桌那個女生。」

「怎麼樣嗎？」

「嘿，瞄一下就好，別整個頭彎過去。」

「到底怎麼樣，有什麼問題嗎？」

「我打賭那個女的一定很騷。」

「為什麼？」

「那種表面上看起來越清純的女生，骨子裡就越是騷貨一個。」

「為什麼？誰跟你講的？」

「這叫湯瑪斯第一定律。」

「什麼跟什麼啊……」

「喂，我可不是瞎扯，我有根據的。我跟你講，我以前高中的時候常去那種舞廳玩，因為有在練身體，身材比現在還好，我都喜歡穿一些緊身的衣服，突顯我強壯的肌肉。有一次啊，我跟朋友去一家舞廳，隔壁桌有一個女生，看起來就像那個那麼清純，突然跑過來跟我們聊天。後來聊了一晚上，她就叫我載她回家。你知道，這當然是義不容辭啦。半路上我騎著騎著忽然覺得有兩個東西貼到背上來，還覺得奇怪，因為那兩個東西居然會發熱咧！不用說，那當然是她的乳頭。是說我那個時候沒有覺得很興奮，因為真的熱得讓人有點難受。我載她快到家的時候，她又跟我說想去公園坐一下，所以我們就先去公園。就這樣聊到大概兩點多，她跟我說她不想回去了。這暗示再明顯不過了吧？然後我就帶她去一家便宜但是一應俱全的旅館，當然，那個時候還不知道那家不錯，只是碰巧看到，第一次嘛。不過我後來就都去那家就是了。後來進了房間以後，聊沒有幾句她就說房間裡面有點熱，她想脫件衣服。我自然是恨不得她全脫了。就這麼燈光美氣氛佳，我們就在床上玩了起來。她的手把我那裡越弄越大，簡直就是要爽死了，一個沒留神，嘿，她就坐上來咧！哇，伊伊呀呀的弄得整張床都在叫，

是說我沒多久就出來了，沒辦法，第一次嘛。可是後來啊，她居然問我還行不行。唉，身為一個男子漢怎麼可以在這個時候說不行呢？於是我就跟她說我還有力得很。說也奇怪，大概是那個時候真的是身強體壯，精蟲想要強出頭吧，給她搓個兩下還真的就硬得跟球棒一樣。就這樣我們又做了一次。可是故事還沒完，」

「你們該不會又做了一次吧？」

「沒錯，給你猜對了。她就問我還可不可以，我當然是本著男性的尊嚴一聲不行絕不能脫口。我們就做了第三次。結果我那天腰酸背痛，感覺像虛脫一樣。唉，以後要是有女生問你還行不行，記得一定要照實回答，不然真的會很累。不行，你要跟她說『我不想要了』，這樣才有男人的瀟灑風範。」

「你說這些的重點到底是什麼？」

「就是要強調經過這件事後我就找出了所謂的湯瑪斯定律，屢試不爽，可以說是百發百中，沒有失誤。」

「……我應該要稱讚你嗎？」

12.5

經過十天左右的旅行我又回到台中，既浪漫又沉鬱的城市感又灌進我的耳裡。我走在熱鬧的市街，知道自己沒有解脫，我心裡還是有著層層的牽掛。我只是把氾濫的情緒流放到各處，求得一個短暫的紓解，她還是會出現在我的面前，我還是得面對她。但我真的希望有一天，如果有一天……總之至少不要像現在這個樣子。

波西米亞 13
無言

13.1

　　情形沒有好轉。即使經過了漫長熾熱的三個月，炎夏的高溫仍然沒有辦法燒去蔓延在我們之間的詭異氛圍、融化她眼中的冰霜、焚毀我內心養得滿滿的一窩蜘蛛。

　　我曾經嘗試著要與她開啟對話，可是她似乎都躲著我，沒有正面回應。原來彼此之間的默契，現在看起來好像變成是純屬巧合。慢慢的、慢慢的，我想我也必須接受，這樣的互動。是我錯在先，我不應該太沉浸在對她的愛慕裡，我不應該愛上她，她的心裡已經有一個別人，我不應該逾越我們之間能夠有的最大的美好，我不應該跨過友誼的界線，我不應該偷窺她私人的世界，我應該要懂得緘默，我應該要了解，我應該要滿足……我們已共處在同一個時空。能夠窺見她的美，我應該要很滿足了。於是我學著錯過她的目光、學著錯開我們之間可以有的最唯美的安全距離。話語，就輕嗎了吧，每想起一句我愛妳，就把它偷偷塞進傻傻的肺泡裡，直到每次因為她而呼吸，就會聽到千百張嘴覆誦著這句令人惆悵的詩；每再想起一句我想妳，就拿針線把它縫死在眼角，直到每次因為她而睜開眼，都看見屬於我們的回憶一再反覆地撥放。

13.2

「你喜歡Paerie？」

「誰跟妳說的？」我緊張地盯著淑萍看。我跟她的事應該沒有其他人知道。

「猜的。」

「為什麼這麼猜？」

「覺得你對她的態度不太自然。」

「哪裡不自然？」

「所以你喜歡她？」

「我……」

「你喜歡她，對嗎？」

「我……我不知道……」

「這沒有什麼好難為情的啊，她的外形那麼亮眼，一定會有很多男生喜歡她的。喜歡像她這樣的女生，很正常的。你喜歡她，對吧？我猜對了，是不是？」

「嗯……是啊。我喜歡她。」

「那……你有跟她說嗎？」

「我不知道算不算有……」

「這種事情還有算有算沒有的啊……」

「技術上來說……應該算沒有吧……」

「那你沒有要告訴她嗎？這種事憋在心裡……很難受的……」

「她不喜歡我。」

「你怎麼知道？她跟你說的？」

「不要問了好嗎？不要問了好嗎？」我的聲音抽搐了起來。

「好……好……小卜你沒事吧？」

我的淚水還是不聽話地滴落。我想要鎮定，可是狂暴的情緒卻讓我全身都開始顫抖。

我緊緊抓住她的手。

「我可以相信妳嗎？我可以相信妳吧？」

13.3

10。

$10 = 2 \times 5$。

我看著那一排十位數字不知道應該要想些什麼。我想要把它刪掉，可是，可是，我不能把它刪掉……這樣我才能知道是她打來了，這樣我才不會不小心接起來……

13.4

Meggy推開門走進店裡，我坐在位子上其實有些忐忑。她拉了對面的椅子坐下，我還沒想好第一句話要怎麼開頭。

「真稀奇你會找我吃飯。」

「我……考慮了很久。」

「然後？」

「我只是在想……」

「有關Paerie的嗎？」

「妳怎麼知道？」

「你會找我一定是跟她有關。不然你為什麼要找我？」

「我……」

「不好意思，可以幫兩位點餐了嗎？」服務生走過來說。

「給我……羊肉鍋好了。」

「Meggy妳盡量點，吃貴一點的沒有關係啊，我請客，我請客。」

「不用了，我就吃羊肉就好。」

「那先生要點什麼？」

「我……也給我羊肉，謝謝。」

「那兩位稍等一下。」

服務生把帳單留在桌邊，我伸手把它移得較靠我這一側，店裡面吵雜的人聲，正恰似我此刻心中的感受。

「你不用請我的，真的。」

「沒關係的，我……我……」

「你這樣讓我覺得很奇怪。」

「為什麼？」

「覺得你好像要跟我買情報一樣。」

「我……不是那樣想。對不起……」

「總而言之，吃飯的錢我自己出就好。我本來就很想來吃吃看這裡。你……要不然你聽我講些話好了，你就當作聽人家發牢騷，隨便聽聽就算了，這樣好不好。」

我沒有答話。

「這些話我也是悶在心裡，沒有跟別人說感覺很悶。你就當作是代替請我吃飯聽一下，這樣好不好。」

「好啊。我……我很樂意。」

「你是不是要問我什麼？」

「嗯……我先問妳嗎？還是妳要先講？」

「你先問吧。我怕我一開始講就會沒完沒了，到最後連你要問我事情都忘記了。」

「那……我問妳喔……」

「嗯，你問。」

「妳知道Paerie最近怎麼樣嗎？」

「你不知道嗎？我以為你們有在聯絡。」

「不……其實……我們之間有一些小問題。」

「所以沒有往來嗎？」

「嗯……」

我簡單地對她說發生了什麼事，可是跳過她生日那天那一段。我只說我的告白失敗，到現在兩個人避不見面，刻意錯開。

「所以你還是說了……」

「我……應該算吧，應該算有那麼想吧。」

「告白失敗啊……」

「妳……那妳知道她現在怎麼樣嗎？她過得好不好？」

「其實我跟她也沒有再聯絡了。我說私底下。自從她一下搬出去我就沒有再跟她有什麼聯絡……對了，你現在住哪裡？」

「我住在福星路那邊。」

「那還蠻近的，大家好像都住這附近。」

「是啊，Kevin、Woody也住那附近。那妳知道她還有跟誰在聯絡嗎？」

「我不知道耶，可是就我知道的，她好像也沒有跟誰比較好。我跟她之前也是因為是室友會一起聊聊天，要說好……我覺得不能算真的很好。」

「她有跟妳說過什麼嗎？她有沒有跟妳說過有關我的事情。」

「沒有。」

「那……她有提過她男朋友的事嗎？」

「男朋友？」

「是啊，妳應該知道她有男朋友吧。妳們也住在一起那麼久了，妳應該知道她有男朋友吧。」

「老實說我不知道。應該說我不確定。」

「為什麼這樣講？」

「你覺得你們兩個人的關係算好嗎？」

「之前嗎？」

「嗯。」

「很好啊，很好啊。」

「我覺得你不要這麼想可能會覺得好過一點。」

「為什麼？為什麼這麼說？」

「如果說你覺得你們這樣關係算是密切的話，那麼她跟不少人關係還算蠻密切的。」

我一時之間愣住了。

「抱歉我只能說到這裡。我不是站在她那邊的，可是我不想揭別人的隱私。」

「沒關係，我了解，我了解……」

我沒有再多問什麼。或許也可以說我不知道要再問什麼。她看我沒有要再問她，就開始跟我談起她說她沒有人講的事。她喜歡上了一個男生，可是她知道那個男生應該不會喜歡她，她詳細地描述了有關那個男生，包括他的長相、通常穿著、談吐、氣質、看的書、聽的歌等等，可是我沒有注意聽，我的思緒還被她方才所說的話盤佔著。

吃過飯我們各自回家，我走在蕭條彎曲的陋巷裡，心神不寧，甚至有點異常的恍惚，感覺複雜。覺得好像一腳被從雲端上踢了下來。我開始墜落……墜落……

是啊……是啊……她的眼睛是磅礴雄偉的銀河……而我只是她眼裡其中的一顆。

13.5

「小卜。」

「嗨，Ivy。」

「你要去哪裡？」

「我可能去書店逛逛，等會兒就要回家了。妳呢？」

「我等一下還有課。」

「喔，好久沒聊了呢。」

「是啊，真懷念之前的愛情主題討論。」

「是啊是啊。很有趣，我覺得。」

「嗯。」

「後來那個……有結果嗎？」

「什麼？」

「妳跟那兩個男生。」

「喔～說不上什麼結果啦。簡單的說是都沒有。」

「都沒有？怎麼說？」

「就是……我之前不是說一個好像喜歡我的男生。」

「嗯。」

「我後來不知道是暗示得太明顯了還是怎麼樣，他就跟我說他不想談戀愛。好，這樣就算了，談不談戀愛本來就是個人的自由。可是後來有一天我在麥當勞吃東西，坐在正對玻璃的位置，看見他跟一個女生手牽手走過去。我那個時候整張臉都快貼到玻璃上去了，你知道那有多氣人嗎？我覺得自己好像被耍了一樣，根本沒被當一回事。他騙我，他居然騙我。」

「難得看妳這麼激動。」

「嗯，抱歉，對你發牢騷。」

「沒關係。那另一個呢？」

「我⋯⋯沒有接受他。因為覺得那樣好像就違背了自己的心意。我不想對不起他,我沒有那麼喜歡他。」

「嗯。」

回話的同時,我心裡想著,感情裡的你我他,真是太撲朔迷離的代名詞。

13.6

我倆坐在操場旁邊,夜色有點霧濛濛的。這是第二次我半夜找淑萍出來。她是除了Meggy之外唯一知道我跟Paerie的事的人。風吹在淚痕上感覺黏黏膩膩,因為敘述得太過用力,我現在整個人好像快虛脫了一樣。

「你說你看到他們在那個。」

「是啊。我無法理解⋯⋯我只是真的沒有辦法了解為什麼事情會變成這個樣子。我不懂她為什麼要做出那麼曖昧的舉動,我不懂她為什麼要說那些話,我不懂她為什麼⋯⋯」

「好了啦⋯⋯不管怎麼樣,事情走到這裡⋯⋯也很明白了,不是嗎⋯⋯她就已經有男朋友了啊⋯⋯不要再想了啦⋯⋯」

「我很想不去想啊,可是我不知道為什麼就是會想到,我也不知道為什麼要那麼想她,我也不懂⋯⋯我只是真的不能相信她對我真的曾經一點感覺都沒有⋯⋯妳知道嗎,我們之間就這樣變得跟謎一樣,有太多她的事我不明白,有太多她說的話我不了解,我也不希望這樣,我也不想要這麼喜歡她啊⋯⋯為什麼⋯⋯為什麼⋯⋯」

「好了啦,小卜。」她輕撫著我的背。

「如果,如果她就是有男朋友了或許還好一點,可是我覺得自己好像垃圾一樣,隨便都可以丟掉。」

「你不要這樣想。」她搖搖我的身體。

「上個禮拜我跟Meggy去吃飯，我想問她知不知道Paerie現在怎麼樣，可是後來她跟我說她跟很多男生都像對我一樣。我只是她的之一，我只是她的之一啊……她對每個男生都可以這樣，那我到底算什麼？我到底是什麼？我只是垃圾嗎？我只是垃圾嗎？」

「小卜。」

「我不知道她還跟多少男生上了床。我不知道對她來說我到底值個什麼。我想不通，我想不通啊！」

「小卜！」她不悅地說，「你再這樣我要生氣了喔。」

「嗯，對不起……」

「不要想那麼多啦……那都不關你的事啊……你又不是不好。你以前不是還說過什麼股票論嗎？怎麼？現在你自己捨不得斷頭了？她就是沒有喜歡你嘛，她都說得那麼明白了。而且她又沒有顧及你的感受。這種人不值得啦……」

「可是我好喜歡她……我愛她啊……」

「你又知道愛是什麼了……」

「之前我不是跟你說我們有去都會公園嗎？妳知道嗎，我們走在湖邊的時候，她後來回頭跟我說，說我眼裡有一片草地……她喜歡跟我在一起的感覺……她說那種感覺很像永遠……」

「嗯……」

「我不知道……我不知道……」

「不要難過了啦……」

「我……我也想要有人愛我啊……我也想要有人愛啊……」

「你是有人愛啊……」

淑萍的手輕輕勾住了我的小指，我的心頭忽然一震。

過了一會兒，我慢慢抽出小指，站起身對她說：

「我們回去好嗎……我覺得有點冷……」

沒等她答腔，我就先走在前面了。

我搗著嘴，覺得好慚愧。我究竟是怎麼了？我應該要很高興才對啊？可是為什麼我會這樣子？為什麼我要這樣反應？我到底怎麼了？為什麼我不能接受她？為什麼我覺得這麼羞愧？

13.7

我呆呆地盯著她的id，不停地敲著空白鍵，直到她下站。每晚都如此。每晚我上站，好像就只是等她上站，又下站。

13.8

PAERIE：小卜。

她沒有預警地丟了一個水球過來，我驚慌失措地不知道該如何是好。混亂之際，我乾脆下了線。

13.9

PAERIE：小卜……

她又丟了一次水球過來，這是第三次。第一次我趕緊下線，第二次我假裝在忙讓系統自動斷我的線，這一次我壯起膽子回丟給她。

AENEAS：怎麼樣嗎……
PAERIE　：你在忙嗎……？
AENEAS：有什麼事……
PAERIE　：我想跟你談談……

AENEAS：有什麼好談的……妳為什麼不要去跟你那些男
　　　　　人談！

AENEAS：妳有那麼多男人可以談！

　　過了很久她沒有回應，我索性把整個視窗都關掉，一頭趴
到桌上，只覺得好疲憊……。她是支無情的圓規，腳尖一擺，
芭蕾轉一圈，就是個圓；而我是圓裡的其中一點，無足輕重，
永遠隔以半徑遠的距離。

　　那之後她沒有再找過我，我也沒有再找她。我們之間的靜
態平衡又繼續維持下去。

13.10

　　這天我走在逢甲路上，看見了一個奇怪的和尚。他的年紀
不大，約莫三十上下，拿著缽站在路旁一動也不動。

　　我看看他，就快步經過。誰知道他居然從後面跟了上來，
擋在我的前面，我被他嚇了一跳。

　　「施主，請留步。」

　　「你……你要幹嘛？」

　　「吾見施主額眉有異，劫數難逃，特來提醒。」

　　「我……給你錢，」我從口袋掏出幾個銅板丟進他的缽
裡，「快點走。」

　　我正要離開，他又一把抓住我，把我的銅板又塞回我的手裡。

　　「施主，錢給你，聽我說。」

　　我掙脫他的手，頭也不回地跑，只聽見他在後頭呢喃著：
阿彌陀佛，胭脂煞，桃花劫……

波西米亞　14
尋蓮者

14.1

新的學期又開始了，不同的是我已經不再期待。

我害怕見到她，因為她的面容像染血的魚勾，一下就勾起我深沉海底，成串的痛苦回憶。我害怕見到她，因為她依然那樣美麗。在她的面前我更覺得我的低下、我的卑賤。就連與她共處一個空間，呼吸一樣的空氣，我都會覺得難以承受。她的身形在我的世界愈發遙遠，我的眼睛已不像飛蛾般追逐著她的光芒；我盡可能地視而不見，但是不知怎麼她就是不停出現。她出現在我的課本裡，她出現在我的垃圾桶裡，她出現在我的BBS對話紀錄裡，她出現在我的手機裡。我選擇視而不見，因為我沒有辦法學會遺忘，或者說，很諷刺地，我不願意遺忘。

14.2

開學的第一天她沒有來。

第二天，我習慣性地瞄瞄她的座位，空的。

第三天，她還是沒有出現，我開始有點不安。

第四天……第五天……開學快要一個星期，可是始終沒有看見她來上課。我有一種沒有辦法形容的焦慮。她現在在哪裡？

終於我忍不住問了幾個可能知道的人，但沒有人知道答案。過了不久我才輾轉得知她已經轉學移民到了國外。她沒有

留下聯絡的方式，只知道她去了美國，就連去到哪裡也沒有一個統一的說法。我試著要查她的上站紀錄，可是她的id已經不見了。我試著打手機給她，可是電話那頭總是轉到語音信箱的語音。她沒有開機嗎？還是她根本換手機了……

「你好……不好意思，請問藍紫欣在嗎？」

穿著四角褲的男子半開著門，搖搖頭。看著眼前的男子我心裡不知道應該對他的回答感到難過還是鬆了一口氣。

「誰啊？」一名穿著睡衣的女生出現在男子身後。

「沒事，好像是找上一個住這裡的房客。」

「請問你們知道她去哪裡了嗎？」

男子又搖搖頭。

「謝謝你，謝謝。」

男子把門關上。

門口的鞋櫃、傘桶都已不知去向。我站在空蕩的走廊，有一種被惡意遺棄的感覺。

就這樣？

太荒謬了……太荒謬了……

14.3

很意外地，我的生活沒有更好。她雖然離開了這個地方，可是我卻仍覺得她的身影縈繞在這兒，如鬼魅一般陰魂不散。我的恐懼沒有減少，反而增加了，還時常覺得無助地孤單，無可救藥地空虛。我覺得這是永恆的拒絕。

我經常想到她，經常想起以前的事，大多是不好的。我開始覺得所有的事都不對勁了，我開始覺得很多事其實一點意義也沒有，我開始失眠，接著遲到，再來有些課連去也不去了。

14.4

「她出國了。」我說。

「我聽說了。」Meggy說。

「看起來她真的沒有跟妳比較好。」我冷笑了兩聲。

「我就跟你說過了啊。」

「被愛是什麼感覺呢？」我沉默了一會兒後說，「我真想知道那是什麼感覺。如果我是那種萬人迷就好了。別人看見我就會愛上我，哼哼，也不用花什麼心思去追求。」

「你真的這樣想嗎？」

「不是這樣嗎？」

「你真的希望別人見了你就會愛上你嗎？」

「妳不希望嗎？妳不想被愛嗎？」

14.5

我越來越沒有食慾，越來越不想說話，越來越不想出門。我害怕面對陽光，好刺眼；我害怕面對人群，我害怕那一張張陌生的臉孔，為什麼他們全看著我呢？

14.6

「小卜！」

淑萍叫我的名字。她好像穿暗色系的衣服，不仔細看還沒有辦法發現她站在那兒。

「喔，怎麼了，什麼事？」

「你還好嗎？為什麼沒有去上課。」

「我沒事。」

「你看起來氣色好差。」

「我沒事，妳要幹嘛？」

「我只是想過來看看妳好不好。」

「我很好。不用擔心。」

「真的？」

「是不是妳跟別人說我跟Paerie的事？」

「我沒有啊。我沒有跟別人講。你不是叫我不要講？」

「那為什麼Thomas他們一副好像知道什麼的樣子？不是妳是誰？我問過Meggy，她說她沒有講。」

「你相信她然後就不相信我？」

「妳真的沒說？」

「沒有。」

「最好是沒有。」

「古志卜！你那什麼態度，我專程過來看你，你居然這個樣子。」

「我又沒叫妳過來看我，妳在無聊什麼？」

「……」

「沒事……我要上去了。」

「等一下。」

淑萍靠了過來，我反射性的退開。

不只是她，連我自己都被我自己的舉動嚇到了。

「妳……不要靠近我。妳走開，我不想看到妳。」

說完話我頭也不回地跑上樓。

我知道我說錯話了，我知道我傷害到她了。我隔天就打電話跟她道歉，可是她只是跟我說沒關係，沒關係。

14.7

我好痛苦。

我需要救贖。

14.8

「Aeneas。」

教文學史的老師叫住我。

「嗯，老師，怎麼了？」

「你最近怎麼了，為什麼常翹課？」

「我⋯⋯老師對不起。」

「不會。你是不是不舒服？」

「我⋯⋯只是心裡覺得⋯⋯很奇怪。」

「沒有辦法跟我說嗎？」

「⋯⋯老師對不起。」

「是感情問題嗎？」

「老師對不起，我⋯⋯我不想說。」

「沒關係。如果真的身體還是心裡有什麼不舒服要去看醫生，知道嗎？」

「是，我知道，謝謝老師。」

「還有，如果你繼續翹下去的話，我很難保證能讓你過。」

「是，我知道了，謝謝老師。」

14.9

我好害怕去上課，我害怕看到認識的人，我害怕不得不跟他們打招呼，我害怕他們問起我的事，我害怕他們每一個人，

我害怕潮湧的人群，我害怕……我害怕……

14.10

我在網路上找到一則援交的留言。來回兩次信我們確定了時間、地點、價錢。

我站在路邊，手裡拿著約定的紫鬱金香。她說她會過來認我，可是遲遲沒有出現。站在人來人往的街頭我感到極度不安。過了大概十分鐘，她終於出現了。她穿著輕便的T恤和抽繩褲，看起來非常年輕，染著一頭紅褐色的頭髮。雖然她自稱是大學生，可是我怎麼看都覺得她最多只是高中生。

「小卜嗎？」

「對……我就是。」

「你比我想像的年輕很多耶。」

「是……是嗎。」我慌張地笑了一下。

「身分證、健保卡。」

「這裡。」我把卡片遞給她。

「看起來是真的。你不是警察吧。」

她帶我繞過幾條街，來到一間位在巷子裡的小旅館，熟練地跟老闆拿了房間鑰匙，就帶著我進到房間裡去。

「妳好熟練啊。」我說。

「還好啦，常來。喂，先說好，房間錢是你付喔。」

「我知道，我知道。」

「那……要開始了嗎？」

「等……等一下，我們根本就沒有講到話啊……」

「你是花錢來講話的啊？真奇了你。找我援交的大伯們都是一進門就上床，好像怕我吞了他們的錢不做事。」她說著說著就把T恤脫掉。她裡面穿著淡紫色的胸罩。

「等一下，那個……妳會不會太快了……」

「幹嘛，你會害差啊？呵呵……你真可愛。」她跳上床彈了下我的鼻頭。

「妳很常做這種事嗎？」

「還好啦，缺錢的時候就多做一些。主要還是看有沒有人要買。還有就是如果聊一聊覺得不對勁就要趕快閃人，有些在網路上找援交的是警察假扮的在釣魚。」

「喔……」

「不過我看你蠻老實的，應該不會有問題。」

「嗯……」

「來，摸摸看。」

她沒等我說好就把我的手拉上她的胸前。女人的胸部摸起來有一種奇特的觸感，說柔軟沒有想像中柔軟，可是卻一摸手就捨不得拿開。

「你是第一次吧。」

「是啊……」

「嘿，那真是讓你賺到了，我會帶給你很美好的回憶的。」

「對了，那我錢是不是要先給妳？」

「好啊，你先給我吧，以免我忘記。」

我從口袋拿出講好的2400元。她微笑拿走1200元。

「看你那麼可愛老實，又是第一次，給你打個折。不過你要留電話給我。」

接著她就動手脫我的衣服。

「來來來，快把衣服脫了，看了就礙眼。」

沒兩三下我就被她剝得精光，在她面前我一點反抗的能力也沒有。她開始舞弄她曼妙的身姿，雙手不斷在她自己身上游移，極盡挑逗之能事。然後她的手移到了我的身上，她撫摸著

我的胸口、肚臍、大腿內側，用舌頭舔著我的脖子跟指尖，她的髮絲撩過我身體每一吋，像有靜電一般叫我覺得酥麻。

「換你了，」她說，「幫我把衣服脫掉。」

我摸索著她的身體，但是沒有頭緒接下來要做什麼。她把我的手牽到胸罩後扣的地方。我大概知道她什麼意思，可是弄了半天就是沒有辦法把她的內衣給脫下來。

「兩邊往內壓。」她說。

解決了胸罩，其它的就沒有那麼棘手。她示意要我也讓她舒服，於是我爬到她身上笨拙地胡亂做起工來，說不上來為什麼我覺得自己好像一隻把鼻子埋進飼料裡狂吸猛舔的豬。我的手也不知道在摸些什麼，每當我覺得好像摸得沒有重點的時候我就會把手拿到她的胸前死命的揉，不知道是在做饅頭還是什麼。搞了半天滿頭大汗我才想到還沒有吻過她。所以我把嘴巴貼到她的嘴唇上，可是貼上去之後我就停了下來，因為我壓根不知道接吻這件事接下來是怎麼樣。是她把嘴唇迎上來吸著我的雙唇，我的嘴巴才又開始動作，她把舌頭伸進我的嘴巴，所以我也把舌頭放到她的嘴裡去攪和，感覺很像在拌水泥。接吻這件事沒有想像中的浪漫，沒有什麼觸電之類的感覺，就是濕濕黏黏的，嘴唇跟嘴唇碰在一起，口水和著口水，就是這樣而已。

「不是那裡。」

她說著把我的手做了些修正，我摸到一個有點硬稍稍突起的東西。

「這個嗎？」我一邊問一邊搓。

「對對，快一點。」

「這樣嗎？」我加快速度，可是好笑的是我一開始搓她的私處就忘了跟她親吻，另一隻手也不知道要擺在哪裡。慌張地

滿身是汗。

「舒服嗎？舒服嗎？」我問。

「好、好，再來，你把手指伸進去。」

「伸……伸去哪裡？」

「伸進來我下面啊，你是真的不知道還是假的不知道。」

我依她的指令把食指放到她的陰道裡，裡面非常潮濕，滿滿都是水。

「然後呢？」

「你手指往上摸。有沒有摸到一小塊凹凸不平的部分？」

「哪裡？哪裡？等一下……我摸到了，是不是這裡？是這裡嗎？」

「對，對，就是那裡，繼續弄，不要停。」

「好，我知道了。」

就這樣她躺著我半臥著維持了一段時間，她一直尖聲叫著，我很怕吵到隔壁的房客。

「好了……好了……戴上套子快進來吧。」

「我……我忘了帶保險套……」

「真的假的，你忘了帶？好啦，隨便啦，我今天好像是安全期，快點插進來。」

「喔……好……」

我拿我的下體在她私處試了半天，可是就是放不進去。

「我……放不進去……」

「怎麼會呢？」她坐起身。「哎呦，軟掉了啦。」

她說完幫我用手套弄著我的下體，不久我又硬了起來。

「好了，快來。」

她躺平，把雙腳架上我的肩膀。

「快、快。」

我勉強把下體擠進她的陰道，前後動了起來。

「身體不用整個動，動腰部就好。」

「好、好。」

我開始覺得她像駕訓班的教練。

「那個……掉出來了……」

「再放回去啊。」

「不是，那個……我……」

「不是吧，又軟掉了。」她抬起頭來看說。

「哎，真麻煩。」她說著叫我躺下。

她用手掌、手指、舌頭、嘴巴伺候著我的下體，我感到一股強烈的快感直衝腦門。不知什麼時候她飛坐到我的身上，下半身在我身上搖動起來。我的下體覺得有種灼熱感。沒多久她的身體改為直挺挺地上下跳動，我的手不知道要做什麼就捏著她渾圓的臀部。

妳也是這樣跟他們做愛的嗎？感覺是像這樣嗎？我也要跟妳一樣了。愛我好嗎？愛我好嗎？等我好嗎？等我好嗎？我就快要到妳那裡去了，我就要過去了……

有一個感覺散播到我全身的神經。

「我……我要出來了。」我說。

「出來……射進來啊……」她說著身體擺動得更厲害。

終於我把精液都射到她身體裡面，她的腰部還不停動著，像是要把我最後一滴精液也擠出來。

完事之後她倒頭昏睡在我的身邊，捲在被單裡一絲不掛，頭髮一絲絲散鋪在她稚嫩的臉龐。幽澀的月光從窗外射進來，我糾在陰影的蛛網，心裡滿是懊悔。

14.11

那天以後，又過了一段時間，她打了電話給我，說要一起出去玩。我答應了。

晚上我去到約定的地點，她一樣帶我繞過幾條街，這次來到一家不顯眼的舞廳，招牌的壓克力破了一半，燈也不怎麼亮。這家店玻璃上貼著黑色的紙，沒辦法從外頭看到裡面，有一個理著小平頭的歐吉桑顧著門口的檳榔攤。

「小姐，買檳榔嗎？」歐吉桑問。

「對，我要買一百六十八塊包葉。」她答道。

「好，裡面拿喔。」

她帶著我進到裡面。

裡面昏暗昏暗的，只有一盞小黃燈。小房間的一端有一扇門，裡面透出多變的燈光，看起來像是舞池；房間靠門口的這一端有個小小的櫃檯，坐著一個歐巴桑，看起來六、七十歲，濃妝豔抹，兩隻手上都掛著金手環、玉鐲子，嘴裡補了兩顆金牙，桌上擺著一本佛經跟一本地獄遊記。

「小姐，跳舞啊。」歐巴桑露出金牙笑著說。

「對啊，不過我是要跳森巴的啦。」

「森巴哪一款的？」

「AK-47的。」

「有沒有舞票？」

「我有大悲咒。」

「好，那這邊請。」

歐巴桑說完推開櫃台的門讓我們進去，在櫃檯裡，她原本坐的地方的後面被大月曆蓋掉一塊的木板牆有一扇暗門，打開之後是一條通到地下室的樓梯。我們要順著那條樓梯往下走。

樓梯下有薄薄的霧飄上來，隱約可以看到不同顏色的燈光交替閃著，我遲疑了一下。

Courage!

　　我在心裡暗自對自己說要既來之則安之，所以我跟著她走下階梯。

　　「進來從這邊進來，出去要從另外一邊。」她指著地下室另一個角落的樓梯說。

　　樓梯下站著一個男子，掛著一條金鍊，嘴裡叼著一根煙，臉上有條明顯的疤痕。

　　「刀疤哥。」

　　「妳朋友？」

　　「對啊，他第一次來。」

　　「呆頭呆腦的，大學生吧。」

　　「是啊，刀疤哥真厲害。」

　　「好啦，沒事快過去了，老大今天心情好像不是很好。」

　　「刀疤哥，你明天會過來嗎？」

　　「不會，榔頭明天要跑船，我要過去幫忙，我那邊一個小弟也有問題，我要過去看看怎麼樣。」

　　「那你自己小心囉。」

　　打過招呼我們走進這個地下舞廳，舞廳裡閃著迷炫的燈光，時而綠，時而黃，空氣裡飄著濃濃的煙味，舞池的中央有一個鋼管舞台，鋼管女郎正跳得興起走到舞台邊讓客人塞小費。她帶我走到靠廁所的一桌，那裡坐著四個年紀大約三十來歲的男子。像這種地方應該也會有毒品的交易吧，我想，不知道那些東西吸起來是什麼感覺呢？生命的果實。一樣甜美？不必思考歡歡喜喜地沉醉在無盡的喜樂裡。樂園。

「巴老大。」她叫其中一個理三分頭左手腕刺著一隻龍的男人說。

「哇，妳總算是來了啊，前天放我鴿子膽子很大喔。」

「對不起啦，我……臨時有一點事。」

「有事老大都可以不管了？」

「對不起啦，我現在不是過來了。」

「好啦，老巴，先叫他們坐了。」一個戴墨鏡的男子說。

「好啦，坐了坐了。」巴老大說，「還不叫米漿大哥。」

「米漿大哥好。姜老好，牛大好。」

「這小子混哪的，以前沒看過。男朋友？」巴老大問她說。

「不是啦，熟客。」

「喔……不是老師吧。」

「不是，不是。」

「好，這樣我繼續講就沒關係。」

「後來啊，」巴老大對著其他三個人講，「才知道那個女的根本是個騷貨，小七跟我講的時候我也嚇一跳。」

「是小七牽的線？」米漿大哥抽了一口煙說。

「對啊。然後我們就把她搞到賓館去，我把她搞得叫不敢咧！馬的，老子生平最痛恨的就是老師，一副了不起的樣子，在講台上威風個什麼樣，脫了衣服還不是搞的爽歪歪，被人家打屁股還說好舒服。嘿，你知道我幹她的時候說什麼？我就喊：『幹妳老師咧！幹妳老師咧！』」

他們幾個人笑了起來。

「阿有沒有叫小七拍起來？」牛大問。

「有啊，光碟當然要再嚓它一筆。我叫小七弄好再批一份過去你們那邊。」

「我說老巴啊，」姜老開口說，「我們幾個聽你在這裡嘵弄半天，也沒聽到你說要怎麼交代那條錢。你說這個到底要怎麼算？」

「姜老，您別擔心，我已經叫刀疤去處理了，一個禮拜，好不好，一個禮拜。一個禮拜我一定把帳弄得清清楚楚。我巴老大你信得過。」

「一個禮拜，太久了吧，老巴。」姜老說。

「對不起，這次真的是意外，來來，我這裡有一些爽的，就當給您姜老陪不是。」

「陪個丸就沒事啦？」牛大說。

「沒有，你看，為你們要過來我還特地叫我這個最標緻的小妹過來，她還欠我八百下，我看我們就一人給她分個兩百下，隨便插，隨便插。這樣夠誠意了吧？高中生耶，你去哪搞這麼正的高中生啊。」

「嘿，老巴，這樣才對嘛，不過我們姜老可是金槍不倒，兩百下，恐怕還不夠用喔。」

「沒關係，沒關係，不夠就先借，不然我的兩百下也給姜老。」

「這才對。」姜老說，「下次叫刀疤別亂搞啊。」

「一定，一定。姜老我敬你。」巴老大舉起酒杯說。

他們喝著酒有說有笑。舞廳裡的舞客、隔壁幾桌的年輕人一樣喝著酒、抽著煙、嗑著葯。燈光繽紛迷幻，空氣朦朧嗆鼻；他們大啖著蓮花，不知明日之將至。

幾個大哥接著就要把她架到廁所去。

「巴老大……」她眼巴巴地看著巴老大說。

「幹什麼，快走了。讓人家看笑話了。」

「喂，小弟，」米漿大哥對我說，「要不要一起來啊？看

你弱不禁風的，分你個三十下就搞不完了吧。」

他們哈哈大笑幾個人就進到廁所去，褲子一脫就玩起來，還先分配好前後跟順序。

「嘿嘿，來，炒一下。」

「後面也要炒啊。」

「真是，怎麼沒叫她穿制服來。」

我站在門邊只覺得反胃。在漫著煙霧的廁所裡她嘴巴被堵住，眼睛盈著淚的看著我，但我只是顛著步伐離開了。

瘋了，這群人都瘋了。我騎在馬路上這樣想著。

就當我停在一個路口，有兩台摩托車──都是雙載──停在我的旁邊。我一看他們就覺得事情不妙。

比較靠近我那台後座的人沒有戴安全帽，拿在手裡，一副很像是喝醉酒。他看到我就開罵。

「幹你娘，你們這些高知識分子就是看不起我們這些無讀冊的就是了。」

說完安全帽就往我身上砸。我一看綠燈就趕快騎走，能騎多快就騎多快，每當我一路上看見後照鏡閃現車燈的亮光，我就會緊張害怕地騎得更快一些。最後我閃進一條小巷裡，以為安全了，沒想到一進巷子就看見幾個國中生手上拿著刀圍著一個躺在垃圾堆裡的年輕人，全身已經是血淋淋。

「幹！看三小！」

「對不起！」

我說著趕緊又騎出巷子，折騰了半天才回到住的地方。

拖著虛弱的身子進了房間，我想起今晚發生的一連串的事情不禁痛哭了起來。

沒有多久我就換了新的手機，我不想再跟她有任何干係。

14.12

這天晚上原本應該一如往常。

我從超商買完東西出來，拎著塑膠袋站在路口。今晚的霓虹特別眩目……

我看見她向我走來，頭髮輕飄飄的，全身綻著光芒。

「怎麼來了……？」

「來看看你好不好。」

「我還好，還過得去，妳呢？美國那邊還適應嗎？」

「還不錯，除了語言不通以外，其它都還好。我都跟別人說我是主修會計的。」

「會計是嗎？呵呵……真妙……」

「嗨，小卜。你來買東西啊。」

「咦，Linda，是妳。」

她看了看我的四周問我說，「你剛剛在跟誰講話？」

「我…………」

14.13

那天的幻覺嚇壞了我，那之後我已經一天一夜沒有闔過眼。我老是覺得祂就躲在窗邊，一旦我不小心睡著，祂就會從窗外爬進來，用祂銳利的大鐮刀把我的頭給割下來。一想到這裡我全身又不住地打顫。祂在那嗎？祂還在那嗎？那個聲音是不是祂打開窗戶進來了？我邊想著邊抓緊棉被。不要過來……不要過來……不要過來……

一隻綿羊兩隻棉羊三隻綿羊四隻綿羊五隻綿羊六隻綿羊七隻綿羊八隻綿羊九隻綿羊十隻綿羊十一隻綿羊十二隻綿羊十三隻綿羊十四隻綿羊十五隻綿羊十六隻綿羊十七隻綿羊十八隻綿

羊十九隻綿羊二十隻綿羊二十一隻綿羊二十二隻綿羊二十三隻綿羊二十四隻綿羊二十五隻綿羊二十六隻綿羊二十七隻綿羊二十八隻綿羊二十九隻綿羊三十隻綿羊三十一隻綿羊三十二隻綿羊三十三隻綿羊三十四隻綿羊三十五隻綿羊三十六隻綿羊三十七隻綿羊三十八隻綿羊三十九隻綿羊五十隻綿羊五十一隻綿羊……四十一隻綿羊四十二隻綿羊四十七隻綿羊四十八隻綿羊六十九隻綿羊四十九隻綿羊五十隻綿羊五十一隻綿羊五十二隻綿羊五十三隻綿羊五十五隻綿羊五十七隻綿羊五十八隻綿羊六十隻綿羊六十一……六十二隻綿羊……一隻羊兩隻羊三隻……一隻狗跳過了籬笆兩隻狗跳過了籬笆三隻狗跳過了籬笆四隻狗跳過了籬笆五隻狗跳過了籬笆六隻狗跳過了籬笆七隻狗跳過了籬笆八隻狗跳過了籬笆九隻狗跳過了籬笆十隻狗跳過了籬笆十一隻狗跳過了籬笆十二隻狗跳過了籬笆十三隻狗十四隻狗綿羊狗一個Thomas兩個Thomas三個Thomas四個Thomas五個Thomas六個Thomas七個Thomas八個Thomas九個Thomas十個Thomas十一個Thomas十二個Thomas十三個Thomas十四個Thomas十五個Thomas十六個Thomas十七個Thomas十八個Thomas十九個Thomas二十個Thomas二十一個Thomas二十二個Thomas二十三個Thomas二十四個Thomas二十五個Thomas二十六個Thomas二十七個Thomas二十八個Thomas二十九個Thomas三十個Thomas三十一個Thomas三十二個Thomas三十三個Thomas三十四個Thomas三十五個Thomas三十六個Thomas三十七個Thomas是的是的那麼他在哪裡我恨不得把他的脖子給扭下來現在為您介紹來自紐西蘭的噢又是一個好球中華隊打得真是好妳還好嗎妳還好嗎我好想妳我現在好寂寞你真的希望這樣嗎妳不想嗎妳不想被愛嗎小卜我們要去跟女中的聯誼你要去嗎我也不知道啊我也不知道為什麼會這樣您的電話將轉入語音

信箱your call has been forwarded to 我不相信我不相信我不相信有什麼力量要把我們牽在一起一定有什麼力量要把我們牽在一起這不是巧合啊啊啊啊啊啊啊啊啊啊啊啊啊啊啊啊啊啊啊啊啊啊啊啊啊啊啊啊我覺得妳很有氣質給人家很舒服的感覺那你是說我不漂亮了通常男生形容女生是沒有辦法說她漂亮才會用有氣質帶過不是我不是那個意思我覺得妳很漂亮可是更讓我覺得印象深刻的是妳出眾的氣質你說得我都不好意思了你的嘴巴真甜是真的我真的這麼覺得走吧我們走吧這個地方讓人覺得怪怪的那你覺得愛情是什麼我覺得愛情是發自內心帶有愛慕的關心妳覺得愛情是什麼我覺得啊愛情是波西米亞的我很高興你來了我很高興你來了我們不是妳講的那種關係就算我們真的變成那種關係其實我們根本沒有辦法為自己做選擇我們是被選擇了你只是可以選擇要被誰愛而已愛情是不存在的不愛情是存在的但是它存在於其不存在愛情是一種幻想用來填補這個世界其實殘破不全的事實你會沒有辦法放手因為你已經付出了太多你不敢相信自己其實做了一個錯誤的決定來不及斷頭接著你就捨不得斷頭我們不過就是一群水仙照著鏡中的自己沒來由的愛上那個水裡的倒影你以為自己愛的是那個人可是說穿了你只是愛上那個自己然後用你自以為好的你希望別人那樣愛你的方式去愛那個人強行要那個人認同你是愛她的無可救葯的自戀狂們所謂的愛情是否就是這樣對著水裡的倒影無可自拔地自瀆心靈跟肉慾是可以共處的嗎選擇了其中一個就不能選另外一個嗎沒有兩個都存在嗎是不是其中一個很容易就會摧毀另一個談到心靈與慾望的結合絕大部分的人都會傾向於後者人很難相信看不到的東西人是唯物的要不然為什麼身體的接觸會引發依戀我覺得愛情是讓兩個人都開心我覺得愛情是咖啡我覺得或許失去的才是最美的吧人就是賤握在手裡的都不知道去珍惜天秤搖擺

不定我覺得愛情是蹺蹺板你不可以回頭看她因為她還沒變回你習慣的那個樣子不是說在出冥府之前你絕不可以回頭嗎她因為不可抗力的原因跌落到那個地方你不能怪她她變了其實她也沒有變你只是不知道她是這個樣子可是她就要試著跟你離開這個地方了你一回頭把她推回了那個地方你們都已經看到光了啊是這樣嗎是這樣嗎說不定你根本沒看清楚她是什麼樣自以為癡情的戴著桂冠以為很幽默嗎我是愛她的我知道我是愛她的你確定嗎你能肯定你愛上的不是那個你自己雕出來的雕像你確定你不是喜歡上你自己過度美化的幻想維納斯只是讓你愛上一個你自己做出來的玩意兒你真以為她了不起嗎我覺得我陷入了一個迷宮裡面迷宮裡有牛頭人不管我怎麼走都會遇上那隻牛頭人不管如何沒有出口我害怕因為我打不過牠而沒有亞利雅德妮我需要她的絲線帶我走出這迷宮那就飛吧你可以飛走的如果我給你一雙翅膀可是你沒辦法飛走的你飛不遠的因為我可以告訴你接下來會發生什麼事你會情不自禁地又往那太陽飛去以為那個光是你救贖的希望以為那個光就是你窮及一生所追尋的可是當你飛上去之後你就會發現你所渴慕的暖陽實在是太溫暖了實在是太溫暖了你翅膀上的蠟一時時融化你的羽翼霹靂啪啦燒起來了羽毛一片片飛散開像是突然被自己的母親狠狠賞了一巴掌再來是一場華麗的墜落你從雲端掉下來了天旋地轉速度越來越快越來越快你根本不知道究竟發生了什麼事然後就一頭栽進冰冷的海水可是猜猜看怎麼來著沒人在乎沒有人關心你到底怎麼了你覺得他們很冷漠你覺得他們見死不救你就快要溺死了但他們不理你你以為自己很可憐你真以為自己是悲劇人物啊告訴你悲劇天天都在上演一天少說有幾千齣還輪不到你進棚呢不動手划水你就準備溺死吧沒有人會來救你的沒有人救得了你的大家可忙得很呢！

我只當你是朋友我只當你是朋友我只當你是朋友我只當你是朋友我只當你是朋友

兩點五分。

只過了十五分鐘。我從床上坐起，盯著模糊的鐘面。祂現在在哪裡？祂走了嗎？不，還沒，我可以感覺到祂在窺視著我，祂想要趁我不留意的時候把我的靈魂攫了去。我可千萬不能中了祂的計。我不會睡著的，你休想趁我睡覺的時候進來。

我爬下床，先確定門已經鎖好了，再來我連窗戶也一起鎖上。

這樣你就進不來了吧。不對，祂會透過窗戶看我的動靜，一知道我睡著以後，祂就會敲破玻璃進來。不行，我不能讓祂得逞。

於是我用報紙把窗戶通通貼滿，各貼了兩層，再把窗簾拉上。

嘿嘿，這樣你看不到我了吧。你以為我真的笨嗎？你休想過來。走開，走開。快滾一邊去。我不會睡著的，別以為你可以稱心如意，背把大鐮刀了不起嗎，我呸。

等一下，祂會不會已經進來了？

我緊張地趴到地上檢查床底。沒有吧？黑抹抹的一片什麼也看不見。祂應該沒有在下面吧？可惡，祂沒有真的在下面吧。我拿了枕頭往床下掃，來回掃了五、六次沒有打到什麼東西。沒有吧，應該沒有吧。桌子底下呢？我用腳探探，沒有祂的蹤影。衣櫥！

我猛地把衣櫥裡的衣服全都翻了出來，一件一件都拋到床上。沒有吧？沒有吧？我整個人鑽到衣櫥裡四邊摸索。空的，空的吧。

有風？從衣櫥裡出來我覺得有空氣在流動。不可能，我明明已經把窗子給鎖上了。再檢查一下。對啊，應該是沒有縫隙了。我摸著窗子的四個角，沒有發現異狀。報紙也黏得好好的……不行，安全起見再多貼兩層。

　　門縫！可惡，原來是這個地方。被我識破了吧，你想從這邊進來，哼，門都沒有。我從床上抓起棉被堵在門縫的地方。

　　祂可能還有什麼特殊的辦法可以進來，說不定祂會有一把萬能鑰匙，可以打開所有的門，這樣我的處境太危險了。不行不行，我得想想辦法。

　　我把椅子搬到門前，又搬了可以摸得到的任何東西放上去。

　　這樣不知道夠不夠重？不管，應該可以擋祂一陣子。這樣祂如果企圖想進來就會發出聲音。

　　那牆壁呢？祂有沒有偷偷鑿了洞要觀察我的一舉一動？太危險了，幸好我及時想到。

　　我開始撕起課本，把它們一頁一頁貼滿四面牆露出來的部分。在一片漆黑中要完成這樣的工作其實非常困難。

　　這樣應該好了吧？

　　我滿頭大汗地用十隻指頭到處檢查。

　　可以了，應該是萬無一失。現在幾點了？

　　我胡亂在桌子上摸來摸去，一個不小心把鬧鐘跟水給掃下桌。匡啷清脆的玻璃伴著沉甸甸像是彈簧齒輪絞在一起的聲音我知道這兩個傢伙一定沒一個是倖存的。我用手在地上摸索，扎傷了手指，好不容易抓到了感覺已經沒有脈搏的鬧鐘。我左拍右拍，拿在手上搖了許久再把耳朵貼到鐘面上，可是它已經沒有聲音了。

　　我尷尬地蹲在原地，我看不見到底碎玻璃灑在什麼地方。

14.14

在這個時刻，魚販們大肆吆喝，一把一把運著菜刀，甩著鮮魚一尾一尾噴著鱗，其它市場裡的攤位也都一一把貨品擺到定位，叫賣的聲音此起彼落，牽得灌進市場的人群一下看看琳琅翠綠的蔬菜，一下摸摸熟紅的腿肉，一下嚐嚐透著鮮橘的椪柑，拿不定主意；百貨公司完全亮了起來，像發福的鐵塔，霓虹一朵一朵跟著發光，爭先恐後地搶著做白天缺的工；車燈一顆顆不甚明顯，在暗沉的街巷間穿梭像隨風飄逸的螢火蟲。

在這個時刻，我拖著麻木的四肢、灌鉛的身體、糊膠的腦袋、跟血絲隨時會爆開的雙眼回到貼滿符咒的住處準備迎接另一場戰爭。

或許我應該整夜開著燈。

我躺到床上又坐起，坐到桌前又站起來來回踱步，反反覆覆不停重複固定的幾種姿勢，可是變換著數以千計的小動作，像極一隻窩在籠裡焦慮籠外的人會送什麼奇怪東西進來的白老鼠。

我要怎麼一個人打贏祂？

就算我又躲過了今天，祂明天還會再來的。我不可能一直這樣不睡覺，我一定會死。

怎麼辦？

現在睡會不會太早了？

到處都封死了，祂進不來的。

可是我是一個人。

憂慮了一晚上，我還是把燈熄了，我的眼睛酸得沒有辦法承受那樣強度的光。可是也就是這個時候我發現了解決的方法。

抱著嗡嗡作響的電腦我的憂慮減輕不少。

我怎麼會忘了你呢？幫我看著祂好嗎？幫我守著好嗎？在這裡看著，別讓祂進來。

我貼著牆裹著被單，漸漸沉入夢鄉，我可以感覺到他肅穆的站在那裡，看顧著我……

14.15

「掛哪一科？」

「身心醫學科，麻煩妳。」

接過健保卡我靜悄悄地走進身心醫學科的等候區，幾排的座位都是空的，只有一個患者正在跟醫生報告他的狀況。這地方安靜得可怕。

我看著因為時間變得斑黃的牆，那上面像是有成隊的病毒正在行軍。隔壁的位子有幾塊暗紅的污漬，看起來像檳榔汁。

空蕩蕩的。

那傢伙要多久才會好？我已經想離開這個地方了。

就在我想要一個座位一個座位移到門邊偷偷地離開，裡面的病人出來了。他看起來是不太正常。

我也要進去嗎？

護士叫了兩次我的名字，在不能裝傻的情況下我蹣跚地走進診療室。

「什麼問題？」

門沒有關。

雖然外面一個人都沒有，可是我覺得怪怪的。

「最近怎麼樣？」

我看看護士，她沒有要去關門的意思。

好吧，隨便啦。

「我……心情不好。」

「怎麼個不好法？」

「我常常會覺得很悶，很無聊。」

「這一陣子有發生什麼事嗎？」

「我……我……」

「嗯？」

「我班上有一個同學……我很喜歡她，我一直很喜歡她，我想或許我應該告訴她，可是就在那天，不對，先是我接到她的電話，然後我們認識了，不是，我們是之前就認識了，可是那次很巧，怎麼說，總之就是認識了，我很喜歡她，我真的很喜歡她，後來有很多機會我們聊了很多，我們有幾次還一起出去，我以為她喜歡我，我，我，我後來有一次，不是有一次，總之就是她的生日，我拿生日禮物去她家，然後我 看到 我看到 我看到 我看到

我看到有一個人壓在她身上然後我很慌我真的很慌可是我跑掉了我覺得受不了心臟快要爆炸，我跑掉了我跑掉了，那個時候在下雨下得很大我什麼都看不清楚我摔倒在平交道火車近得我覺得好像要從我身上壓過去了，我……我……」

我一股腦的講了一大堆上氣不接下氣喘個不停。

「然後，後來，我不知道，總之，後來我才知道她還跟很多男生……很多男生……我覺得很難受，我……

後來她不見了…………她……」

「你最近覺得怎麼樣？」

「我很害怕。」

「害怕什麼？」

「人。我不知道為什麼，我不敢看別人的眼睛，我不敢跟別人打招呼，我怕別人看到我，我越來越少出門，我……後來他們也不跟我打招呼了，我覺得他們好像知道什麼，我覺得他

們好像在我背後講我壞話，他們不知道要對我幹嘛，我很沒有安全感，我……我看到不應該看到的東西……我是說幻覺，我有幻覺，你知道嗎那真的很可怕……

14.16

憂鬱症。

好啊，太好了，真是太好了。我看著手裡的藥包心不斷抽動著。

14.17

因為恐懼而生的震動最是可怕。在那樣的震動中，時間，是靜止的。無關乎時間的輪軸該怎麼轉動，因為那個時間並不屬於你；你被排除在這個世界之外。看看窗外，每個人都有要去的地方，要去上課要去上班要去逛街要去約會，但是你要去哪裡？你沒有地方可以去。每個人都跟你錯肩而過，每個人跟你彷彿都是沒有關係的。窮極無聊的生活你不知道做什麼，可是每個人卻都忙得不可開支。你可以知道他們有個目的地，而他們正在往那邊前進，各自往各自的目的地前進，可是你只能看著他們去，因為他們要去的地方你沒有要去。所以大家來來去去，這邊來，那邊去，說話沒有聲音，因為那對你來說沒有意義；大家越走越快，你的感官晃動得厲害，像是快要被甩離狂舞的地球儀，可是稍加留意就會發現只是錯覺，這個世界沒有轉動，時間也早就停了，凝滯的空氣壓輾得你喘不過氣，他們的動線歪歪曲曲拉得老遠沒有痕跡，世界不以你為中心。

14.18

經過幾番掙扎我來到學校的輔導組，因為據醫生說要治好憂鬱症除了服藥，最重要的還是要有長期的諮商。我一直猶豫因為感覺好像進去那個地方就會被貼上精神病患的標籤。我在門口徘徊，找不到適當的時機進去，甚至我不知道到底應不應該進去。裡面的人說說笑笑，很快樂的樣子，可是我一點也感覺不到。他們的笑聲非常刺耳，我不屬於這個地方。

「同學有什麼事嗎？」一個看起來像是職員的女生問我。

「我……想要來作諮商。」

整個房間突然安靜了下來。

「那你要不要先跟我們的老師談談，她現在在隔壁。」

我跟著她到隔壁的房間，她開了門跟裡面的女子說了幾句話就讓我進去。

她看起來蠻年輕的，大概三十歲上下吧，感覺沉穩略帶點靈性，眼睛裡吐露著智慧的光芒。

「你好，我是楊近冬。」

「我是古志卜。」

「今天怎麼了？心情不好嗎？」

「我……我不知道該怎麼說。」

「沒關係，慢慢來。」

「我很害怕。」

「害怕什麼呢？」

「我不能說。」

「為什麼呢？」

「我說不出口。」

對於陌生人的防禦心態讓我沒有辦法輕易地把話說出口，

那樣就好像把自己的秘密告訴給別人知道，讓別人知道你是個病態精神患者，讓別人知道你有病。可是她有一種很特殊的氣質，讓人覺得可以把所有的事情都說出來。

「我不知道該怎麼說……我沒有辦法說……」

「你一定很難過，守著什麼秘密沒有辦法說。」

「我……我……」

那個震動又來了，那個震動又來了。我全身都開始發抖，不自覺的，狂亂而無法控制的，我的眼淚沒有預兆大把大把地落下。

「我不能說……」

「看你這個樣子我好難過，」她遞給我面紙，「因為我很想幫你。」

「我……我好害怕……」

「害怕。」

「我好怕祂……」

「怕誰？」

「死神。」

「祂長什麼樣子？」

「穿著黑斗篷……背把大鐮刀……就像是我們一般知道的死神那樣。」

「祂現在在這裡嗎？」

「祂躲在我裡面。」

「如果可以你想對祂說什麼嗎？」

「我……我想叫祂不要再來找我了，我好害怕，我很怕祂。我想要叫祂走開。我受不了了……」

我不斷地抽著面紙，我的眼淚停不下來。

「好，我現在要叫你做一件很奇怪的事，好嗎？」

我點點頭。

「我要你把祂拿出來，想像祂現在就坐在這裡，」她拍拍一張墊子，「然後你跟祂說話，把你要對祂說的話都對祂說。」

我照她說的想像祂就在那裡，而祂也就真的靜靜坐在那裡，跟我面對面。我沒有辦法直視祂，無法抑制的哭著、不住顫抖，我沒有辦法直視祂。

「我……」

我連話都說不出來。

「先這樣好嗎……先這樣……」

「好，如果你有需要，我每個星期五都會在這裡，你可以過來。」

一等她說完我立刻奪門而出。

雖然第一次的諮商結尾得很糟，可是說也奇怪，在我依她所說的試著與祂面對面對談之後，祂就再也沒有出現。

波西米亞　15
私密獨白

15.1

「妳好。」我說。

「就坐這邊吧。」她說。「真高興看到你再過來。」

「嗯，我……就來看看。」

「最近好嗎？」

「好多了，其實。真的。」

「為什麼會想到要來這裡呢？」

「因為我覺得心裡……不太舒服。」

「嗯。」

「我……我有幻覺。」

「常常嗎？」

「只有一次。」

「什麼時候呢？」

「我忘記了，不久，一、兩個禮拜前吧。」

「看到什麼？」

「我看到她。」

「她是誰？」

「我一個同學。她移……她現在已經不在這邊了。我……很喜歡她。無時不刻想到她。她很漂亮。可是不是那種漂亮……我是說……應該說是……美麗。這樣講好像很奇怪。她

的美麗……是那種超脫的美麗……由內而外的，散發出來的，一種由氣質、內在的光芒所轉化的。那不是一般我們說的漂亮。那天我看到她，我是說幻覺，那天我看到她朝我走過來，身上好像有什麼光籠罩著，我……跟她說話，她跟我說話，我完全不知道是幻覺，我沒有注意到。後來有一個我的同學經過叫我，我才發現其實她根本不在那邊。後來回想也對，她怎麼可能會出現在那裡，她在那麼遠的地方怎麼可能說回來就回來。我一定是頭殼壞了。總之我很害怕，那天之後連續兩個晚上我都沒有辦法入眠，我嚇壞了。我被自己的幻覺嚇壞了。那天之後祂就出現了。就是……上次我跟妳說的，妳要我跟祂說話的那個，背著大鐮刀的死神。那個晚上開始祂就跟著我，一到晚上就會出現。我看不到祂，祂總是躲在我看不見的地方。我怕祂會……要我的命……抱歉，我知道這聽起來很蠢……」

「不會的。」

「然後，總之到了晚上我就會心神不寧，因為我覺得祂在觀察我的行動，一旦我睡著祂就會……採取行動……。因為這樣弄得精神緊繃，睡不著覺。雖然常常失眠，可是那是唯一一次連續幾十個小時沒闔眼，沒睡覺。後來我去看了醫生，我知道我應該要看醫生了，都已經出現幻覺了，我想我應該是不正常的。去看過之後醫生跟我說我有……我有……憂鬱症。他有開藥給我吃。有兩種，一種是抗憂鬱劑，另一種是鎮定劑，我不知道哪顆是哪顆。」

「你有吃嗎？」

「有，可是只吃了一次。我……覺得很噁心，吃了之後沒多久就覺得反胃，想吐，可是吐不出東西……我覺得很糟。我覺得自己是人渣，所以連藥都不想救我……」

「可以談談你之前說的那個同學嗎？」

「她……我們是大學才認識的，同班同學。我第一眼就被她吸引，從此之後再不能自己，只要是有關她的一切都會叫我著迷，像彈古箏一樣她靈巧的手指撥弄著我，我感動得輕顫。我沒有辦法想像沒有她的生活。她一直都在我心裡。一次很偶然的機會，我們開始了第一次對話。在那之前我一直不敢跟她說話，我不知道怎麼開口，而事實也是在她面前我很容易手足無措，不知道要怎麼做。有一次她打來我的宿舍，要找我的一個室友，我一時之間慌了，講了一大堆不該講的話，胡亂自我介紹了一番，可是她根本不是打來找我的。後來我就寫信跟她道歉，我們才有比較多的對話，我們還一起出去……對不起……」

「沒關係，擦一擦。」

「謝謝……」

「其實後來我們還蠻常聊天的，也一起出去過幾次，每一次我都記得清清楚楚…………」

15.2

「坐吧。」

「好，謝謝。」

「我們就從上次結束的地方開始好了。我們上次談到你說你買了襯衫給她當生日禮物。」

「喔，對……我後來就打算她生日的時候把禮物拿去給她。那天剛好下著大雨，可是我想禮物都買好了，如果不去就枉費我花那麼大的功夫做壓花弄包裝。……後來想起來覺得或許那天不去才是對的。我騎車出門到她家，然後我打電話給她，她過了很久才接起來，接著就幫我開了門。她那個時候只裹著一條浴巾，她說她在洗澡。我一下傻了眼就急忙地把筆

記……喔，對，筆記，我忘了講。之前我跟她借上課的筆記，主要只是可以能夠那天有藉口過去。所以我把筆記遞給她，為了避免彼此尷尬，我趕快離開了。可是當我走到樓梯口我才想起來我禮物還沒有給她，所以我又折回去。回到她房前，我發現她的門沒有關好，然後我看到我之前送給她的花插在門前的垃圾桶。她的房裡傳出奇怪的聲音……其實一聽到我大概就知道是怎麼回事，可是我想要確認這件事情……我看到……她跟一個男的……咳！咳……謝謝……她跟一個男的在……謝謝……然後，所以我忍住不發出聲音退出來把門關上，然後我幾乎是衝著下樓梯，我只想趕快離開，我覺得……火覺特……很像……心裡有什麼快要爆炸一樣！我騎著車在雨裡搖搖晃晃，什麼都看不清楚，還差一點衝上平交道上去……

謝謝……那之後我的腦袋裡不知道為什麼就會出現她跟不同長相的男人做那件事的樣子……後來……後來……我跟她說我看到了，接著她就不理我了。我很害怕，我很害怕她會因為這樣不理我，她會就這樣不理我嗎……偶……我覺得我不可以失去她，我跑去找她，我敲她的門，敲得很大聲，敲到她開門出來制止我。我想要跟她說……我想要跟她說我好喜歡她……我真的好喜歡她……我不能不讓她知道……我……我跟她說要進去談……我……我希望我還是她歡迎的訪客……可是她……她伸出手擋住我……擋住我……那個時候我知道什麼都不可能了……

我問她……問她有沒有愛過我……對不起。」

「沒關係。」

「謝謝。我問她有沒有愛過我，她說…………她只當我是朋友。

然後就放暑假了。可是新的學期反而更糟。她不跟我說話了。每天我都遠遠看著她，有些時候遠到螢幕的另一端……

我覺得很絕望……可是又有一些期望……期望她哪天會想起我……會來找我……可是當然沒有。

我後來還從別人那邊知道……除了我以外……她還跟很多其他人出去……我……我只是她那麼多對象裡的其中一個……我只是其中之一啊……當然無關乎痛癢……可是我還是喜歡她的……頑固的喜歡……無法妥協……終於這種感覺變成一種執念……在我的腦裡扎根，每天每夜壓痛了我……我沒有辦法說服自己……沒有辦法拋棄這一些與她共同的回憶……我……如果當初喜歡的不是她……或許我會比較狠得下心把記憶的釘一根根拔去……

在這些日子裡，在這些無盡蕭瑟的日子裡，我的心也是一片荒涼的。可是最糟的事不是荒涼，而是我知道我應該討厭她，卻又加倍的加深對她的迷戀……我沒有辦法恨她。我做不到。

這個學期，我以為會跟之前一樣，繼續冷戰下去，可是……她走了。這個學期初她突然就移民了。嘿，妳不覺得很好笑嗎，突然耶……一點預兆都沒有……她就這麼離開了……

我有試著找過她，可是都找不到她。我有一種被遺棄的感覺……嘿……嘿嘿……我果然是垃圾啊……哈哈哈……呵呵……哼……」

「你還好嗎？」

「我沒事。我只是……她離開之後什麼事都不對勁了，整個地方變得好空蕩，卻又好擁擠……空蕩是因為她不在了，擁擠是因為她一直都在，擠得我喘不過氣，壓得我快不能呼吸。她的影子充斥在每個地方，每道樹影一晃我都會心驚。我……我覺得自己快不行了。

有一天晚上我走在校園裡，走到一盞路燈下不經意的抬頭，卻發現那光……實在是太眩目……太刺眼了……我整個人

當場癱在地上，遮著眼睛，一步也走不動……我畏光…………

　接連著好幾天我都不太能夠適應白天的光……我覺得一走出去我就會被燒傷……還有……他們的眼光……」

　「他們是哪些人？」

　「很多人。我出去會遇到的人，很多人。特別是認識的人。我覺得他們都在指責我，他們都在怪我。他們會罵我……他們想害我……他們變得好巨大，好像巨大的食人族……我……總之，我害怕群眾，我害怕人，我害怕他們太靠近我，我會害怕……

　跟她的互動……大概也就只有之前說的那些……」

　「嗯。時間也差不多了。」

　「啊，對，時間……那……」

　「下個禮拜一樣在這裡，我會等你過來。」

　「如果我這個禮拜覺得不舒服可以先過來找妳嗎？」

　「你可以寫信給我。原則上我們就下禮拜同樣時間在這裡碰。」

　「喔……好……」

　「騎車小心。」

　「好，謝謝妳。拜拜。」

　「對了，你把你這段時間的心情整理一下，寫信寄給我好嗎？」

　「好……那我先走了。」

　「嗯，再見。」

15.3

　「這個禮拜覺得怎麼樣？」

　「沒怎麼樣。」

「什麼是沒怎麼樣？」

「就是沒什麼事，都還好。沒什麼特別的。有些事情我想想其實根本就沒什麼，無所謂。」

「無所謂？」

「嗯，我只是覺得反正事情還不就都是這樣，無所謂啊。」

「我想我們今天就這樣吧。」

「咦，今天不談嗎？」

「我想你可以先去看一下醫生，跟他拿葯。」

「喔……」

「我認識一個醫生在這家醫院…………」

15.4

我照著她給我的地址來到一家醫院，是家大醫院。我掛了號，找到身心科，懷著忐忑的心往醫院的一角走去。醫院的天花板不知為什麼給我很強的壓迫感，迴廊好像也越走越窄，窄得像是要掐緊我的脖子。

這家醫院的身心科躲在醫院的角落，今天早上除了我以外一個人也沒有。

我到看診室裡坐下，醫生蠻年輕的，倒是護士看起來有點年紀。

「古志卜，是嗎？」

「對。」

「什麼問題？」

「心情不好。」

「因為什麼不好。」

「我不想講。」

「……可是你不講我不知道你的問題在哪裡。」

「是楊近冬介紹我來的。」

「嗯，我知道了。」

「我有跟她說我的問題。……你可以開藥給我嗎？」

「可以是可以……」

他開始跟我講解藥物的作用，可是我根本一個字也聽不進去，只聽見心撲通撲通的跳著，不快不慢，不大不小，就剛好蓋過週遭的所有聲音。

「你好像很沒有安全感。」

「我只是有一點敵意。」

拿了領藥單，我急著走出診療室，留下他們倆臉上一抹錯愕。

15.5

百憂解。

好奇特的名字。吃了它以後真的所有憂愁都可以解開嗎？吃了它之後就會快樂嗎？我看著這顆慘白的靈丹。快樂真的是可以製造的嗎？

我讓它乘著開水滑過我的咽喉，於是世界就不一樣了。

15.6

「我去看醫生了，也拿了藥。」

「吃過了嗎？」

「嗯，我有定時吃。」

「感覺還好嗎？」

「不是很好，可是我有繼續吃。」

「怎麼樣不好？」

「覺得腦袋昏昏沉沉的，沒有辦法思考，整個世界異常的

平靜。我按照醫生的指示配著安眠藥吃。現在失眠的問題比較沒有了，可是我白天上課常常覺得很恍惚，沒到中午清醒不過來，雖然坐在教室裡面可是根本沒有在想任何事情，就常常發呆到下課。」

「一開始是容易會有這種現象。要記得持續服用，藥通常服用一段時間後效果才會比較顯著。」

「嗯……」

「你在信裡面講到說很多事情不知怎麼都不對勁了……」

「是啊。」

「可以說說是哪些事嗎？」

「我常常覺得好累，沒有力氣，沒有慾望做任何事。心情起伏不定，有時候吃得多，有時候吃得少，還有些時候什麼也吃不下。失眠是之前就說過的……還有……我常覺得很煩，覺得很多事情很無聊。有一次……」

「嗯？」

「有一次有一個同學來看我，她真的很關心我，可是不知道為什麼我口氣很差的叫她回去，我忘記我跟她說什麼了……好像是我的事不用她管還是什麼的……對，還有我變得好健忘，很多事都記不得，明明才過幾天而已……總之……我叫她回去……我覺得自己變得好奇怪了……我……」

「沒關係，來。」

「謝謝……

另外還有一次，我到一個同學住的地方去，要問他有關電腦的事，我的電腦怪怪的。我去找他的時候他正在忙，他跟房東在樓下談事情，叫我先上去。我上去沒事做就開了他的電腦，結果意外發現他的桌面是我以前一個室友的照片。後來他上來看到我開電腦，很生氣的把我推開，說誰準我開他電腦，

然後又蹲下來跟我道歉，問我有沒有受傷。我頭腦一時之間非常混亂，我就跟他說我要回去了。他拉住我問我說我不會說出去吧。我看著他的眼睛，那裡面有好多恐懼……雖然我不了解，我還是跟他說我知道，我不會說出去，愛情就像是會不斷變異的電腦病毒，難以阻絕，無孔不入，喜歡上誰……都是很正常的……然後我像逃難一樣的離開了……

　　還有……還有一件事……我覺得我一定是腦袋不清楚了……」

　　「什麼事？」

　　「我……找過一個援交的女生……嗯……妳知道的，就是那種事……我也不知道自己是怎麼了……我跟她去了旅館，然後……發生關係。她很熟練，可是我卻像個呆子一樣胡搞瞎搞。我想要感受那種感覺……她的那些男人的那種感覺。我覺得他們就像是另一個社群，我沒有辦法理解他們、融入他們是因為我沒有親身體驗過那種感覺。那就像是一種運動……或者說是一個門檻，如果你要變得成熟，變得穩重，變得可以了解別人、被別人所接受，你就一定得要接受這個洗禮。在這之後你才能夠進入他們的世界，進入他們的社會，聽懂他們的語言。

　　至少我以為事情應該是這樣的……

　　我想要從她身上得到救贖，可是她其實只是個墮落天使。沒有任何人、任何東西得到任何解脫，只有衣服脫了，身體虛脫了，混亂的時間、靈魂斑駁地脫落……我沒有變得跟他們一樣，我變成了個四不像。我不是他們，我甚至不是我。我是隻掙不出殼的蟬，因為膛臂的幽影而心寒。

　　我不像自己。我原本以為這已經是最糟的了。可是後來我發現一件更糟的事──我不知道自己應該像什麼樣子。我不了解自己，我一點都不了解自己。

我跟幾個同學談過夢想這件事，就是以後要做的事，可能說職業會比較恰當吧。我跟他們談，他們大多態度很堅決，對於未來他們都已經有計劃，他們知道自己以後要往哪個方向走；可是我連我自己喜歡什麼都還不確定。我也懷疑自己到底可以做得成什麼。我什麼都不會，我什麼都做不到，我不會音樂、沒有勇氣、缺乏決心，別人希望我做到的我都沒做到。我不知道像我這樣的人存在有什麼意義……說不定我的存在只會妨礙到別人……我不知道……

說不定就是因為這樣她才不愛我吧……到底是什麼會讓一個人喜歡上另一個人呢？」

15.7

有沒有人告訴過你吃藥是什麼感覺？這種事情一點都不glamorous。我不知道這會不會因人而異，不過就我來說吃藥並沒有創造一個美麗新世界；你不會搖不會晃不會像pub裡面的人爽得不能自己。相反的，你的生活就那麼凝滯了。世界像是被醬糊一片一片拼貼得零零碎碎，沒有整體的意義，只有片段的存在；你的腦袋也像是被醬糊灌得飽飽的，一片空白，無思考能力，記不住事情，或許說是呆滯會更恰當吧。我覺得生活得像個呆子。有時候別人跟我說話，說到下一句我已經不知道他在談什麼主題；我會把車鑰匙忘在車上直到隔天早上；我會沒事呆坐著直到深夜才想起來沒吃晚餐；我會賴床，一賴就從九點賴到中午，完全清醒。

沒有意義。

我知道我應該做些什麼，可是重點是我不知道要做什麼。生活變得乏味、無聊、空洞。好像少了些什麼繼續走下去的動力。

這個早晨不同以往，醒來的第一件事是跑到廁所裡吐。什麼也沒有。我覺得噁心。我夢見自己拿著一把制式手槍猛地塞到嘴裡……醒過來胃裡都是抗憂鬱劑的味道……

我換好衣服準備到學校，這個下午有選修課。

每次到學校最大的挑戰就是群湧的人潮。我盡量不看他們任何一個人。

撐著走到教室，一個學弟迎面走來。

「嗨，學長。」

「嗨……」

「學長怎麼沒來上課？」

「我正要過去啊。」

「咦？我們已經下課了啊。」

「下課了？」

我看看手錶。的確已經三點了。我到底為什麼會把三點看成一點？

笨蛋！你這個笨蛋！蠢貨！垃圾！連個手錶都不會看！

「喔，對嘛，是啦，我是要去上另一堂課。這堂睡過頭了。那我走了，快來不及了。」

「嗯，拜拜，學長。」

去死，笨蛋！

我倉皇地離開學校，狼狽不堪。去哪裡呢？我該要去哪裡呢？天地之大竟然沒有我可以去的地方嗎………………

我胡亂騎著來到車站附近。

對了，去旅行吧，離開這個地方。

可是要去哪裡呢？臨時決定要坐火車，可是我又有哪裡可以去呢？有什麼地方願意收留我呢？哪個地方會歡迎一個笨蛋的到訪？哪裡？到底該去哪裡？

這麼想著的時候，我已經來到了售票口前，售票小姐的眼睛直直瞪著我。

「到哪裡？」

「台南，謝謝。」

15.8

我是笨蛋。

我到這裡來做什麼？我根本不知道她住哪裡，況且她也已經不在這裡了。我來這裡做什麼？

站在台南車站出口處前我傻傻地凝望著馬路上來往的車輛。不時有計程車司機問我要不要坐車。我只是憔悴地搖搖手。

她也曾經呼吸過相同的空氣嗎？她也曾經站在這個地方嗎？

在原地站了一會兒我的心開始酸了起來。

真是太好笑了，這麼一段時間以來我竟然不知道她住在什麼地方，不知道她家電話，不知道她家裡的狀況，不知道她喜歡看什麼電視節目，不知道她喜歡讀什麼書，不知道她喜歡聽什麼歌，不知道她喜不喜歡寵物，不知道她喜歡去什麼地方，不知道她喜歡什麼電影……我連她喜歡吃什麼都不知道……

15.9

或許我應該跟他們說。

我遲疑了很久，考慮了幾個禮拜，終於還是拿起電話撥回家。

嘟……嘟……嘟……

「喂？」

「啊，喂，媽……」

「小卜啊，怎麼了，什麼事啊？」

「也沒有什麼事啦……」

「那怎麼會突然打回來？」

「‥‥‥‥‥‥」

「喂？」

「喂，我在。」

「怎麼啦，怎麼不說話？」

「媽……」

「嗯。」

「媽……我有憂鬱症。」

15.10

家裡的反應很大。他們要我立刻回去。

我有點懷疑這麼做是不是對的。

我停車慢步走進家門，客廳裡全員到齊。爸爸，媽媽，奶奶，舅舅，大姊，二姊，小妹。空氣裡有股難聞的霉味。

「小卜！」

撲通！

「你現在怎麼樣？」

撲通！

「不然你是怎麼樣你不解釋一下。」

撲通！

「小卜，到底是怎麼回事？」

不要問了……

「幹什麼，誰教你人家問話不回答了？說啊！」

別再問了……

「小弟，你到底是什麼問題？」

我不知道……

「小卜，學校是不是有人欺負你？」

沒有……不要過來……

「是誰把你怎麼樣了嗎？」

不要過來……

「志卜，是不是有人委屈你？」

不要靠近我……

「誰教你這樣的啊？回話不回話的啊！」

走開……

「小卜，是不是有人欺負你？」

走開！

「沒有人──沒有人！沒有人沒有人沒有人沒有人！」

　　我一股腦把堆好的金紙全部推倒，零落沉悶的聲音此起彼落，我跪倒在地屈辱地大哭，客廳裡頓時只有我暴雨般的嗚咽。

波西米亞　16
改變之風

16.1

　　這一年我做了一個重大的決定，我決定休學一年到外面工作。雖然沒有思考很久，但也不是臨時起意。我想要暫時離開學校到外面去直到我可以承擔她巨大的幽影。我告訴家裡的人說我需要一點時間來調整自己，學校的課業我暫時沒有心繼續下去，在這個過程之間我會持續的去接受諮商，也會按照醫生的指示用藥，我會好起來。媽媽跟舅舅還有大姊都支持這個決定，只有父親反對。他痛罵我逃避現實、沒有責任感，害死了奶奶卻沒有一點良心不安。我很想告訴他其實我有。我知道我要負很大的責任。

　　那一晚救護車的紅光照亮了整條巷子，我們每一個人都嚇壞了。

　　第一次坐救護車我一點感覺也沒有，看著奶奶靜悄悄的躺著我不敢靠近她。媽媽跟大姊忍著淚水坐在另一邊，爸爸在我旁邊一語不發。他不時握著奶奶的手，希望可以探到她微薄的脈搏，可是一直到了醫院奇蹟都沒有發生。醫生說她受到太大的刺激，心臟衰竭。是我的錯。

　　我永遠沒有辦法忘記那張黑白相片，奶奶的笑是那麼僵硬，它凝滯在我的心裡，每次當我溫習就在我的胸口凍出一道寒瘡，以至於漸漸地我對奶奶的死感到麻木，不確定針對哪一

點我應該在乎。

16.2

「所以你們後來是選擇火葬。」Thomas問我。

「是啊，」我邊做盤點邊回答，我還記得瞥見火光的瞬間我想起了家裡的金紙，奶奶就像是一捆金紙被丟到熊熊的烈火裡。火焰是通往另一個世界的門廊。「後來我們家裡的金紙也清光了，我媽說那些東西早就已經沒有人在做了，大部分都是機器代工，我奶奶是比較念舊。」奶奶的手很巧，我的指尖貼在冰涼的鋁箔包卻傳來金紙粗糙毛絨的質感，一張張金紙疊起來成一捆，手紙之間的摩擦，指頭刮過不小心沾上了金箔……

「我很懷念。」

「懷念什麼？」

「沒什麼。」

「不過話說回來，你這麼做你爸應該很不高興吧？」

「他是很不高興。如果不是我媽跟我舅舅說服他給我一次機會，我不可能可以休學得成的。」

「你真的那麼想工作？」

「或許吧……我想多吸收一些社會經驗。我想看看這個世界是什麼樣的。」

「那你應該會很失望吧。如果俗稱的地獄不算，我們住的這個地方是全宇宙最糟的。這個社會是個腐壞的社會。不過你算是跟對人了，有我罩你你可以放心。」

「對啊，我還沒謝你幫我找到這個工作。」

「沒什麼啦，店長我很熟，反正這裡本來也就缺人。等一下……」

「怎麼了？」

「你這個補上去的貨要從後面補，等一下到後面去補。」

「為什麼？」

「這樣顧客來從前面拿才會拿到快過期的。要是你把新到的貨擺前面，原本沒賣出去的就會過期，這樣店裡就虧了。」

「喔……原來如此。」

「不過如果你是專心工作的話，這裡還算太少。你應該要去找個專職的或其它工作吧，這裡頂多算是打工而已。」

「我可能再去找一些家教吧。專職的……我還在找，總之就這裡先做著。」

冷藏櫃的涼風微微吹上我的臉頰，我不禁打了個哆嗦。

穿著黑衣服的人走進來，他們把她帶走了，穿著麻質上衣的人走進來，他們把它們搬走了，穿著襯衫的人走進來，他跟他們走了。她的手又乾又皺，硬硬的有點像風乾的李子，他的手又寬又厚，可以包下我半張臉，結實得像椰子樹的樹幹，她的手好細好嫩，滑過我的頸側像無意間落下的絲巾，可是我碰觸不到，我碰觸不到他們，我只能想像，靠著殘存的感覺想像。我感覺他們的撫摸，我渴望溫柔的撫摸。

「喂，小卜。」

「什麼事？」

「有好玩的事。」

「啊？」我順著他的指頭看過去，有一個小朋友站在糖果的架子前面，這個看看，那個看看，好像沒有辦法做出決定。

「怎麼樣嗎？」

「那個小賤人他媽的一定有問題，他已經在那邊站很久了，他一定是要趁我們不注意的時候偷拿。」

「你在講什麼，他才幾歲。」

「這跟年齡沒有關係，人壞不壞看懶叫就知道。」

「你胡說什麼，你怎麼看得到他的……我是說……」

「鼻子。從鼻子可以間接看出來，必要的時候手指也可以一起觀察。」

我一下不知道要說什麼，不過倒真的被他嚇一跳，光想到他平常不知道是怎麼看我的心裡就覺得不太舒服。

「你在這裡不要動，盯著他。我要從另一邊繞過去，等他一下手就把他抓起來，嘿，正義的使者！」

我還來不及阻止他，他就躡手躡腳的過去埋伏，我替那個孩子感到憂心。他真的會動手嗎？我想起我的高中老師，他有一次跟我們說他常常會在考場看到一些想要作弊的同學，那個時候他通常會給他們暗示，在他們的附近遊走，警告他們他已經在注意他們了，讓他們有心理準備，不會真的犯下大錯。可是……是啊，我們到底應不應該先警告他們？我們應該要抓他們一次讓他們銘記在心嗎？這個問題那時在班上討論了好一會兒。道德的尺標準在哪？懲罰，我們該給他們懲罰嗎？他們還那麼小。我依稀憶起很小的時候奶奶帶我到文具店去，我偷拿了店裡的玩具被發現，奶奶連忙跟人家道歉，可是她什麼也沒有對我說。我知道我做錯事情，我那時就知道了，可是奶奶沒有罵我，奶奶什麼也沒有說，可是我覺得很愧疚，或許是因為天生的良知。那之後我沒有再偷過東西。我不記得當時奶奶心裡在想什麼，我那個時候還很小，就算抬頭也看不清楚奶奶的臉。

他動手了！

如同Thomas所預料的，他抓起兩條巧克力往口袋裡塞，東西都還沒藏好，就被埋伏的Thomas一把抓起，巧克力掉在地上。Thomas抓著他的手把他提起來，他急得哭了，在半空中掙扎像隻剛被捕獲的鮪魚。

「臭小子，被我逮到了吧，我一眼就知道你是個壞胚子。偷東西啊，很過癮是吧。」Thomas一手抓著他，一手彈著他的耳朵。「哭啊，再哭啊，做賊的人還敢哭。看我叫警察來把你帶走，到牢裡去蹲個十天八天，小賤胚！」

「Thomas！」我連忙跑過去。「不要這樣！他還這麼小，他知道錯了，你放開他。」我試著拉開Thomas。

小孩摔到地上頭也不回的跑走了。

「滾啊，不要再讓我看到你，社會的敗類！」

「好了啦，何必一定要這樣呢……」

「嘿，怎麼樣，我剛剛很威風吧。這種小鬼就是欠教訓，不給他們一點顏色瞧瞧不會知道厲害。」

「也不用這樣吧，他自己會知道錯的。」

「哼，你以為道德是與生俱來的啊？告訴你，人他媽的天生就欠揍，男人天生就欠管，女人天生就欠幹。道德去你他媽的臭芝麻是鞭子打出來的！人會遵守道德的束縛還不都是背上的傷隱隱作痛。人啊，賤骨頭啊！」

Thomas的話迴盪在我腦裡久久不去，而那個小孩痛苦的神情也歷歷在目。我走在高低不平的騎樓下心情還很難平復過來。我可以感覺到他所受的傷，就像是我自己受的傷一樣，新的傷口觸發舊的記憶衍生出新的罪，和著責任大量繁生。我應該要阻止他。是誰的錯？如果我可以先阻止他，如果我可以避免這樣的事情發生……而這條傷痕會跟著他多久？是否會化膿發炎，翻生忿恨，腐敗……腐壞？啊，不要吧，太可怕了，我能夠替他承受嗎？他知道他在做什麼嗎？但是我有什麼資格？我知道自己在做什麼嗎？嘿，你知道你在難過什麼嗎？

走著走著我覺得不大舒服，身體覺得疲累，腦袋不太清晰，會是停藥的關係嗎？應該沒有關係吧？那些東西幫不了

我，我該靠著自己的力量站起來，我可以的。

是嗎？

其實我自己也不確定。雖然跟家裡說我可以打理自己的一切，可是其實我不確定我可以做到多少。我說謊了。我沒有再繼續吃藥。好噁心。那種感覺像是被剝奪了感知的權利，感受的能力，像是不再擁有自己生命的主控權。但是我的生命誰可以決定？我可以決定吧？而我的病，或多或少我自己也很清楚，不是藥物可以治療的，也不是我的諮商師，她可能知道一些探究人心的伎倆，可是她沒有辦法感知我所認識的痛苦……強烈的焦慮、不安、恐懼……是說我也已經沒有去找她談了。她不會了解的，她不知道憂傷的蠹蟲快蛀空我無味的青春，她是個討厭的外科醫生，大耳朵的帶照郎中，精確的用手術刀割開我的身體，赤裸裸地將我的器官暴露在外供新的肢解工人欣賞，精確……空白……距離……永遠的距離……，她只是冷眼旁觀，除了離開我沒有其它方法可以抵擋這種sense of inferiority，我沒有辦法擺脫那種病人的身分。而我知道怎麼樣我會好起來。我會忘記她，我會跟一個人談戀愛，她會愛我，這個愛，它會化解我內心的衝突，它會超脫我永恆的痛苦，它會打開我糾結的鎖鏈，自由……自由……啊……觸摸我，輕柔地愛撫，像是觸碰點字的指尖撫摸我，我在這裡，因為被觸摸而感動，卻也同時感受碰觸的喜悅，酥麻跳動的電流……我感覺妳的恩賜，撫摸我……

"But how do you do that? I mean, how do you get somebody to love you?"

我對著空氣擲出我的雙臂，它們交錯然後碰及我的雙肩，微風穿過我的指隙、臂彎。虛空的擁抱。噢，充滿我，充滿我吧……

微風吹起散落在街上的傳單，它們在空中飛舞，隨風繾綣。

哈，你們在跳舞嗎？嘿，等等我吧。

我跟著它們走了一段，這個下午如同出水的西瓜碧綠沁涼。

我進到一家唱片行，最先注意到的是門口貼的某某巨星要來簽名的通知。到底一個人的簽名可以代表什麼呢？它會讓一個人從此奮發變成下一個超級巨星嗎？我聯想到有個同學跟我說過他有一個朋友一次要去參加一個簽名會，結果不小心遲到了十分鐘，可是到的時候還是前十名，意外的跟那個歌星拍了照。多麼滑稽啊，一樣是歌手，也會有這麼大的差異嗎？沒辦法，這個社會是太競爭了，也有很多人是出了一張唱片就消失了。那出到第二張的呢？第一張賣得不錯嗎？不見得，那些人通常是一簽簽兩張的，我二姊這麼跟我說。

在一個架上我看見一排CD，標價普遍比同樣的專輯貴了一些，仔細看發現原來是因為這些CD有明星簽過名所以比較貴。而在它們之中我又赫然發現有即將要來的明星的上一張專輯。哎呀，他們可得把這收起來啊，要是被那個明星看到了，豈不很尷尬嗎？不過這倒多少解釋了我的疑惑，簽過名的CD可以賣比較高價，簽名顯然是有附加價值的。嗯，對啊，要不然我們為什麼要另一個人的簽名呢？我們又不會因為這個簽名變得比較會唱歌，CD也不會因為這個簽名變得比較好聽，就像是穿了NBA頂尖球星的球鞋我還是一樣灌不到籃，還是一樣被人家電。

我繼續往裡面逛，又有新的發現。怎麼唱片行裡也會有盜版的唱片呢？這是盜版吧，我左看右看，希望我沒有誤會他們。不過這家店倒也很有良心，我只有看到外國的盜版片。是啊，我們是該支持國內的唱片業，國內的買正版，至於國外歌手的，應該盡量買盜版的，這樣才能夠縮減我們的貿易逆差，真是一舉兩得。嗯？怎麼同一張專輯有不一樣的封面？大概是

唱片公司出的第二版、第三版的慶功版封面吧。不過怎麼封面是蕭亞軒，封底卻是Ruby，正當我覺得奇怪看曲目才發現原來這張專輯前8首歌是Elva的，後8首歌是Ruby的，嗯……一定是唱片公司出的同期新人比一比精選專輯。看，最後還有兩首黎恩萊姆斯的bonus tracks。

是在那個時候我看見她。

我們四目相接，對看了整整兩秒，我趕緊把頭別開走到另一架前。

就凡人的標準，她一定是我所見過最美麗的女子。我一下沒有辦法形容出她的全貌，可是她的長髮卻真的叫人印象深刻。

我很想跟她說話，可是這樣……是不是很奇怪？可是我應該不會再遇到她了吧，如果我現在不過去跟她說些什麼，不讓我們兩個人彼此認識的話，我們就再也見不到面了。可是我從來就不是個登徒子，我這樣過去不就等於是搭訕嗎？可是有什麼關係呢？大不了就是這樣啊，反正原本你們兩個人就不認識，她不說什麼也只是像現在這樣，你又沒有損失，而且如果成功的話不就太好了嗎？過去跟她說話，不會怎麼樣的，給你自己一個機會，也給她一個機會，你看到她剛剛看你的眼神了吧，說不定她也很想認識你啊。說個幾句話創造一個可能性，為什麼不呢？

好不容易我說服自己，在唱片行裡繞了一圈卻已經看不到她。

走了？不會吧。

我跑出唱片行東看西看就是沒看見她。

真的走了？太可惜了。

就在我想放棄的時候我發現她正在路旁戴著安全帽，背對著我。

我猶豫著要不要上前，接著她放在坐墊上的手套被風吹落，我馬上就知道機不可失。

　　「妳的手套。」我幫她撿起手套說。

　　「謝謝……」她望著我怯怯地拿回手套。

　　「妳……一個人嗎？」我問，緊張得一下轉開了視線。

　　「是……是啊。」

　　「妳是台中人？」

　　「是，不過我只是放假回來一下。」

　　「妳……在別地方唸書？」

　　「台北。」

　　「嗯……可以問妳的電話號碼嗎？我是說……可不可以做個朋友？」

　　「喔，可以啊……」

　　「可是我……」

　　「我有筆。」她說完翻著她的袋子。

　　「那……」我也沒有紙。「寫在這裡吧。」我伸出我的左手腕。

　　「那你再打給我。」她說完騎著車走了。我們就在這樣不自然的情況下完成了第一次對談，甚至連彼此的名字都沒有問。我看著手上的號碼，站在街上感覺迎面吹來的風興奮不已。

　　這個世界上果然是有神存在的啊！

　　我該打電話給她，那個晚上回去我就這麼想，我想她對我有好感，不然她不會給我她的電話，她一定希望我打給她。我要向她告白，無論結果如何我要向她告白，而我知道她會接受我，非常可能，我也不明白為什麼會有這樣的自信，可能是因為我從來沒有感覺我生命中的什麼事情曾經這麼順利過。

16.3

　　生命啊，歌唱吧！天空啊，歌唱吧！這世界美好的一切充滿感動的一切都聽到我這裡，歌唱吧！我要永遠的歌唱，為飄雲、為大地歌唱，讚頌一切的美好！因為有人要愛我了！乏味的生命要變為華美的衣裳，有人要愛我了。

　　我壓抑不了興奮的情緒一刻也靜不下來，起床後的第一件事就是到車站附近的精品店找禮物，這是太值得紀念的日子。

　　我來得太早，很多店家的鐵門都還關著，不知道我要去的那家店是不是也沒開。走過空蕩的騎樓有一幅景象叫我忍不住停下腳步，我看見有個老人全身髒兮兮的縮在路邊衣服底下塞滿了報紙。他沒有地方可以去嗎？我不免好奇起他的背景，不曉得他有沒有家人，他的家人知不知道他現在露宿在街頭？

　　我只停了一下，沒有多想，畢竟他跟我一點關係也沒有。一回神我發現有另外一個老頭子站在我身邊，頭髮稀疏留著滿嘴白鬍子衣衫襤褸，發斑的皮膚像是長了霉，拿著一個鋼杯對著我。我先是嚇了一跳，不過馬上轉頭就走。雖然我不是一個沒有同情心的人，可是我不喜歡平白無故給別人錢，他們難道不覺得丟臉嗎？想要錢的話為什麼不去工作呢？再不然也該賣個口香糖還是什麼的，至少做些什麼吧，利用別人的同情伸手要錢再可恥不過。一點尊嚴也沒有。是什麼時候我也遇過類似的狀況？好像是高中的時候吧，我在路上遇到一個牽著單車戴大眼鏡頭髮蓬鬆納垢的中年人，他向我走來問我是不是有一百塊，他跟他爸爸吵架離家出走現在肚子很餓。他看起來真的很糟，可是我當然沒有給他錢。沒有道理吧，這世界上怎麼會有平白得來的好處呢？這樣一來還有誰要努力工作？聖經裡面不是也說人要勞苦筋骨去賺取溫飽？不勞而獲，不該有不勞而獲的事。

唉，果然還沒開嗎？

好。她這麼說。女子。嗯，這真是個適合女生的字，一個女性專用的字眼，太美妙了。Yes，O，yes，my heart was going like mad and yes she said yes she will yes。女朋友，嗯，聽起來真不錯，這是我的女朋友。從來沒有任何時刻像現在我覺得生命充滿了希望。我想起一部看過的電影，在那部電影的結尾男主角走進一家店幫他的情人買可可，店裡除了老闆還有另一個正在用餐的顧客。男主角對老闆說要熱可可，還特別囑咐他說 "Make it good."，然後看看那個男的問他是不是也有人可以愛，又對老闆說要買一個甜甜圈請他，because he has got some-one to love。是啊，這是多麼奇妙的感覺啊，當你發現有人願意愛你。Yes she said yes。

夏雯遙，夏天飄然悠遠的彩雲，多麼優雅的名字。我無法想像不遠的未來會有多麼大的幸福在等待著我。我已經開始計劃兩個人的世界應該如何開展。我們可以到科博館去看看展覽，或者是美術館，還是就只是單純地逛逛書店，什麼都好，什麼都好。我帶著禮物去看她的時候她又會帶我去哪裡呢？哪裡都好，哪裡都好。我迫不及待想跟她見面，等不及要牽她的手奔向晚陽的餘暉，世界濃縮在兩個人的相視，一滴交纏的露水就要將水面震出萬圈漣漪。

終於等到它的鐵門拉起，我進到這家從來沒來過的精品店裡。這家店裡的擺設看起來很暖和，在它的最底端是滿滿一大架的布玩偶，有熊，有猴子，有小山豬，有鴨子，有鯨魚，有恐龍，有長頸鹿，有獅子，有小狗，有小貓，有老鼠，有兔子，有小馬，有駱駝，有鱷魚，有蜥蜴，有蟒蛇，有青蛙，有鰻魚，有犀牛，有烤焦麵包，有皮卡丘，有E.T.，大大小小種類繁多，都毛茸茸的。而在店的前半部的鐵架上則是有各款各

樣的精油、蠟燭、緞帶、禮盒、吊飾、相框，應有盡有，叫人看得目不暇給。它們五顏六色的外觀和流滲穿透的香氣揉捻交錯著我的感官，迷亂它們以旋轉的甜豆太妃糖聖代 —— 酸橙、甜紫、彈珠藍、松青、苦桔、滑石綠、辣白、蒜黃、蟹殼紅、鹽灰、涼鐵、薑餅金、亞麻黑、絲緞赭 ——

左看右看我選定一瓶薰衣草香味的精油，並買了量身打造的盒子請店員幫我包裝起來。

包裝好的精油看起來非常精緻，咖啡色的盒子頂部有網狀裝飾，摸起來有點像陶瓷，覆上薰衣草色的緞帶讓人忍不住想要馬上打開。

我高高興興地走出精品店，頭一抬卻看到之前拿鋼杯的老人站在我的正前方，眼睛睜得老大。灼燙的目光燒得我好可恥。他的身形益顯巨大，我不敢看他，把禮物塞進口袋就趕緊離開。

16.4

我翻出只穿過幾次但屢獲好評的T恤。這件T恤以水藍色為底，胸前有白色的英文字 "RELAX"，質地柔軟，給人的感覺非常輕鬆。這是母親買給我的，唯一一件我覺得穿出去不會被同學笑的。記得第一次穿它的時候還是跟母親半推半就的結果，可是當我真的穿出去的時候大家卻給它非常高的評價。他也說很好看。那次我們原本要一起去科學博物館，因為那個時候剛好有展覽，可是有幾個人後來起鬨說要跟認識的女中的學生去看畫展，我就婉拒了。我覺得他們非常虛偽，明明自己就看不懂，硬是因為要跟女生出去跑去湊熱鬧。之後在大學我只穿過一次，就是跟她去都會公園那個晚上。或許……天色太暗了。

為了這次去找雯遙，我另外又買了一件新的長褲。那是一件褲管兩邊有邊紋的休閒長褲，跟我的藍色上衣搭起來還算不錯，是全黑的。會跑去買這件褲子是因為我實在是對我其它的長褲沒有信心。沒有人說過它們看起來不錯還是什麼的，而且很久一段時間沒有添購新的褲子，反覆穿的結果它們也都看起來舊舊的。當然，最主要的，我還是希望出現在我第一個女朋友面前的時候是最瀟灑……或者是最清爽的。而同樣的原因，為了讓我自己覺得這次真的是個全新的開始，我的內衣褲也買了新的，襪子還有……總之除了藍上衣以外全都是新的。

　　我沒有戴手錶的習慣，可是聽人家說男生戴手錶給人家感覺會比較幹練。因此，可想而知，我的手錶也是新買的，只是我買不起太好的。我選了一隻銀色表帶有傳統時針分針的那種，這種聽說也會讓男生看起來比較有男人味。我討厭自己沒有鬍子，因為別人總說有鬍子的男人讓人看起來比較成熟穩重。嘴上無毛，辦事不牢，不是嗎？

　　對著鏡子我仔細檢查，確定露出的鼻毛都剪掉，眼睛沒有髒東西，耳殼的部分也重新清過一遍。接著我剪起指甲。

　　為了讓全身上下都給人愉快的感覺，前一晚我特地把鞋子的鞋帶拆下來洗了一次，可是現在裝到鞋子上卻發現那好像顯得我的鞋子很髒。為了彌補這個錯誤，我盡量把褲管拉低，希望她不會發現。

　　禮物！

　　我回到房間拿了禮物，幸好沒忘記。

　　臨走之前我再一次確認頭髮沒亂。

　　到了台北我按照她的指示搭了捷運，然後轉公車，最後到她的學校，在外雙溪。她在校門口對我揮手。

　　「你其實不用這麼大老遠上來。」

「沒關係的，畢竟……這可以算是我們第一次約會吧。」

她忽然沒有了聲音。

「怎麼了？我是不是說錯什麼了？」

「沒有……我只是……我們不能先做朋友嗎？」

「可是……妳之前不是說……」

「我是那樣說啊，可是……你不會覺得太快了嗎？」

「太快？為什麼？」

「我們根本就只見過一次面耶。」

「我們……可以慢慢了解彼此啊……」

「當朋友也可以啊。」

「可是……」

「我只是想我們這樣會不會真的太快了……我們又沒有很了解彼此。」

「很了解彼此以後……也不一定會在一起啊。」

「不要這麼說嘛……」

「我覺得在一起需要一種衝動。」

「是啊……是啊……」她若有所思的說。

「我會很愛妳。」我拉住她的手說。

她楞了一下沒有反應，我拿出口袋裡的禮物。

「你特地去買的？」

「嗯。我想這是一個值得紀念的日子。」

「謝謝你……」

「我會很愛妳。」我又重複了一次。

她沒有說話，只是繼續走著。

「或許你會後悔。」她說。

「我不會。我只是非常清楚我必須把握這次機會。」

她看著我，我怕她誤會，把之前發生在她跟我之間的事說

了一遍。我們一邊走一邊講，她很專心的把整個故事給聽完。我則是刻意地省略了一些細節，卻還是在某些時刻激動了起來。

「不要難過啊……」她幫我把眼角的眼淚拭去。

「對不起……」

「你幹麼跟我對不起。」

「啊……對。對不起。」

「說不定我們不適合啊。」

「沒有試過怎麼知道不適合？」

「有些事情……」

「這樣子吧，我們試著在一起，但是如果妳覺得不適合妳隨時都可以跟我講，那麼我們就分開。」

「啊……」

「怎麼了？」我問。

「好像有沙子飛進去我眼睛……」她說著手就要去揉她的眼睛。

「等一下，不要用手揉，眼睛會被沙子刮傷。」

我靠向她幫她把眼裡的沙子吹掉。她凝視著我，然後對我笑笑。

「我就住前面這一棟，你要上來喝點什麼嗎？」

16.5

透明的早晨。

我半側過身看著她枕在我的臂彎睡得香甜，看來是有個好夢。

我小心地把耳朵貼上她的胸膛，她的心跳得輕快，如同踏飛寂靜森林落葉的馬蹄。我親親她的臉頰，不忍心先下床去。

這是一生中最浪漫最美麗的時刻，亮麗的早晨，滿溢的幸

福如暖漲的晨光。

16.6

前天遙遙跟我借錢，我沒有給她。我不知道，我很害怕我們之間的關係會因為這樣變質，而且我的錢一部份雖然是我自己賺的，一部份還是家裡給的，我……好像不能說用就用。是不是？可是我今天還是寄錢給她了，我想她真的需要。

我喜歡她。我喜歡她。

16.7

：那數到三我們一起掛喔，一、二、三……

：為什麼你沒有掛？你先掛啊。

：我再數到三喔。好啦，我愛你。一、二、三……

：你又沒有掛。這次真的要掛了，一二三一起掛。一、二、三……

：嘟嘟嘟嘟……

：咦，你沒有被騙啊。

「小卜？」

「啊，什麼事？」

「你在發什麼呆，一直傻笑，我叫你好幾次了。」

「啊，沒有，沒事，我……剛剛想到一個笑話，所以……」我想起昨晚跟她講電話的內容，心裡還沾著甜甜的餘悅。

「你沒問題吧，」Thomas打量了我一下說，「你最近怎麼都怪怪的？家裡沒發生什麼事吧。」

「噢，沒啊，都很順利啊。」

239
改變之風

「我還是覺得你怪怪的。」他說著又吃口魷魚羹麵。

「我找到家教了。」我說。

「是啊，在哪裡？」

「三個。」

「三個？」

「嗯，有兩個在一中附近，一個靠太平那邊。」

「靠太平？會不會太遠了？」

「有錢賺就很好了。」

「不過你這傢伙聽起來倒還挺順利的，一下就找到三個家教。」

「是啊，我也這麼覺得。雖然現在生活還是有家裡給我生活費，可是我希望可以少拿就少拿，畢竟是我自己說要出來工作的。都這麼大了老是跟家裡拿錢也不好意思，我也不想家裡覺得我長不大，只會給家裡帶來負擔。唸私立學校就已經很花錢了，加上這一年我又是休學，家裡等於是額外給我生活費，我不喜歡總是當隻米蟲。而且我姊她們銀行最近也讓她們壓力很大。」

「怎麼樣的壓力？」

「就是要推卡啊，景氣不好競爭激烈，結果她們就成了犧牲品。公司為了業績規定每個人要推銷出一定額量的信用卡，聽說是職位越高要推的就越多，還有的要買基金。」

「那不就跟直銷有點像？這一定要去拉認識的人吧，要不然哪來那麼多人請卡？」

「對啊，就是這樣啊，」我苦笑說，「弄得我們去到哪裡都要跟別人問需不需要卡，就連拜訪親戚也是，讓我自己都替我姊覺得不好意思。不知道那些親戚會不會覺得我們去拜訪他們是另有目的的。」

「那，小卜，你幫我跟你姊說我要辦卡。」

「啊……不……我沒有要跟你拉，你……」

「我知道，我只是這陣子想換卡，不要覺得有壓力。」

「喔……」

「別想太多了，慢慢你就會了解這個社會本來就是互相幫忙的。我賺你一點，你賺我一點，沒辦法分清楚的，而且你不要覺得摻了錢感情就會不純粹，人啊，沒什麼純粹的，會談情說愛也會談性做愛，吃喝拉撒睡不樣樣都來，說什麼真情摯性，還不一樣會有面子問題，還不一樣會有善意的謊言，誰跟你真誠相待？錢啊，是人際關係的潤滑劑。我問你你真的那麼重純粹的感情那你結婚的時候幹麼包禮金？找老師找朋友的時候幹麼帶禮品？請人幫忙的時候幹麼事後還請人家吃飯？小卜啊，想開點，這個錢就算你不賺別人也會賺走的，為什麼不給自己認識的人賺呢？互相幫忙嘛。」

「哈……哈、啾──」

「呼～ 有人在想你喔。」

「哪有這種事。」我說著卻想到雯遙。

「嘿，一講到這個我就想到一個笑話。」

「拜託不要……」我這麼說因為大部分他的笑話都很蠢，可是偶爾也真的很有娛樂性。我有時候還會刻意記下他的笑話說給別人聽，包括……那晚逗笑她的那個……

「就是啊，甲打了一個噴嚏，然後乙就說：『有個人在想你喔～』。話還沒說完甲又打了兩個噴嚏，乙又說：『哇，有兩個人在想你啊。』甲聽了很高興地對乙說：『呵呵……我昨天打了十幾個噴嚏，這不就代表……』乙：『你感冒了。』」

「很爛的笑話。1分。」

「有人講笑話給你聽還嫌。呦，有颱風要來啊。」

「嗯？」

「那個。」他指了指店裡的電視。「這兩天有颱風要過境，晚上花蓮就會發佈海上颱風警報。」

「台中應該不會有事吧。」

「嗯，看走向啦，不過就算向西走，中央山脈也會擋掉大部分。不過看起來台北是會有一些風雨。」

「Thomas。」

「什麼事？」

「我交女朋友了。」我難掩心中的喜悅還是告訴他了。

「真的！哎呀，這真值得慶祝，我就想你怎麼會還沒有交女朋友。哈，我就說啊，這種事情啊，真是一個蘿蔔一個坑，有人賣就有人買的呀。」

雖然不知道他的話到底是不是誇我，但看他豪邁地笑，就也不自覺地跟著大笑起來。

吃完飯結帳的時候我發現身上除了信用卡以外就只有幾個銅板，不得已只好跟Thomas借錢。

「Thomas，我……錢沒帶夠，你先付好不好，我明天過去超商的時候再還你。」

「喔，沒關係的啊，我請你吧，就當作是慶祝你交到女朋友了。有女人錢總是花得比較凶，這個我了解，我了解。」

「喔……那謝謝了……」

「哪兒的話，客氣什麼。不過要記住跟女人出去的時候出手絕對不能小氣，否則可是會讓女人對你的評價大打折扣的。」

「你好像很了解。」

「那當然，不然你以為英文裡面handsome這個字是怎麼來的？當然是只要男人手裡有點錢女人就會覺得他帥啦。要比帥

啊，千萬別想比得過蔣公跟國父啊。」

出了小吃店，他回到學校去上課，我則是騎車到新光三越去，打算買一只像樣的戒指送給雯遙。

老實說我從來沒有逛過新光三越的一樓，也從來沒想過會有這個需要。

百貨公司的一樓都是這樣壯觀燦爛的嗎？

不知道是不是燈光的關係，我總覺得走到哪裡都被包圍在一種神光之中。地板好亮。天花板好高。專櫃的小姐都笑得好開心，是吧，在這樣的環境工作一定感到非常光榮、愉快，一定的。她們的笑容真的讓我想每一櫃都停下來看看。當我覺得看到一個最漂亮的專櫃小姐時，一走到下一櫃這個想法就被另一個小姐給推翻了。Ooh，太了不起了。她們專注地看著我，哈，倒讓我有些不自在，I am important，這就是她們眼神所傳達出來的訊息。不過太可惜了，我只是要看一下珠寶類，化妝品的小姐們，抱歉了。

我走到一個珠寶櫃前，玻璃櫃裡的戒指一只只都好漂亮、好棒。我真是給它們迷住了。

「在找什麼嗎？」專櫃的小姐走過來說。

「有……白金的嗎？」聽說白金的戒指是最好的。

「有，你可以參考一下這一組。」

她拿出一組白金戒指。很美。我不知道該怎麼形容。

「你要送人嗎？」

「嗯，對。」

「她的尺寸？」

「我不知道。」

「你要不要用你的指頭稍微估計一下，我們這個尺寸不對事後還是可以換。」

「嗯……」我剛要從口袋伸出手,看到戒指的標價又縮了回去。「不用了。我……只是看一下。妳們有沒有對戒?」

小姐拿出一組對戒,可是價錢依舊完全超出我可以想像的範圍。她用詢問的眼光看著我,我不知道要說什麼。

「我……再看一下……不好意思。」

「沒關係。」她笑著說。

我趕緊走到下一櫃,心想剛剛那個大概是有名的牌子才會那麼貴吧。

可是當我到了下面這一櫃,玻璃櫃裡隨便一只戒指都還是超出我的想像預算很多。我從來沒想過戒指這種東西會這麼貴。愛情是高尚的……愛情是高尚的……我不斷自我催眠。

我什麼都還沒想到小姐又過來了,這一櫃的小姐有兩個。

「先生,送女朋友戒指嗎?可以看看這一款喔,我們這一款現在在促銷,賣得很不錯,很多人都很喜歡。」

「不……我……只是看看……」

「還是這一組?對戒的話這一款現在是最划算的,我們現在有九折的折扣,另外你看一下它這個鑽石的光澤,**我們這裡進的都是八心八箭的……**」

「我只是看看……我只是看看……」基本上我已經不知道她在講什麼了。

「還是先生如果你預算有限的話,我們有一款K金的,不會比較難看,很經濟很划算,以後如果有心的話,再來我們這裡買別款的,幫你的愛情升級。」

「沒關係,不用了,我……只是看一下……」

「先生你流好多汗,珍珍你拿面紙來給這位先生擦一下汗。」

我接過面紙使勁擦著豆大的汗珠，她們的聲音變得越來越遠，越來越慢，越來越模糊……

「我……考慮一下……」

我假裝鎮定地慢慢走向大門，可是大門卻好像躲在非常遙遠的彼端。我的手指翻得口袋裡的銅板噹啷地響，冷氣從四面八方灌向我，我不住地打著寒顫。

不要再看我了……不要看我窮學生的樣子……對不起我買不起戒指……我真像是個笨瓜……對不起……對不起……

終於我走出新光三越，暫時鬆了一口氣。然而我該如何證明我的愛？這個問題持續困擾著我，直到手機鈴聲打斷我的思緒。是雯遙打來的。

「喂，遙遙啊。」

「嗯……你在忙嗎？」

「不，沒有，怎麼了？」

「我想我們還是分開好了。」

16.8

儘管之前說隨時可以結束的是我，但我實在沒有辦法就這麼放手。我喜歡她。

再一次我上到台北去，漫長的路程裡我一直回想究竟我們的關係是在哪一個環節出了錯。

台北有一點雨，濕濕冷冷的，也許跟即將來到的颱風有關。

一時衝動，我沒有先給她電話，一路上一直考慮著要不要先跟她說一聲，但最後還是決定不要。

這個決定後來證明可以是對的，也可以是錯的。我在她打工的地方看見她跟一個男生有說有笑，那個男生的手還搭著她的肩。

我的心忽然一陣緊，抽痛發酸，像有一道漩渦，又像是黑洞。不知何時我已經被不知名的情緒給淹沒。

　　她看見我以後叫那個男生先離開。

　　接下來我們之間的談話我已經記不得細節，只知道那個男的好像是她之前的男朋友，他們之前有冷戰或者是有分開過又復合，總之怎麼講聽起來我都像是個第三者。

　　我約她去吃晚餐，可是她說不行，她跟他約好要去吃飯，除非我不介意跟他們一起吃。

　　不介意？我他媽的當然介意！我在心中怒吼。

　　在我跟她說我沒有辦法之後，她接下來的這句話無異粉碎了我的世界。

　　「那我只好跟你說對不起了。」

　　所以我搭上公車，準備到最近的捷運站。可是當我坐上捷運，剛過一兩站就接到她的電話。她問我還想不想吃飯。

　　在餐廳裡我們沒說什麼話，我也沒有多問她什麼，因為那似乎沒有什麼必要。

　　等到吃完飯已經有點晚了，而且風雨逐漸變大，她建議我在她那裡先住一晚。

　　那一晚，我們還是做愛了。

　　我不清楚我是以什麼身分進出她的身體，可是在那過程之中當她的手機鈴聲隨著她的嬌喘此起彼落，我有一種復仇的快感。我知道那一定是那個男人。

　　太瘋狂的一夜。

　　我靜靜坐起身，望向窗外，凝視著那一望無際的水泥叢林，不禁心底漾起了疑問：在這個時間有多少人在做愛呢？有

多少人達到高潮了呢？有多少人是在非自願的情況下發生關係？有多少人是因為性器渴求而發生了關係？有多少性愛是發生在正常的關係裡？有多少性愛是出自於無奈？

這個世界上真的有愛的存在嗎？

如果這個世界上真的有愛存在，為何從來沒有人能夠為它下一個清楚的定義？真的有一種連結可以緊密牽繫兩個人？（除了陽具以外）真的有和原始慾望完全無關的感情嗎？如果有，那是什麼呢？

我沒有辦法想像，如同所有人類無法想像未知的經驗一樣。那是有如死亡跟重生一樣奧秘的啊！

性，是多麼奇妙的一件事，它創造了生命。

那愛呢？

一時之間我無法理解，關於愛情，她存在如同神存在嗎？

我沒有等雯遙醒來，簡單收拾了以後我就一個人離開了，雖然之後雯遙有再打電話給我說她很擔心，但是那都已經不再重要。

我想我從來就沒有喜歡過這裡，在捷運車廂裡我緊貼著掛滿手的鋼管。冷漠的城市。我不知道台中是不是也給外來客一樣的感覺，但是台北真的讓人有種荒謬的冷。肢體與肢體，沒來由的碰觸，像離異的情人麻木地摩擦，冰塊與冰塊，在猛烈的苦艾酒裡漂浮敲撞，無意識地熱情狂吻。那是一種空想的絕望，是深淵峽谷間戲弄落石的刺骨寒風。

她？

是她嗎？

隔壁車廂的女子背影像利箭般射穿我因荒愛的胡思，直將我飛快地帶退過一張張撕去的日曆並釘死在那個命定的時刻——那陣磅礡的震動……

車廂太過擁擠我沒有辦法靠近確認，但我跟著那個背影一站又一站來到了淡水。

我跟著她出捷運站，思考著究竟是不是她，她為什麼要來淡水。那近乎完全對稱的雙肩，及肩飛揚的長髮，無所謂的步調，纖細的腰身，流淬的薄光，讓我真的幾乎可以不多懷疑的肯定。

可是

是她嗎？

街頭藝人跟商人的吆喝吸不走一絲一毫我的注意。我的步伐緊跟著她往海的方向走去。

終於我在她停在一個汽球販子前時呼喚她的名字。

但轉過頭的卻是一隻太大的腳。

浮動的華美終究只該有一個名字。我的靈魂空洞成成束的汽球飛往傾斜的蒼穹，一泓虛空裡就全破碎如水杯裡的斑疹。

16.9

就算很喜歡很喜歡一個人
又有什麼用呢⋯⋯
於是我的心化作沉重的石
在熾熱的火裡因淚而濕
終於還是禁不起冷漠的熱
　從內裡裂起

16.10

這個笨蛋，怎麼教都教不會。單字講了兩個禮拜還在講，腦袋醬糊做的。自己不用功考不好還怪到我頭上，欠揍，幹你娘，狗娘養的，要不是錢還不少你王八的我賞你兩巴掌用鋸齒

剪幫你割包皮。對，還要用塑膠水管灌你腸。你媽的一嘴蒜味我拉屎到你嘴裡再用封箱膠帶貼起來，這不夠還要把你綁起來脫你褲子讓狗舔你屁眼……

「老師，我寫好了。」

「喔，寫得很好啊，有進步喔。」

房門被推開，是學生家長。

「老師，辛苦了，吃點水果。」

「好，謝謝妳。」

「老師，等一下可以留下來一下嗎，我想跟你談一下我兒子的事。」

繞了半天東扯西扯說穿了還不是他兒子不喜歡我，然後有一個台大的畢業生要過來，說什麼很可惜，我呸！phony mama fucker！我拿鏈鋸劈開妳的腦袋。

到頭來還是李家那個女生最可愛了，每次都制服上面兩個鈕扣不扣，光是看她的肩帶就讓人很難專心，一顆心癢得不得了，真想在她房間就把她上了。想要忍住把老二塞到她嘴裡的慾望是還挺困難的。

馬的，幹，我到底是怎麼了……

16.11

我想妳是對的。愛情是波西米亞的。沒個準沒有通知，她就這麼從情人之間離開了，愛情是不會停留的，時間長短而已。愛，會消逝，會離開，是旅人。我羨慕蒲公英們，因為她們是最瀟灑的旅人。愛情，是個波西米亞人。

16.12

　　很長一段時間我又開始食慾不振跟失眠，無精打采，無心工作，我懷疑還是憂鬱症。於是我到書店去找有關憂鬱症的書，打算做一點自我檢測。

　　後來我發現我這麼做根本一點意義都沒有，因為除了我沒有幻聽幻覺外，每個檢測表列出來的項目我都可以填滿將近九成。

　　於是我放棄了打擊自己的士氣，索性閒晃了起來。

　　有一本書引起了我的注意：*愛情的條件 親密關係的哲學*

　　「何謂愛上別人？」這是我們可以自問的最深奧、最令人困惑的問題。

　　這本書的第一句話就讓我困惑莫名。

　　當無法定義時，我們就會傾向去認為那是因為我們找不到共同元素：元素當然存在，只是我們無法確定。

　　我們的本質就是這麼複雜，一部份受習慣控制，一部份受天性控制，

　　這則神話的重要主題是，每個人都有一個「適合」自己的人。只要我們能找到這個人，一切問題就解決了。

　　很諷刺地，的確，我們投資在愛上越多就越難成功。

「非常小的一根樹枝，比小鳥的爪子大不了多少，上面蓋滿了充滿閃爍鑽石的一條銀河。」

　　我快速翻過幾個章節以後就宣告投降。嗯，我想我沒有去唸哲學系是對的。

　　我逛到一般外文系學生常逛的文學書區，這個區域正在打折。是不是應該全台灣地區的這個區域都有特別折扣呢？

　　在書區最外緣有一條垂掛的布簾，上面寫著「女人、屁股、與巴特」。怪了怎麼，嫌屁股不夠文雅還來個音譯嗎？

　　Mrs. Dalloway，20% off，The Great Expectation，20% off，Pilgrim's Progress，20% off，The Rape of the Lock，20% off，Iliad，Odyssey，25% off，Romeo and Juliet，25% off，William Wordsworth Selected Poems，25% off。

　　70% off？是什麼書竟然只要三折？咦？Useless？啊，不，是Ulysses。

　　我馬上把這本好康的書拿起來試閱了一下。

　　夭壽，去他媽的狗屎，這種書就算三折買了還是浪費錢。更何況買了又不一定會看。

　　不過話說回來文學究竟是什麼呢？為什麼偉大的文學思想也必須要靠折扣才能賣得出去呢？不知道學術界是什麼樣子，常常在報紙看到學者說學者說的，不知道學者都長什麼樣子，他們都在做什麼事情？他們也會翻一般的通俗文學嗎？他們看不看漫畫呢？究竟什麼樣的書才算是文學？為什麼魔戒或是金庸從來沒有聽說有得過諾貝爾獎之類的呢？為什麼奇幻文學要特別頒一個星雲獎呢？它們不能夠跟其它文學作品擺在一起評比嗎？咦？那到底那些得獎的作品都是什麼類別呢？像是史坦貝克的*伊甸園東*是不是可以歸在貧苦農民奮鬥血淚史類？然

後歐威爾的*動物農莊*可以歸在一群動物反動史類？貝克特的*等待果陀*可以分在哥哥弟弟窮極無聊哈拉等人人沒來害他們要背一大堆台詞觀眾睡死一半走了一半這世界真是一場詭異的荒謬劇類？那詩呢？詩要怎麼分類？沃克特的詩是不是可以分在一頭熱後殖民十分擁擠邊緣研究主題類？葉慈的詩是不是可以分在愛爾蘭純情小生長大後被人摸摸37歲還被自大小人譏類？文學所想要強調的主題到底是什麼？為什麼像史蒂芬金這種作家不會得獎？一旦賣得好就不能算是文學嗎？可是賣得好的就可以算數了嗎？還是說一般的民眾太庸俗了，喜歡的總是一些低格調的東西，不能登大雅之堂。嗯……難怪要有折扣啊！要教化一般的大眾讀文學的確不簡單，打個折扣確實可以拉近高檔文學跟人們的距離。來喔來喔，一把要多少，五十？不用！四十？不用！唉呦喂驚死人，一把三十，兩把閣算你閣卡俗，五十！是啊，我也應該多讀一點書，多充實一下自己的學問，嗯……比如說莎士比亞之類的。想著想著我就抽出一本*李爾王*。哎呀！誰說文學不有趣呢？這真是文學帶給我們最大的禮讚與智慧：

聽好，老伯伯；——

多積財，少擺闊；

耳多聽，話少說；

少放款，多借債；

走路不如騎馬快；

三言之中信一語；

多擲骰子少下注；

莫飲酒，莫嫖妓；

閉門不管他家事；

會打算的佔便宜，

不會打算嘆口氣。

不過看到下面一句我的心又沉了下來。

傻瓜，這些話一點意思也沒有。

　　我現在唸的文學一點意思也沒有嗎？到底唸了文學可以幹什麼呢？文學究竟可以帶給我們什麼？文學真的改變世界了嗎？文學人在社會上的地位跟其它的人相等嗎？人文學院的經費等同於理工學院的嗎？大家比較尊敬文學人嗎？那我以後到底可以幹麼？文學到底教給我什麼？交給我什麼？我改變了誰嗎？我拯救了什麼嗎？文學也沒有讓我得到情感的滿足啊。我還是他媽的沒有辦法回答到底唸了文學可以怎麼樣，我還是她爸的每次被別人這樣問支支吾吾的像個fucking loser！
　　我翻開波特萊爾的詩集，簡單讀過幾首。
　　Holy prostitution。
　　Holy prostitution？
　　是啊，這不就是我問題的答案嗎？知識哪裡有什麼高下之分呢？反正就是懂的教不懂的，知道的告訴不知道的；不懂的給懂的錢，不知道的給知道的錢。嗯，非常合理啊。知識的累積帶來財富的累積，財富的轉移造就智慧的遞嬗，嗯，沒錯，沒錯。波特萊爾好傢伙，有一套。不過我不會買你的書。反正你都死了，我買了你也賺不到。
　　哎呀，這個世界真是奇妙，折扣折扣折扣，環環相扣，扣起了人跟人之間的關係，文學跟人生的關係，了不起，居功厥偉。嗯，很好，握手握手。
　　那邊有女生往我這邊看，我趕緊抽出一本追憶似水年華。

偷偷瞄一下作者，普魯斯特。

這小子是不是還挺有名的？

好像是吧，好像有聽過別人講這本……咦？是這部書啊！該死，我怎麼挑了最薄的一集，沒關係，鎮定，鎮定，如果真是傑作的話，每一本應該都是傑作。天殺的他到底是不是大師？他有沒有拿過諾貝爾？

上帝保佑他很有名。

我讀一流書，我是一流人。

她還在看嗎？

我慢慢側過臉，才發現她根本就坐在地上讀她的什麼東西之戀的沒有注意我。唉，白忙一場。我還弄得好像人家拿照相機出來要拍照一樣。真是蠢蛋一個。

我把書推回架上離開文學區。

在書店的底端有一群人聚在一起排成一排不知道在做什麼，旁邊有幾個穿黑衣服手上拿樂器的人好像在做演出前的準備。沒想到這家書店這麼有心，現場音樂確實可以促進看書的情緒。在這樣的環境裡我也會覺得自己的的確確是個知識分子。讓我走近點瞧。

我走到一半，突然有個婦人從柱子後面跑出來停在我面前。

「小弟，你幫我拿這個去蓋好不好？」她指著那群排隊的人。「很簡單的，你就拿給他蓋一下，我這個要集課程章，我剛剛有蓋過了，你再去幫我蓋一個，謝謝。」

反正也沒什麼損失，助人為快樂之本。

那個人看了我一下就幫我蓋了章，我聽到旁邊那幾個青年音樂家似乎談論著等一下要去吃螃蟹還是什麼的。他們的樣子不禁讓我好奇起音樂的世界，究竟那是一個什麼樣的世界呢？我想起伍弟告訴過我的話，又想，他們生活應該也很不容易

吧，這樣拉一場可以賺多少錢呢？Holy prostitution。他們自己是這樣想的嗎？別人會不會很羨慕他們這樣高雅的身段、優雅的姿態？並且希望自己或是自己的小孩像他們一樣？會吧，古典音樂就是給人一種很高尚的感覺，就像是純文學一樣。不過到底什麼是純文學？有所謂的純古典音樂嗎？不曉得他們等一下會拉出什麼樣的東西？螃蟹四重奏？先是卸螯，再來去腿，然後剝蛋，最後嗑肉。聽的人會不會也覺得飽餐了一頓？

　　婦人半個身子躲在柱子後面等我，我把蓋過章的表格交給她，她卻什麼也沒說就走了。

16.13

~~11.6~~

11.16

　　已經兩個禮拜我沒有給妳任何隻字片語，儘管我腦海中仍滿滿是妳的身影。昨天一個人去打撞球，看到隔壁桌的情侶，當香煙的餘霧飄過來，我還是想到妳了。而妳就這麼在我腦裡甩也甩不掉了。我不想承認，但這兩個禮拜以來，我起床想到的第一件事 是妳。

　　it upsets me

　　it upsets me

16.14

11.16

　　孤單和寂寞到底哪一個比較可怕？

　　妳覺得寂寞可怕。

　　我覺得孤單可怕。

　　所以　妳寂寞嗎？所以　我孤單嗎？

~~我知道~~　~~我不知道~~　我知道
我不寂寞也不孤單
那妳呢？
他讓妳覺得不孤單嗎？就像妳曾對我說的那樣

我想妳　我　想愛妳
可是我愛不到妳
我想陪妳 可是我陪不到妳
於是……

16.15

11.

我為什麼要想妳呢？思念的毒 因為 愛情的蠱
這我不是早就知道的了嗎？
我為什麼要想妳呢？當無盡的悲傷強壓在我身上
我為什麼要想妳呢？

妳、我、他
那時的空氣 每一口都叫人窒息
霎時之間 我竟發不了聲
只能微弱地喘息
我的眼淚不會說話
但它卻帶著我所有的心情 不斷地逃出我的眼眶

這個世界是一場遊戲
一個轉得太快的地球儀
我快要 飛　離

12.1

如果等待. 滿懷著期待.

就會有一種依賴.

叫剪了的頭髮在風中也飛起來

如果等待. 為愛.

即使閉著眼睛錯過了

也不算意外

16.17

「Thomas，我覺得好憂鬱喔。」我說。

「真的啊，我也是耶，你先說好了。」

「你有過那種……像被黑洞吸走的感覺嗎……？」

「嬉嬉……小卜，你也知道這個啊。」

「知道什麼？」

「黑洞經驗啊。哇靠，被女人吸那裡吸到射精那真是爽爆了。好像……嗚哇！就被什麼都被吸進去了，完全無法抵擋，靠，亂爽他巴子的！怎麼樣，要不要經驗分享一下。」

「誰跟你黑洞經驗！……我跟她分手了。」

「是啊！」

「嗯，我覺得很難受。」

「唉，久了就習慣了。別難過，這世界就是這樣。無關乎原因，只關乎適應。怎麼分的？」

「我……不是她的唯一。」

「那我知道了。我以前不也跟你說過嗎，男女之間的事啊，充其量也就只是一場阻止對方偷吃的攻防戰。」

「你說過？」

「沒有嗎？」

「總之……是我提出的。我沒有辦法接受她的眼裡不是只有我。她有提過說可以繼續當朋友，可是……好啦，她說得很誠懇，然後……我不知道我這樣子對不對……結束之後還可以當朋友嗎？她其實很需要人關心，然後……我……我覺得我好像應該要當她的朋友繼續關心她，就是……一種風度……我也不知道。她很希望可以繼續下去，不要就斷線了，好像互不相關一樣。唉呀，說來說去就是我不知道我這樣到底對不對。」

「愛情的世界裡沒有對不對，只有要不要。」

是吧？

我沒有再多說什麼，因為Thomas這句話好像一針見血地做出了結論。

「唉，小卜啊，該醒醒囉，這個世界是沒有真愛的。有慾望，有習慣，有支配，有依賴，就是沒有愛。世界是酷熱的沙漠，而愛是海市蜃樓；性才是我們的綠洲啊。如果你開啟一段關係是因為要捍衛性的話，不準別人跟你用同一組性設施的話，嘿，你差不多已經慢慢進入狀況了。不過如果你是因為要守護愛的話，你從一開始就走錯了路，更別說你會走到哪裡去。那些想要結婚的人哪，都是頭腦有問題的。你看看『婚』這個字，不是女生昏了頭才會想結婚嗎，你還真跟她們玩這種辦家家酒啊？婚姻婚姻，大家當作聖殿的名詞，說真的，是個圍城啊，在外面的人拼了命的要衝進去，在裡面的人想盡法子要出來，唉，何苦呢？真愛是個稻草人，小卜，別傻得當隻笨鳥啊，儘管衝下去吃穀子就是了。」

「我……」

「你沒有聽過尼采說過一個很有名的*悲劇的誕生*嗎？」

我搖搖頭。

「幹得好，我也沒有。這是以前Casanova跟我提到的。就是啊，在人的本質裡面就是有兩種截然不同的特質的；一種呢，是阿波羅特質，另一種是戴奧尼休斯特質。他們雖然都是會亂搞的神，可是阿波羅比較不會亂搞。他會搞一些音樂啊……啊，我說的這個搞是那個搞不是之前那個搞你知道吧。」他邊說邊前後搖動他的屁股，「他會比較被認為是一個不太會亂搞的神，然後比較理性，象徵秩序，然後那個戴奧尼休斯啊，他就很會亂搞，常常跟一大堆女人搞多P……」

「你可不可以……重點是什麼？」

「就是他們兩個啊，一個是秩序，一個是不秩序……咦，這樣講好奇怪，總而言之就是相反就是了。人呢，因為有這兩種特質，所以傾向會去創造秩序接著再去破壞它。就好像人會想盡辦法去跟另一個人在一起，然後接著就想盡辦法背叛那個人。所以，嗯，這是很正常的。」

「你是說我被戴綠帽子是很正常的？」

「不是這樣子……不過也可以這麼說啦。」

「好吧，隨便。」

「反正愛情這種事再找就有啦，這玩意兒啊老是缺貨，只要遵守幾個教戰守則訂單就會源源不絕的來，到時候你自己都會覺得煩。改天我再教你幾招。」

「對了，那你剛剛在憂鬱什麼呢？」我問。

「喔，對。我覺得好憂鬱，因為我突然發現不管我再怎麼努力，我永遠也沒有辦法過著像黑人饒舌歌手MV裡有跑車馬子跟泳池的生活。」

「喔。這樣啊？」

我兀立在賣場的中央，兩個太太高興地推著購物車邊聊天

隨手抓了兩雙襪子丟到車裡，另外一對母女討論著要買哪一款的內衣，一個爸爸帶著小孩走了過去，小孩手裡拿著玩具槍朝空氣亂射，左邊傳來年輕女子講手機的聲音，右邊是幾個婆婆媽媽，賣場的特價廣播突然響起，像是國家主席的徵召又一批人興高采烈地蜂湧了進來。

這個世界怎麼可以這麼……正常？

不應該是這樣子的……不應該是這樣子的……我受不了這裡快樂的氣氛，我不了解他們歡欣的語彙。

在我旁邊我看見一個小孩反抓著購物車前的鐵絲站在購物車上，看起來像極了希臘神話裡出海冒險的船隻前面所雕的祈求航程平安的領航木像。他的母親正背對著他在比較著鞋子的價錢。我心裡有個念頭，我走過去偷偷推了那台購物車一把。車子被我這麼一推往前衝了出去，前面捧著一籃排球的賣場小姐嚇得跑開，籃子掉在地上球都滾了出來。危險！小孩害怕得不敢放開手。說也奇怪，車子就這麼從跳動的排球間穿了過去，繼續往前。勇猛受神庇祐的阿哥號！小孩連同車子撞上了掛成一排的皮毛外套。纏著外套他摔下來忍不住痛哭起來，所有的人都往他那裡看，小孩的母親丟下手上的鞋子向他奔去。嘿，哭什麼，這下你可找到金羊毛了呢，哈哈哈……

儘管成功地捉弄了那個笨蛋，出了賣場我仍感到好難過，風從我身後襲上，我頹喪地蹲到地上縮起身子。Down......down......*the soldier falls* down.....the wind stops not, *and, over the heavens,* the cloud goes......in her own direction......

16.18

漆黑的房間裡我睜開眼，月亮被烏雲蓋住透不出一點光。

無法成眠。

我解不開糾結的思緒，還有愛情詭異的邏輯。思念吹起的風暴把這個城市擊成廢墟，市街的裂隙積滿晦澀的情人的眼淚，被連根拔起的電線桿插進頹圮的樓房，零星的火焰嚼著失溫的肉體，火花微弱地散現於鬆脫的感情線；文明的破敗，形式的解構，或許這才真的適合霍桑式的百鬼夜行。夜遊神們你們去哪裡了？你們手牽著手去哪裡了？

我摸著床頭的手機，翻查著滿滿的電話簿，一長列下來居然找不到真的可以傾吐的人。唉，可惡，那麼平時交換號碼的意義是什麼呢？

他現在在她床上吧，我翻到她的電話時這麼想。

我只是想找個人說說話。

彷若置身行星環帶的碎冰上，真空的黑夜寒冷不已，既孤獨又寂寞。這是世界的邊陲，肉眼所無法探知的孤島。

那麼張老師呢？熱心的張老師，可靠的張老師，溫柔的張老師，雖然可能不姓張的張老師。我從袋子裡找出日前從青年刊物上抄下的號碼，憑藉手機微弱的光一個號碼一個號碼按下。電話響了幾響，有人接了起來。

「啊……喂……」

我聽見那頭的聲音後，沮喪地掛上電話。原來就連張老師也是有「營業時間」的。

16.19

~~12.20~~

12.21

我們必須分開。我已經沒有辦法再承受來自她那裡的壓力，我的生活完全失調。她背叛了我！或許我們從一開始就不適合。爭執、吵鬧、不信任……我恨他，我恨那個反覆的男

人！*我想可能我們還是沒有了解彼此很深。我不知道。我愛她嗎？~~我還是很愛妳的，~~我很愛妳，只是愛情可能就是很難存在在三角關係之下，沒關係，我可以了解。他一定會讓妳幸福的。我只是小丑雜色布衣上的一塊，連他媽的滑稽都稱不上！我會祝福你們。*

我們必須停止聯絡。我不能再跟妳見面了。

16.20
妳，愛過我吧？

16.21

我坐在涼亭裡，淑萍從宿舍慢慢走了過來，雙手交叉在胸前，因為她背光所以我看不清楚她的臉。我從涼亭起身迎向她，她戴著一副細膠框眼鏡。

「妳最近近視？」我問她。

「大一就有了啊，只是我到二年級才配眼鏡。」

「這樣……我沒看妳戴過。」

「我不常戴。而且我們不常見面吧。」

「嗯……這倒是……」

「我們要在這裡談嗎？還是要去別的地方？」

「走走好了，好嗎？」

「嗯，沒問題。」

我們並肩走著，我心裡盤算著該怎麼跟她說我跟雯遙的事。

「我……」

「怎麼樣，你要說什麼。」

「沒有，沒事……」我還是說不出口。

我在原地蹲了下來，她也跟著我蹲了下來。我們就這樣幾

分鐘沒講話。

「我跟你說喔，」她突然站起來，聲音跟著上揚，「我跑去談戀愛了呢。戀愛這回事啊，一點都不好玩。是可以不用大費周章去嘗試。」

「喔……」我抬頭看著她，發現她左手掛著一只亮亮的戒指。

「那是他給妳的戒指？」

「嗯，是啊。你要看可以拿去看。」她對我伸出左手，頭卻擺向另一邊。

我小心地把戒指從她手上取下。

我輕輕地轉著戒指，它在我指間閃著微弱璀璨的光芒。我的心裡一陣酸。這就是愛情啊，我多麼渴求的永恆的愛情……愛情的魔力，愛情的秘密，通通鎖在這個小小的白金環裡……這個宇宙最大的奧秘竟然就藏在這麼樣一個小東西上……神啊，這是多大的玩笑，即使我如此渴望，我的手指仍然得不到您的加冕……

「你那麼喜歡的話送你好了。」

她抓起我手裡的戒指往路邊丟去，在黝黑的彼端一閃而逝。

「啊……」

我急忙朝著她丟出去的方向尋著戒指的下落。戒指，戒指，戒指。我撥開草叢，四處探查，可是卻怎麼也找不到。

而等到我放棄回頭，才發現她早已經不在那裡。

我思索著那只戒指回到住處，看見有個人影站在我房門前。

「小卜……」

「啊，Meggy，是妳……妳嚇了我一跳。有什麼事嗎？」

「你剛才出去？」

「嗯……我……去學校找淑萍。」

「可以跟你聊一下嗎？」

「喔……嗯，進來吧。」

我幫她開了門。進了房間一開燈我才注意到她的眼睛腫腫的，很明顯哭過。

「嗯……隨便坐。」

「我失戀了。」

「真的？妳談戀愛了？」

「沒有……我告白了。」

「失……敗了？」

她沉默了很久，眼淚大顆大顆的落下。從她破碎不清的句子裡我大概可以推出她被拒絕得很慘。

「你可以愛我嗎？」她拉住我的衣袖問。

「我……」我一下不知道該怎麼反應。

「只要假裝愛我就好了。你跟我……做……好不好。你……跟我……」

我沒有說話。

「求求你……我們是朋友吧。拜託……我只是……我只是……」

「妳……確定嗎……？」

「嗯……」

「那……」我低下頭，「妳等我一下，我馬上回來。」

我下樓到附近買了幾罐啤酒。

我回到房間的時候看見她用棉被裹著身子縮在床上，大燈關了，只留下桌上的檯燈，衣服整整齊齊摺好疊在桌上。

「喝點酒會比較放鬆。」我說，把啤酒遞給她。

她慢慢從棉被裡伸出手接過啤酒。我從袋子裡也自己拿了一罐坐到她旁邊。我們兩個就這樣什麼也沒說默默地把袋子裡

的酒都喝完。

「那……」

「嗯。」

我下床伸手準備把檯燈關掉。

「不……不要關……我……會怕……」

「沒關係的，」我說，「這……沒有什麼。」

我關了燈，脫光衣服也鑽進被窩裡，她的身材出乎意料的好，皮膚滑嫩地像初生的小牛犢。我在黑暗裡摸著她的胴體，慢慢興奮起來。我抬起她的腿，準備進入她。

「等……等一下，你可以戴保險套嗎。」

她這麼一說我才想到剛剛去超商的時候壓根就沒想到這件事。

「沒關係……我會拔出來……」

她沒有多作反抗，於是我慢慢地讓我的東西沒入她的下體。

我不確定我幹了她多久，但是我記得很清楚到最後我好像是射在她裡面了。

她搖搖晃晃地在檯燈的光裡穿好衣服。

「妳要走了？」我躺在床上，意識很模糊。

「嗯，」她說，「謝謝你。」

「妳……那個怎麼辦？」

「我會自己想辦法……謝謝，真的謝謝你。」

她說完匆匆地離開，我因為太醉又剛做完虛弱得也沒辦法攔她，就讓她這麼走了。我斜眼瞥向地上的空啤酒瓶，沒多久就沉沉睡去。

波西米亞　17
荷光者

17.1

那天之後Meggy沒再跟我連絡，我也從來沒有掛心，我的家教全沒了，我得要重新開始尋找別的工作，光靠超商是不行的。

「那麼你有什麼專長嗎？」

眼前的老頭不客氣的問，但我想他已經算是態度比較好的了，很多地方我的履歷他們連看都沒看就說不需要、只要全職、或是學歷不足。當然這也是我一開始就料想到的，只是真的遇到了，還是覺得很挫折。

「我的英文還可以……我是唸英文系的。」

「喔，我知道，上面有寫。可是你不是還沒畢業？家裡有這麼需要錢嗎？」

「不是，我是想賺自己的生活必需。」

「那就是想找打工了。其實……也不是不可以啦……」

「那所以……？」

「你有認證嗎？像是托福。」

「沒有考過……」

「那成績呢？」

「普通。」

「你有其它證照嗎？」

「我不知道……應該沒有吧。這跟我的工作有關嗎？」

「哼，我也不知道，大概跟你的學校一樣有關吧。那電腦呢？」

「會一點。」

「打字而已？Excel呢？」

「沒有用過。」

「打字快嗎？」

「沒有量過……」

「啊……那你有什麼其他專長？」

「專長……」

當他講出這兩個字的時候，我赫然發現我的腦袋裡是一片空白。

17.2

那你的專長是什麼？理想呢？嗜好呢？興趣呢？

我聽見自己在心裡暗暗問著這些問題，但我沒有答案。想著想著淑萍跟伍弟又浮了出來，我有種莫名的恐慌，我感覺自己是空洞的，在我的身體裡面似乎什麼也沒有。我沒有想要做的事，沒有想要去的地方，我生命裡唯一確定的事在那個夜晚以後也變得不確定了。她到底去了哪裡，在做些什麼，現在過得好不好？

當我想到這些時我又開始責備自己，為什麼我不能把她忘記？為什麼我要繼續關心她？為什麼我就不能大聲地斥責她，說都是她害我變成現在這個樣子？

那又是誰讓奶奶變成現在這個樣子呢？

我的心沉默了下來，我雙頰發燙、無力地跪坐在地上，用我自己也聽不清楚的咕噥低聲咒罵著我自己，咒罵著淑萍，咒罵著伍弟。

17.3

　　一個人的日子閒得發慌，連我自己也沒法承受，我覺得自己像是跟整個學校抽離，甚至是跟社會抽離，沒有人會在乎我，沒有人會關心我，能夠好好真心說上幾句話的人，沒有；又覺得自己這樣子是理所當然的，哪裡會有人關切像我這樣的廢物，我就好比是個莫名其妙、弱智的癲癇患者，平常痴痴傻傻的，偶爾卻又發狂似的胡亂激動，嚴重得我的胸口都要被掐爆一樣。

　　我的口袋是空的，我的肚子是空的，我的腦袋也是空的。

　　漫無目的的我的生活隨意地過，我是個遊魂沒有固定的住所，在我看來所有事情都是多餘，對多餘的人來說所有事情都是多餘的。

17.4

　　然而或許淤塞的心靈需要出口，某次吃飯時巧遇一個外系的朋友，我竟不經意地把我的事情略概地跟他說了。

　　「這樣聽起來是蠻嚴重的……」

　　「是。」

　　我盯著他一向戴著的軟呢帽，猜測他接下來會說什麼。

　　「我知道有個地方有一群人說不定會對你有幫助，他們運作的方式有點像成長團體。詳細的資料我現在手邊沒有，我回去找找就寄給你。」

　　「那個，杜少，」我要離開的時候猶豫了一下說，「謝謝。」

17.5

根據他的指示我來到一棟陳舊的建築，在裡面發現一群看起來明顯有病的人。當下我不免懷疑，難道把一群有病的人集中起來就可以治療他們的病嗎？

半信半疑的我在治療過程中始終不能放鬆，從一開始的自我介紹就開始扯謊，導致我一路下來必須胡言亂語、不斷圓謊，只是當中確實有幾句話我是真心的，我是真心地覺得愛情是件鳥爛的事，愛情相關的事不過是鬼扯淡。

大會談結束我趕忙想要離開，有一個人卻叫住我，我以為他聽出我在說謊。

「同學，不好意思，打擾你一下。」

「有什麼事嗎？」

「剛剛你在裡面說的，愛情是不存在的，你是認真的嗎？」

「是啊，」我的眼神飄了一下，「怎麼樣嗎？」

「我覺得你說得很有道理，可不可以請你再多說一點？」

沒想到這種狗屁真的有人聽得頭頭是道。

我把先前Casanova和Thomas告訴我的關於愛情的事混合著說，加上我自己的見解變成一種胡謅，肆無忌憚地在陌生人面前大放厥辭。

隔了一週，那個人又找上我，原本我想隨便找個藉口推托，我實在不想跟這種神經病有所牽扯，沒想到他興高采烈的抓住我，

「沒錯！沒錯！你說得太好了，我回去之後終於想通了！就是這樣！我之前還一直不知道該對我女友怎麼辦，托你的福我終於想通了！」

他說著遞給我一張照片，照片裡是一個被狠狠綁起的裸女，那裸女的身上有明顯的鞭痕。

「總之太感謝你了，謝謝你！」

謝謝你？這句話為何有種似曾相識的感覺？

我拿著照片站在屋簷下看著自己的影子被落日拉長，徐徐晚風裡我聽見自己荒謬地放聲大笑。

波西米亞　18
色琦、西孔、與蒂朵

「我愛妳。」我說，手背磨著她的臉頰。

「騙人。」

「是真的。」

「那你說我的頭髮像什麼？」

「像萬千河流源頭的瀑布，一瀉而下衝開我脆弱的河堤，湧進氾濫我枯旱的心田。」

「那……我的眉毛呢？」

「是悠閒的海鷗，帶來泥土芬芳的香氣，和海洋律動的謳歌。」

「我的臉頰。」

「是結實纍纍的蘋果園，甜美紅潤得像三月桃花般春意盎然，像仲夏夜裡的煙火淡雅地妝點著我沉悶的午後。」

「呵呵呵……眼睛，眼睛，我的眼睛是什麼？」

「妳的眼睛讓就連細心琢磨過的鑽石都要顯得黯淡，就連多變善舞的波光都像失去了神采。」

「哈哈哈……吹牛……」

「妳的眼睛是磅礡雄偉的銀河，在我有限的感知裡永遠充滿了奧秘，妳的每個眨眼，都像流星劃過天際。」

「說謊。」

「是真的，每顆流星閃過的瞬間我都許願我們的明天會比今天更幸福一點。」

「哼……」

「妳不是聽過好幾遍了嗎？」

「我喜歡你再講一次。」

「滿意了嗎？」

「還好。哎，」她從床上爬起，「我要去準備上班了。」

我想我不愛她。當初會在一起只是真的想找一個人上床。有些事情我想Thomas是對的。慢慢的我開始了解他以前跟我說的話，也許愛情真的是不存在的。人的彼此需要應該是來自於另外一個層面。

那愛情是什麼呢？這就是愛情嗎？兩個人交往了一段時間不論當初有沒有感覺都會變成這樣嗎？習慣早上起來身邊躺著一個人。可是，要是你希望醒過來的時候是一個人呢？還是，你根本就希望旁邊躺的是另外一個人……

為踩髒新鋪的巧拼而吵架，為少拿一雙筷子而爭執，這就是愛情嗎？

「小卜。」她從浴室叫我的名字。

「什麼事？」

「超商的工作好玩嗎？從來沒有聽你形容過。」

「不好玩，一點都不好玩。」

「為什麼？」

「沒有工作是好玩的。」

「這倒是真的。」

「最蠢的是每次聽到自動門開的聲音你都要神經兮兮地喊『歡迎光臨』。為了這個我們店長還在我正式開始工作以前叫我站到人行道旁對每一個路過的行人喊『歡迎光臨』。總之很蠢就是了，沒什麼好說的。」

「喔……」

我盯著天花板，窗外不時傳來道路整修還有高樓施工的聲音。叮叮叮叮……咚、咚……好繁忙的都市。混濁的早晨在一片敲打震動裡揭開序幕。今天我該做些什麼呢？早上我約了Thomas去打小鋼珠，但是然後呢？一整個下午我到底該做些什麼？

　　「小卜。」

　　「又怎麼了？」

　　「那件襯衫到底是誰的？」

　　「什麼襯衫？」

　　「上次去你房間，放在你衣櫃裡面紫色有滾邊那件。」

　　「妳很無聊，就跟妳說是我妹的了！」

　　「你幹嘛發脾氣，我問一下而已啊。」

　　「我就說我房間沒什麼好看的了，妳還要去。去了又疑神疑鬼的，莫名其妙。無聊！」

　　我回想起那天她硬要去我房間結果在我衣櫃裡翻到原本該送出去的那件襯衫。她半開玩笑地問東問西，拿著衣服左看又看；我很生氣地將襯衫從她手上搶下，說了一堆我自己都記不得的氣話。我還記得當時她眼裡浮掠過的恐懼。

　　「小卜。」

　　「幹嘛。」

　　「對不起啦。」

　　「妳在對不起什麼？」

　　「我沒有別的意思，我只是想到問一下，好奇而已。」

　　「我就說是我妹的了啊！」

　　「好啦，對不起嘛。」

　　我躺在床上，心情奇差。倒不是因為她一大早就說些有的沒有的，而是今天我要過去豬母那邊。

　　「小卜。」

「幹嘛？又怎麼了？」

「你什麼時候要幫我修房間的燈？」她指的是她房間的夜燈。那個燈因為壞了，所以總是一閃一閃的。她很久以前就跟我說過，只是我一直懶得修。

「我知道了，下次我過來就幫妳修。」

「你上次也是這樣講。」

「我這次會修好不好。我之前只是忘記了。」

「要修喔。」

「好，妳很囉唆耶。」

我翻過身從床頭拿起打火機替自己點了一根煙。

「你就不能少抽一根嗎？」她從浴室出來對我說。

「妳很煩。從一大早吱吱喳喳講個不停。」

「我是為你健康著想。」她說著邊套上絲襪。

「妳上整天班？」

「對啊，之前那次是因為有小光幫我代才可以早回來。」她換上套裝，在立鏡前整理衣服。

「你今天過來嗎？」

「我要上班。」

「你到底是上什麼時候的班？為什麼上禮拜過去餐廳沒有看到你？」

「我先下班了。妳不要什麼都要問好不好，煩死了。」

「你到幾點？」

「什麼到幾點？」

「上班。」

「不一定，忙的話可能到晚上。」

「我們去看電影好不好。」

「今天不行。」

「為什麼今天不行？你要上到很晚嗎？」

「看什麼電影，又不是沒事情可以做。」

「你幹嘛這麼不耐煩，我問一下而已啊。」

「總之今天不行。」

「那你要過來嗎？」

「不行。」

「為什麼？」

「我要回家。」

「喔……我原本是在想回來的時候我要去超市買一點火鍋料，我們可以晚一點煮來吃。」

「妳就管好妳自己的事，要過來我會跟妳說。」

「那火鍋的話……哎呀，」她匆匆忙忙地抓起背包，「我要遲到了。你出去的時候幫我鎖門喔。」

她說著衝出房間。我在煙灰缸裡捻熄剩餘的煙頭。

究竟是從什麼時候開始的？我自己也記不清楚。跟雯遙分手以後就沒有再互相聯絡。我曾經非常期待她會打電話給我，或是突然出現在我面前，對我說她錯了，她真正愛的人是我；可是這樣的事始終沒有發生過。漸漸地我也不再去想她的事，每天就一樣地過，家教一個一個地辭去，到最後只剩下超商的工作。Thomas偶爾會提到學校的事，可是那對我來說似乎沒有很大的意義，只是覺得大家好像都有著許多事要奔忙，而我自己卻不斷地在浪費自己的生命。我鮮少跟家裡聯絡，只有家裡來電話或回去的時候會虛應幾句。我不敢正視爸爸的臉，甚至每次踩進家門前那晚閃爍的紅光就又會映進我的眼簾。我不敢跟家裡說我已經沒有家教，我也不好意思再向家裡伸手，我總是告訴他們一切都很好，沒有問題，要他們儘管放心。我跟Thomas借了一陣子錢，直到我找到餐廳的工作。

餐廳是一個階級分明的地方。廚房以外的部分是上層結構，而廚房裡的空間則是濺滿汗水和油污的下層結構；就像一艘巨大的豪華郵輪，顧客們是穿著光鮮在船裡用餐談笑的貴族，我們是一群在船底死命添煤的賤骨頭。真的做得不爽最多也就是添煤的時候多罵個幾句髒話，好比可憐的小老百姓被政客玩得團團轉的時候最多也就是打個電話到call-in節目罵個三十秒，政客們貪污的繼續貪污，喝花酒的繼續喝花酒，沒有什麼事情真的會被改變；唯一的不同點在於來餐廳的客人會付錢給我們，而那些政客我們必須付錢給他們。

　　在餐廳工作了一段時間以後，在一個偶然的機會裡我遇見了豬母。那次是她跟一群穿西裝的人來我們餐廳吃飯。從他們之間的談話很明顯的可以看出豬母的位階比他們來得高，說話總是帶著命令的口吻，他們其他人雖然個個都穿得西裝筆挺，但對她他們只敢唯唯若若地點頭附和，一句話也不敢多說。我觀察得入神，端湯上桌的時候一個不留意就把湯給潑到了豬母身上。當時場面一片混亂，那些穿西裝打領帶的人紛紛拿出自己的手帕遞給她，來不及掏出手帕或沒有手帕的就爭先恐後地脫下西裝外套幫她擦起桌子跟地板。我跌坐在地上傻傻地看著眼前荒謬的畫面。她撐起臃腫的身軀從座位上站起來，腥紅色的嘴唇往兩頰撐開拉緊她眼角及顴骨邊的皺紋，明顯的雙下巴被這樣一擠像是隨時都會流出油汁一樣；她吹得誇張如獅鬃的波浪捲髮遮去室內的燈光，一雙利眼不客氣地朝我這邊掃來。頓時我像一隻被捕在蛛網上的小蟲，只能搖晃顫抖著看著肚肥多毛的蜘蛛一吋一吋地向自己爬來……

　　那天我就被餐廳老闆給炒了魷魚。正當我走出餐廳煩惱著未來不知道該怎麼辦的時候，一個穿黑衣服戴墨鏡的年輕人攔住我的去路，他腳上穿著限量喬丹紀念鞋，鞋子兩側的NIKE標

誌亮得像一對白色的翅膀，讓我一時之間腦裡閃過那個溫柔展翅的天使。他對我說他的老闆對我很有興趣，在我追問之後才知道他的老闆原來就是豬母。他告訴我豬母希望我可以到她那裡去做一些「高級的服務工作」，她絕對會給我很優渥的薪資。

在好奇心的驅使下加上禁不起高薪的誘惑我坐上那個年輕人的車到了一間看起來很高級的旅館。我跟著他上到旅館的最頂樓。他帶著我走到一間有一個魁梧的中年男子看顧的房間前，代我敲了門示意要我進去。我慢慢地扭著門把，小心地把門推開，眼前隨即看到的是一間極為寬敞、金碧輝煌的大套房，不但地上舖著柔軟發亮繡有鳳凰的花紋地毯，天花板上還垂吊著數盞光彩奪目、閃著璀璨晶光的大吊燈。遠邊的梳妝台上擺滿了雕工細膩的玻璃瓶，其中幾個沒有用軟木塞封起，房間裡飄著混雜刺鼻的香味。我聽見房門在我身後關了起來。沿著厚重的窗簾我看見房間對角寬闊的落地窗外入夜的街景。豬母背對著我坐在一張雕花的木椅裡直視著窗外，過了好一會兒才朝著落地窗緩緩吐出一口煙，說：「過來，別呆呆站在那兒。」

啊，好漂亮的花，或者說是好漂亮的陰道。人類的求偶行為真是妙極了，男生送女生象徵性的陰道，開門見山地問女生要不要讓他搞，*a ring with a philosopher's stone in it*，點石成金的一招。

「先生，買花嗎？」

「不，只是看看。」

我對花店的老闆揮揮手繼續往前走。

豬母是國內一間知名企業的老闆，具有中國和賴比瑞亞的血統。這是一個奇怪的血緣組合，但我從來沒敢問為什麼她會是這兩種看似毫不相干的文化的結晶。豬母的大陸身分讓她在商場上具有龐大的優勢，沒有任何企業敢小看她公司的實力。

她的公司主要經營化妝品和減肥藥品，不過我私底下聽說其實有不少盜版光碟工廠還有一些醫院的廢料處理也跟她有關，另外她似乎也做著大陸貨品走私的交易。*她的性質非常殘酷，肚子從來沒有飽足的時候，吃得愈多，反而愈加飢餓。*對於這些事情原本我覺得非常生氣，因為她的公司等於是幫著中國大陸欺壓台灣。化妝品跟減肥藥品大量地進駐到各大百貨公司裡，利用資本主義的機制，藉由不停被複製的店家及商標販售，肆虐著台灣女性的身體；而盜版的光碟用同樣的道理掏空台灣的經濟結構。如果是色情光碟的話，那就更進一步摧殘了台灣男性的健康性愛觀。至於醫院的廢料處理，誰知道跟她公司裡化妝品的製造有沒有關係？一開始我非常生氣，真的，不過後來我就發現了一個事實，那就是 —— 原來我是這一切不公之事唯一的拯救者啊！想想像她這樣一頭大陸老母豬，所有在她手下做事的人都必恭必敬地像一隻隻小豬一樣，竟然也會執著在像我這樣一個不受社會重視的小小人文學科學生的身上。這個城市裡不認識我的人有多少啊，這個城市裡比我好看的人比我有內涵的人有多少啊，而她竟然執著在我身上。這是一個機會。我要代表台灣兩千三百萬的人民運用顛覆的力量叫她臣服！

　　不過這樣的想法並沒有在一開始就在我的心裡萌生。記得第一次去找她的時候，她先是把我的陰毛給刮了，接著就直接要進入主戲。沒有心理準備的我面對這麼一頭赤裸裸的肉豬心裡除了害怕就只有更深層的害怕。想起她層層的肥肉壓在我身上，我就覺得噁心得想吐，後來是因為想到那個溫柔展翅的天使，我才漸漸穩住陣腳。於是我遙想著美國，把她壓倒在床上，使盡我吃奶的力對著她的要害狂抽猛送，在心裡高喊著：「中華民國萬歲！台灣人民萬歲！」在射精的那一瞬間，我感覺自己發揮了身為一個台灣人的最高價值，一面青天白日滿地

紅的國旗在我眼前飄過……我站在司令台上從總統手上接過民族英雄的獎章。

幾次之後我就變得熟練，甚至對她身上的三個孔玩起了「小三通」。每每進到她的房間看到房裡掛的幾幅中國山水圖我的想法就會變得更為篤定。在美國的她會保護我，我一直這麼深信不疑。

「沒有關係的，真的。」

我隱約聽到路旁一對男女的對話。

「這太貴重了，我不能收。」

「沒關係的，這不代表什麼。我只是單純的想要喜歡妳啊。這樣也不行嗎？」

唉，歹戲拖棚。就收下吧，反正又不一定要答應他。到後來真的有問題再說是他一廂情願不就好了，女生不都最愛用這招？

我經過一家水果攤，老闆看起來很和藹可親，攤前擺出的水果裡有一個木瓜金黃鮮嫩，很是扎眼。所以我買了木瓜繼續往柏青哥店前進。

我記不清楚到底是從什麼時候開始的。有一次從豬母那裡離開我到一間酒吧裡去喝酒，認識了她，然後我們聊了起來。她喝得很醉，我則是只喝了半杯。到了最後她連路也沒有辦法走。我幫她叫了計程車，在她模糊的指示下找到她住的公寓。我扶著她進到房間裡，隨手開了燈，可是熟黃的燈光卻一閃一閃地忽明忽暗。我把她丟在床上。她上衣的領口鈕扣鬆開到鎖骨下。在閃爍的夜燈燈光裡她緩緩擺過頭去露出細長光滑如天鵝的頸側。

我把她的門關起上鎖，褪去我的長褲，接著將她的衣物一件件剝去。

吟吟哦哦她的喘息不知是夢囈還是叫床，漫長的夜晚在細微的聲響裡隨著汗水蒸發了，可是黑夜卻似乎永遠不夠，永遠不夠……

　　「我愛妳。」這是隔天早上我對她說的第一句話。

　　「我要投靠你。」與交往多年的男友分手後她如此對我說。

　　我在柏青哥店裡繞了一圈沒看到Thomas又出來。在門口等得無聊我打電話給淑萍。

　　「喂？小卜？」

　　「嗯，是我，妳在幹嘛？」

　　「我要上課啊！」

　　「噢，我差點都給忘了，現在只有我才能這麼悠哉。」

　　「你在哪裡？你不用工作嗎？」

　　「我……出來透透氣。工作嘛，妳也知道，就是很無聊的。我們呢，都……有一個共同的工作叫『人生』，妳不覺得嗎？」

　　「你在說什麼啦？」

　　「我是說，妳不覺得我們都是為『人生』這個工作在生活嗎？妳不覺得很無聊嗎？吃喝拉撒睡的，就是那些事情啊。」

　　「我倒真希望我有你那麼豁達，我後天還要考英國文學，接下來有兩份報告要交，然後有一個劇本要唸，你如果時間多到有剩的話分一點給我好了。我已經連續熬夜兩天了，眼袋都出來了，不戴眼鏡就會很明顯。」

　　「聽起來倒真是挺忙的哪。」

　　「廢話。你只是打電話來聊天的嗎？還是有什麼事？」

　　「這個……」

　　我沉默了許久。

　　「我跟妳說啊，我最近呢，一直在思考。終於讓我思考出了一些東西。」

「什麼東西？關於什麼？」

「愛情啊。哈哈，愛情啊。」

「嗯，怎麼樣？」

「妳還記不記得我跟妳說有一次我跟Paerie去都會公園，晚上那次。她跟我說『愛情是波西米亞的』。」

「……記得啊，怎麼樣？」

「我想了很久，現在終於想通了。她說得真是好啊！愛情確實是波西米亞的。」

淑萍沒有應答，所以我又繼續說下去。

「妳不覺得嗎？愛情她就像是一個波西米亞人，居無定所，來去無蹤，不會在情人之間久待。沒有原因的促成一對情人，也沒有原因的拆散一對情人。原本我是這麼想的，」我嚥了口口水繼續說，「可是這一陣子我才發現這句話其實不只這樣，它有更高的涵義。波西米亞指射的不僅僅是愛情本身還包含我們每一個人。我們都是流浪的孤島，在廣大寂寞的海洋上偶爾萍聚如浮冰。我們都是波西米亞人，彼此在彼此的身體之間暫歇之後就離去。妳懂吧，幹完了就走了，時間長短而已。魯西迪不也說愛情是波西米亞的小孩嗎？」

「What a theory。」

「妳說什麼？」

「我說你真了不起，這麼深奧的道理都給你想通了。我男朋友來了，我要走了。」

「喂？喂？」

淑萍已經掛了電話。我感到莫名的空虛。

Thomas又過了一段時間才到，我們二話不說進了店找兩台相鄰的機台坐下。

「幹，你怎麼這麼慢？」

色琦、西孔、與蒂朵

「我朋友有一點麻煩。」

「幹嘛，砍人被警察抓了？」

「沒砍人，」他從口袋掏出一個空煙盒，「有沒有煙？」

我遞了支煙給他，然後也幫我自己點了一支。

「不過是真的被警察抓了。應該只是問一下事情經過而已。」Thomas說。

「為什麼？」我問。

「聽他說是因為賣護照。」

「賣護照？」

「一本好像可以賣到十萬塊吧。他是跟我說他也很無奈啦，卡刷爆了，只好用其他方式來還。」

「受不了循環利息？」

「對吧。不過他是男生還好，聽說有女生欠卡費，因為銀行把資料給討債公司，所以被迫去賣淫還卡費。哭爸，沒中。」

「可是一般學生信用卡額度上限不是只有兩萬嗎？」

「他信用卡不只一張啊，外加還有現金卡的負債。好像賣了護照還還不清。怪就要怪銀行為了推銷信用卡現金卡想出來的廣告詞吧，什麼『借錢是件高尚的事』。啊，我沒有其它意思。唉，結果因為這件事有些人對他的觀感就變了。」

「怎麼說？」

「就覺得他是那種愛慕虛榮啦，會為錢作非法事的人。不過他也就這一次一時糊塗罷了。誰不會犯錯呢？」

「聽起來你很同情他。」

「是沒錯。你想想，這種事不是人很容易犯的錯誤嗎？一個平時循規蹈矩的人不小心作了一件錯事，馬上就會受到大家強烈的指責。完全不在乎之前他做了多少好事。而一個壞事做

盡的人像殺人犯還是強姦犯被關到監獄去之後只不過稍微有一點悔改，就會有人說什麼給他一個機會，捍衛人權之類的，也不想想他之前糟蹋了多少人的人權。」

「這台子是不是有問題啊，這麼難中。」

「哈！」像是諷刺我說的話一般，Thomas的機台亮了起來。

「小人得志。」

「現在是我領先囉。不過話說回來，你那顆鳥頭真是叫人越看越不順眼。」

「幹，你有意見。」

「紫色不適合你。」

「還有藍色。」

「什麼？」

「不只紫色，還有藍色，是藍紫相間。」

「暗你娘，看起來都一樣。」他又看看我的頭髮說。

「那是怎麼回事？」我指著他衣服領口的圓形小貼紙。

「喔，量體溫的時候被貼的。最近好像擴散的狀況比較嚴重，管制得比較嚴格。體溫過關的話就會貼一張這個。」

「跟瘟疫一樣。」

「沒那麼嚴重啦。」

「不過我覺得有個東西比瘟疫更可怕。就是寂寞。它也會傳染，而且肆虐得更厲害。」

「說得像真的懂些什麼似的。」

「喂，你還記不記得大一的時候我們常會在文讀討論的時候談愛情。」

「記得啊，幹麼？」

「要不要來重溫一下舊夢。就我們兩個。」

「怎麼重溫？」

色琦、西孔、與蒂朵

「就講講有關愛情的東西啊，詮釋啊，什麼的。像是愛情是什麼？」

「這我們以前好像有討論過吧？」

「對啊，不過等一下講的不可以跟以前的重複。」

「幹，誰記得我們講過什麼？」

「我記得。」

「那你做個示範吧。看你好像有備而來。咦，對了，你是今天不用上班？不然怎麼有時間來打小鋼珠？」

「我……們今天休息。你呢？昨天約你答應得那麼爽快，你今天沒課？」

「我的課表上沒課。」

我和Thomas專注在眼前的珠子，一時之間沒人說話，沉默了許久。

「喂，阿你不是要先示範。」Thomas像突然想起什麼的說。

「嗯……等一下……」

「幹，你真的打到嘴開開。」

「我覺得啊，」確定沒中之後我開口說，「愛情是波西米亞的。」

我把跟淑萍說的話複述了一遍。Thomas像是想要想出比我更了不起的理論一樣，思索了半天才開口。

「你知道那個爽半路吧，Highmidway，他有一套『冰山理論』。那個理論原本講什麼的我已經忘記了，不過好像跟我現在要講的有異曲同工之妙。就是呢……哇，幹，真是個騷貨。」

「為什麼？她看起來沒有特別清純啊。」我朝Thomas的目光瞄過去。

「不不不，不是那個，現在講的不是『湯瑪斯定律』，是『湯瑪斯處女法則』。」

「那是什麼東西……」

「就是辨別處女的方法。要知道一個女生是不是處女，最簡單的方法就是看她的下體跟大腿之間。因為女生的骨盆要承受男生的重量——我是指傳教士體位——所以被幹過的女生大腿一定合不攏，她的下體跟大腿之間就會出現一個三角形，我叫它『湯瑪斯黃金三角』。」

「那不是代表她已經不是處女了嗎？怎麼會黃金？」

「笨哪，那是一般人錯誤的觀念，以為處女是好的。其實不是處女才是好的。你想想看，處女因為沒有經驗，所以要把就要多費些功夫，就算把到了，也什麼都不會，搞起來也不好玩。有經驗的就不一樣了……」

「你知道嗎，其實我真的很好奇你到底發展了多少套理論，還是定律，whatever。」

「這算起來我自己都不太確定哪……不過我印象很深刻的是我國中的時候就發明了我第一個定律，叫做『湯瑪斯右手螺旋定律』。」

「為什麼我聽起來像是單純的自慰……」

「錯錯錯，大錯特錯，這個『湯瑪斯右手螺旋定律』可是一個創新的大突破。它厲害的地方就在於它在傳統的自慰概念之外加進了螺旋手勁，直接刺激根冠……」

「算了算了，你還是講一下你的『冰山理論』吧。」

「『冰山理論』……就是指呢……人有十分之一在水面上，有十分之九在水面下。」

「就這樣？我沒聽到跟愛情有關的部分。」

「你太急了。這個『冰山理論』要指出的就是感情生活是遵循這個冰山十一原則的。一段關係要穩定一定要有穩固的個人私生活。也就是說，一段關係要穩定，必要有十分之九的冰在水

裡支撐。講個具體一點的例子，一段關係要穩定一定是個人有豐富的精神出軌。十次做愛裡面要有九次想著其他的人⋯⋯」

「你這個理論根本站不住腳⋯⋯可不可以麻煩你講點有參考價值的？」

「我想一下。」

「那我再說一點我的心得好了。我覺得所謂男女之間的關係締結，頂多只是the second best out of the second bests。因為那個心目中最好的，最完美的，肯定是得不到的，the best is impossible to gain。至於the best of the second bests呢，已經在嚮往the best的時候被別人揀走了，所以一段關係最多最多也只能達到the second best out of the second bests的境界。」

「蠻有條理的嘛。我有想到一個，不過參考價值可能不高。」

「說吧。」

「愛情，愛情是可供買賣的商品，而且容易有標價越高，越難取得，東西就越好的迷思。『我愛你』這句話雖然浮濫，可是卻是價最高的標籤。不過儘管它標著高價，包的卻往往都是爛貨。」

聽到Thomas的話，我的心不禁抽動了一下。不想承認，有些事情我不想承認。

「喂，幫我顧一下，我要去上廁所。」

「嗯。」

「木瓜是你買的？」Thomas指了指掛在我椅子上的木瓜。

「對啊，怎麼了？」

「少吃，殺精。」

在Thomas離開的片刻，我的腦裡又開始了自己跟自己的辯證。難道性愛不也是一種愛嗎？那種可以真實感受到的愛⋯⋯

感覺與對方是真實一體的，想要更接近對方，像是魚兒的那種強大的返鄉驅策……不。那只是錯覺。波西米亞人是沒有家的。那只是波西米亞人短暫的錯覺。

我在吵雜的環境裡隱約聽到我的手機鈴響。

Meggy？

「妳確定是那次的嗎？」進醫院之前我問她。

「你在說什麼？」

「妳之後還有沒有跟其他人做過？」

「沒有！」

「妳幹嘛那麼激動？我確定一下而已。妳為什麼後來沒有吃事後藥？那樣事情不是比較簡單？」

「我很害怕……」

「害怕什麼？吃藥？那有什麼好怕的，就幾顆藥而已啊。妳為什麼後來沒有去買？又快又方便。而且比墮胎便宜多了。」

「我有想過啊。可是我真的很怕進去藥房買……我很害怕很害怕……」

「所以妳就當作沒事？」

「我那個時候想說應該不會那麼巧，第一次就……」

「嗯，是啊，要怪我的精子特別厲害嗎？」

「這一點都不好笑。」

「這種事情搞大本來就比較麻煩。」我四處張望了一下，沒有販賣機。

「你要幹麼？」

「沒有，我找一下販賣機，我想喝蕃茄汁。這邊好像沒有。我去外面找一下好了。」

「小卜。」

「不用擔心，我一下就回來，妳先進去。這樣比較有效率。」

色琦、西孔、與蒂朵

「小卜！」

我在幾條街之外找到了一家便利商店，新一期的八卦雜誌出了。我稍微翻了一下，這一期沒有什麼太吸引人的主題。像這種雜誌一定要搞一些羶腥色的要不然沒人要看了，就像沒死人的新聞通常不會報，一樣的道理。

已經拆封的少快。真幸運。

我站在店裡把比較喜歡的幾部連載看完，倒不是沒有錢買，只是買了之後看完不知道要放哪裡。

我懶洋洋地晃到家常用品區前。唉，現在買保險套這麼方便，那個時候怎麼會忘記了呢？反正放在她那裡的好像也快用完了，再買個兩、三盒好了。

順便買個報紙好了。

我先把保險套放到車子裡，再慢慢散步回醫院。Meggy還沒有出來。

我坐下來邊喝蕃茄汁，邊看報紙。過了一段時間還沒看Meggy出來。

怎麼那麼久？

我又翻了一下報紙。好慢。今天真的是不想過去豬母那邊，錢也還夠用，就算扣掉夾娃娃的錢應該也還會剩不少。點數卡也還有。不行，還是要去一下，未雨綢繆總是好的，口袋只管放錢進去。

話說回來，現在醫療科技倒也真的很發達，小孩兩三下就拿掉了；不像以前常常會有奉子成婚的事情，多麻煩啊。台灣的人口已經這麼多了。應該要節育才對，怎麼沒有人推廣都市人口疏散計劃，把都市裡過多的人家遷到鄉下去，才不會人那麼多，車又多，到時候又在說什麼空氣污染嚴重。

不知道是不是有人說過科技對自然是一種傷害，因為科技

象徵性地造成自然各方面的不孕。

其實不生小孩才是好的吧，小孩一大堆幹什麼，養起來又麻煩，又不知道以後會不會危害社會，可以避免就避免。看他們那樣傻傻呆呆的，長大以後要送到啟智班還是請人家特別照顧都很煩人，又花錢，稍微聰明一點的十幾歲就跟人家在外面惹事生非，火拼也好飆車嗑藥也好，還不是一下命就沒了，再不然就是在牢裡待個大半輩子（其實現在監獄也不一定有位子，挺搶手的，壞人抓不完，有些只好睜隻眼閉隻眼了，就像就算把所有的違規停車都吊走也沒有那麼多的位置可以放），有什麼意義？另外那些既不聰明又不笨的只會聽父母的話乖乖唸自己不喜歡的東西，苟且在出了社會偷到一份工作作著就算是祖先保佑了。那麼那些真的很聰明的呢？要不就是鑽法律漏洞搞黑心事業要不就是搞詐欺，再不然用小聰明破解個彩卷，對社會來說一樣沒什麼貢獻。所以小孩可以不要還是不要吧。薄薄一層橡膠就達到這樣的效果，真是聰明的設計，不然吃個藥也挺快的，弄到這個局面真是難看。

Meggy一臉蒼白的往大廳走來。

「怎麼那麼慢？」我收拾起零散的報紙說。

她沒有回答我，只是自顧自地向門口走去。

「喂，我在問妳話，怎麼那麼慢？」

我從後面跟著她出去。

「喂，妳幹嘛？發什麼神經？要多少錢？六千？八千？我沒什麼概念。」

她轉過身瞪著我，大眼鏡下的臉活像差點淹死在牛奶裡的棄嬰。

「我不知道你為什麼可以那麼混蛋。」她一手打掉我手上的鈔票，接著狠狠地往我臉上賞了一個結實的巴掌。

「是妳自己說要的，喂，妳自己說要的啊！」我邊撿著地上的錢邊朝著她離去的背影吼著。

我回到停車的地方，仍然難掩心中的憤怒。我抓起車箱裡的木瓜往牆上一扔。木瓜的黑子像煙火迸射而出，爛了的木瓜落在地上濺成牽絲的碎塊。

我猶豫著晚上要不要過去豬母那裡，離開醫院後先找了一間網咖坐了下來。Meggy那一巴掌讓我覺得屈辱無比。

假大學網頁騙取入學申請費……

狠心男子活生生將女友肢解……

六旬老翁伴屍入眠兩個星期……

怎麼最近都是這一類的新聞？原本就不好的心情變得更差。沒有人想過要辦個什麼快樂兒童報之類的嗎？至少讓人對生命有一點希望，雖然不一定是期望。一定有什麼是值得期待的吧……雖然我自己也不相信，但是一定有什麼是超越的吧……或許吧……這個社會上難道只有這一些事情發生嗎？我不相信。我不相信……其實我的故事或許可以寫個不錯的專欄，也許會很受歡迎吧……*休學大學生下海撈錢！*我可以想像自己的臉出現在八卦雜誌的封面，眼睛的部分被用黑色方塊遮起來。

我能不能選擇不要閱讀這個世界的悲傷呢？

我把頭埋在交疊在鍵盤前的雙手，許久，不思考。

隔壁座位飄來的煙霧把我醺醒。我到櫃檯去點了一杯飲料又坐下來。說不出為什麼網咖裡的香煙味突然讓我覺得頭暈；為了中和這樣的感覺我自己也點了一支煙。溫和但灼燙刺鼻的煙草竄入我的氣管，穿進肺泡後不斷膨脹、膨脹，脹得我覺得自己漂浮在週遭的煙霧裡，尼古丁潛在我的血球順著血管藉由心臟舒張流到我身體的每一處，酥麻得像是觸電，我的大腦皺縮起來，痛苦，喜悅，痛苦……

我打開電子信箱，發現裡面有一封新的信。是Chocoflower寄來的。

　　剛離開雯遙的時候其實很難克服緊接而來的巨大的寂寞，於是我上網在一個交友系統作了註冊，認識了一些人。Chocoflower是唯一一個還有通信來往的。每次一看到她的名字就會讓我想到不知道她那裡嚐起來是不是巧克力口味的。Chocoflower是大陸上海人，現在在北京唸書，資料裡沒有公佈照片，不知道長什麼樣子。雖然我們都是黃皮膚黑眼珠的亞洲人，可是通信的時候卻都是用英文。我想她用這個系統應該也是想要排遣寂寞。對於我們之間的通信她顯得非常興奮，常常我讀著她字裡行間的愉悅感到慚愧，我很想告訴她其實我並沒有因為這條連結我們之間的光纖變得多麼光鮮。我們沒有跟彼此要過照片，這樣也好，留有想像的空間。寂寞是應該用想像來化解。

　　　　Aeneas baby：

　　　　　　the distance to you from Taiching to Hualien maybe is very far

　　　　　　but to me it's just too near

　　　　　　Taiwan is too smaall, like one of our province

　　　　　　the distance is no more than the distance from my school to my home

　　　　　　recently I am very annoyed

　　　　　　because two boys in my school both think they are

　　　　　　my boyfriend

　　　　　　but they are not, so I feel......

291
色琦、西孔、與蒂朵

我沒有把她的信讀完。

Province？

　　直至這一刻我才發現政治其實無所不在，對立的政治、國家意識早已經被製造出來，在不同的地方顯形。她究竟是怎麼看我的？12億的中國人都跟她有一樣的想法嗎？too small……只是因為國土小所以不能成為一個國家？只因為鄰近所以是「固有」領土？只因為我們的領土沒有他們來得大，所以我們是他們的附庸？究竟要怪罪誰？歷史？戰爭？國際情勢？經濟現實？Whose land？*No Man's Land*！因為他們有槍我們沒有嗎？因為他們的槍比較大支，油水比較多？所以是我們該扮演叛逆的角色？所以是我們出亂子？不孵蛋的老母雞……

　　一身銅臭的老母豬。

　　我把網頁關掉，打算早早離開。一個十三、四歲的女生站在我的旁邊。

　　「先生，不好意思，那個……我的錢掉了，沒有錢吃晚餐，可不可以跟你借一百塊？」

　　眼前的小女生身上穿著學校的體育服，看起來很像是剛下課跑來這邊打線上遊戲的。她帶著無框的眼鏡，長得跟娜娜小時候其實有點像，只不過她一笑起來就露出滿口的爛牙，想必在學校應該是很不受歡迎。

　　儘管知道她的錢應該是打線上遊戲用完的，我還是從皮夾裡掏出一張紅色的鈔票塞進她手中。

　　我們的社會究竟是怎麼了。這個小女生的家庭狀況又是如何呢。我們掃走了大型電玩，卻迎進了更可怕的網咖。可是我們有什麼資格說這些孩子們？有多少的大人沉迷在聲色、電玩場所，我們有什麼資格叫孩子們不要去？我們自己選擇墮落……這樣的我們有資格勸導孩子們嗎？

我出了網咖在附近的商家繞啊繞的就是不知道該去哪裡，不過我想我是不會過去豬母那邊了。Chocoflower的信讓一些原本在我心裡模糊的想法具體起來。我不過去了，我想。

　　可是不知為何我的心裡還是有著一些事情懸著。我也不知道為什麼。我仍然覺得漫無目的，我的生命好像缺少了什麼東西。

　　來回閒逛之際我又經過剛剛那間網咖，但卻赫然發現剛剛那個女生就坐在我原先坐著的位子上玩著線上遊戲！

　　一股罪惡感混著歉疚忽然衝上我的心頭，被Meggy打的左臉頰發熱發痛起來。一瞬間，奶奶的臉跟Paerie的聲音同時浮現，我發現懸在我心上的是什麼了──我不愛她，我不愛Meggy！我也不愛她！

　　我立刻騎著車前往她住的地方，希望可以來得及在她下班之前結束這一切。迎著風我感覺我另一邊的臉頰也痛了起來，我回想起曾經有一次我做錯了事，心中卻滿是委屈，我那時好希望眼前的父親可以上前擁抱我，只要抱著我，什麼都不要說……可是接著而來的卻是一個響亮的巴掌……

　　乒！

　　我衝進她的房間手忙腳亂地收起我的東西，衣服、雜誌、香煙、拖鞋……老天保佑來得及。

　　我匆匆忙忙收了好一會，覺得應該東西都拿了，一個回身卻看見她就站在門口，一臉不可置信的表情。

　　「你要去哪裡？」她茫然地問。

　　我遲疑了一下，還是往門口奔去。

　　「對不起！」我含糊地說。

　　她一把拉住我，我們一起跌在地上。

　　「對不起……」我試著要爬起來，可是她緊抓著我不放。

　　「為什麼？為什麼！」她哭吼著抓著我，手指幾乎要戳進

我的肉裡。

「我……我……」我掙扎著半站起身。

「你敢離開我！你敢離開我我就死給你看！我要把房間放滿瓦斯……」

「對不起，我不愛妳……」

這一剎那她張大了眼，鬆開了手，但身體還不住地劇烈顫抖。

我又說了一次對不起，可是小聲到只有我自己聽得見。

我撿起散落的衣物，急忙地逃離了她住的地方。在我身後我還依稀的可以聽見她哭喊著：「我死給你看……我死給你看……」

是應該要結束的，我不能再這樣下去。

我離開她住的大樓，回頭看了她住的房間最後一眼。她房間鵝黃的燈光依舊一明一暗閃爍著。

陰鬱的天空飄起細雨。

坐在簡餐店裡我恍然失神，盯著桌上的豬排飯，一點胃口也沒有。我其實什麼也沒有在想。

就這樣吧。

那接下來呢？

孤單。

憂愁。

憂鬱。

空虛。

寂寞。

焦慮。

不安。

痛苦。

罪惡。

歉疚。

錯誤。

錯誤。

錯誤。

錯誤……

今天傍晚最新的消息指出，台中市一名獨居的上班女郎企圖自焚，所幸消防隊員及時搶救，才沒有造成火勢的擴大。這名企圖自焚的女子目前雖沒有生命危險，但全身多處灼傷……

我看著晚間新聞的畫面帶到她住的公寓窗口，這才意識到臨走之前我所看見的並不是她一明一滅壞了的夜燈……

「哇──啊──！」

我推倒桌子。騷動的情緒從我胸口爆發。我一邊大喊著一邊跌跌撞撞地衝出了簡餐店，外頭的雨絲已經轉為滂沱大雨。

我在雨裡打滾，兩頰持續地發熱。我彷彿可以聽見從她房裡傳來瓦斯的漏氣聲，看見無預警地玻璃全震碎為齏粉，熊熊火焰從窗口噴出……

我抱著兩邊的臉頰，蹲跪在地上，眼淚和著雨水、鼻涕膠黏在我的指隙。

就在這個時候有個人停在我身邊。

我抬起頭來看見林森森撐著一把全白的雨傘半彎下腰看著我。

波西米亞　19
女先知

19.1

　　林森森是系上小我一屆的學妹。因為她的個性陰沉，存在感薄弱，所以有人叫她陰森森小姐；又因為她留著一頭烏黑的長髮，前額一片整齊的瀏海，活像Emily, the strange，也有人叫她艾蜜麗小姐；另外由於她的名字特殊，也有些人叫她八木小姐。可是不管怎麼叫，最後一定要加上「小姐」兩個字。

　　林森森剛進到系上的時候，大家都對她很好奇，因為她總是穿得一身白，很少說話，走路靜悄悄沒有聲音。她單眼皮的小眼睛會透出淡淡的邪氣，盯著人看的時候總叫人渾身不對勁。她從不加入任何社團，也不參與系上的任何活動。原本還有不少人嘗試著主動跟她說話，可是總是話不投機。她談的東西如果不是跟死亡有關，就是會牽涉到屍體。

　　漸漸地大家也開始習慣她的這種個性，談不來也不會勉強去找關係。可是在一個偶然的機會下知道她會算命之後，接近她的人又多了起來。

　　她從不拒絕來找她看相的人，可是她從來不說那些人想聽的話。不管是透過手相、面相、星座，還是塔羅牌，她總是會告訴那些人可能會發生的壞事——而最糟的事情是，她說的往往都會成真。於是在一大票問愛情的人感情落空或生變，問錢財的人股市失利、賭博輸錢，問考試的人多科連續被當之後，

大家又開始遠離她。而在一位不信邪的男生在追求她的過程中發生車禍住院後，大家更是視她為厄運的化身，一句話也不敢跟她說。可是奇妙的是，大家反而不敢說她的不是，不管用什麼樣的綽號稱呼她，最後還是一定要加上「小姐」兩個字。

林森森的家恰巧就在簡餐店附近。她帶著我去到她家。其實我跟她一點也不熟，有關她的事全都是聽來的，可是她的話語裡好像有一種魔力，要我不得不跟著她去。

她推開大門，我在後頭跟著，一進到院子就看見兩輛轎車，一銀一黑，似乎都相當名貴，在日式古燈的照耀下更顯得典雅。屋子的側邊有一個私人泳池，浮著沁涼的藍紋，映在庭院角落巨大但枝幹扭曲的橡樹變得詭譎陰森。

客廳裡日光燈異常明亮，反射在林森森的純白連身裙上我幾乎睜不開眼。客廳的地板是象牙白的大理石，亮得像剛打過蠟。一進門的後左手邊是兩層橢圓形的石階，連接柚木製的半迴旋梯通到二樓；正前方是寬大的玻璃茶几，環以兩張配有紅絲絨抱枕的米色牛皮沙發和兩張原木小圓凳。越過沙發往裡看，一樓的裡邊三分之一相對顯得幽暗，特別是最靠角落的房間不仔細看無從發現。光探不到的地方。

林森森邀我坐下，她坐在我的正對面，卻只是盯著我微笑，我的背上不禁發起雞皮疙瘩，貼著濕漉漉的上衣很是難受。

「妳們家很漂亮。」我說，企圖瓦解尷尬的氣氛。

她一手托住下巴，沒有說話。

「妳爸媽呢？沒跟他們打聲招呼怪不好意思的。」我趕緊又補了一句。

「我沒想到是你。」她說。

「什麼？」

「我爸媽去參加一個party，今天晚上不會回來。波札拉開

車送他們過去。依絲塔麗娃昨天剛下葬，埋在烏比夸卡下面，和皮吐還有修米塔拉撒嘉魯提奇奇一起。」

「我是說……」我遲疑了一下才回話，「妳剛剛說什麼……沒想到是我……還有，妳剛剛說那是什麼？修米卡拉……布達奇？」

「修米塔拉撒嘉魯提奇奇。」

「對。」

「那是我們家兩年前養的一隻猴子，我爸爸的朋友都叫牠修米。牠死的時候我們埋在烏比夸卡下面，就是外面你進來的時候看到的那棵樹。之後死的皮吐還有昨天死的依絲塔麗娃也埋在那裡。」

我沒有說話，心裡想著皮吐和依絲塔麗娃可能是狼犬和摺耳貓的名字，可是就算牠們是圍巾蜥蜴和南美巨蟒我想我也不會覺得意外。

「波札拉是我們家的傭人。」

「他是人吧？」我突然覺得自己的問題很奇怪。

「是。」林森森回答得十分鎮定。

「那，好……所以……」

「我今天回家路上看見烏雲排出一個特別的形狀，知道會遇到一個時運不濟，生活如行屍走肉的人。可是我沒想到是你。」

「妳……不會真的會巫術吧？」話一出口我才覺得很不禮貌。

「都是謠言。」

「所以不是真的。」

「我會稱它為『靈術』。」

「總之妳會看雲？」

「只能推測。像我沒辦法預先知道是你，可是我大概知道會遇到一個這樣的人。」

「那……妳還看到什麼？」

「沒了。」

「這樣……」

「不過從你的臉倒是可以看出不少事。」

「什麼？」我一下緊張起來。

「你晚餐沒吃，剛遭受一個無情的打擊。」

她笑出聲來，可是我對這樣的愚弄感到很悶。

「我只能知道大概，」她又說，「可是我會很想知道更多。你的眼睛告訴我你經歷了許多跟別人不同的事。」

我其實也想知道更多，我想，可是我想知道的是在最近的未來我會如何，我該如何，我要如何消除盤旋的迷惘、不安，或許還有恐懼。

「妳會算命吧，妳一定會算命吧。」

「很多人不敢讓我算。」

「沒關係，幫我算。多少錢都沒關係，只要我付得起我都給妳。」我說著拿出皮夾，「這邊都可以給妳，我想知道神到底跟我開了什麼樣的玩笑。我的生命不會再更糟了，不會比現在更糟了！」

「得來容易的錢散得也快。」

我的手懸在半空中，驚訝地說不出話。

「我不需要錢。我想知道你。」

「這麼說妳願意幫我算？」

「只怕你承受不了。」

「不會的。妳要怎麼算？要看手嗎？左手還是右手？」

林森森把我伸出的手平擺在茶几上，用指尖在我掌心摸索。

「坎坷、坎坷，」過了一會她說，「這一陣子你的命運的確比較曲折。」

「妳還看到什麼？可以看到我的未來嗎？我該怎麼辦？有一些事情……我該怎麼辦？妳到底還看到什麼？」

「不多。」

「不多？妳這樣也算會算命？妳該不會也是隨便說個兩句唬弄他們的吧？」

「我是說你的來日不多。」

我沉默了下來。

「你等一下。」

她從袋子裡拿出一副全新未拆封的撲克牌。

「拆開洗牌。」

我照著她的話做，洗到我覺得牌應該是很勻了才停手。她把洗好的牌分成四張一疊，共分了十三堆。

「拿掉一堆。」

我隨便挑走了一堆，她要我把剩下的十二堆再混在一起洗。然後她同樣四張一疊的分成十二堆，再由我挑走一堆。就這樣反覆這個過程直到剩下一堆。

她把最後一堆分成四張放在茶几上。

「選一張。」

我聽她的話選了一張打開，是紅心5。

「嗯……」她若有所思沒有說話。

「怎麼樣？是什麼意思？」

「很不好的牌。」

「為什麼？」

「『5』的音近似『無』，也就是什麼都沒有；而我們一般畫五個角的東西……你會怎麼畫一個星星？」

我照一般的畫法用食指在茶几上比畫一下。

「看，畫到最後是不是接回了一開始的點？這代表一切都要歸零，回到最初的地方，一切努力都是徒勞。而一個人的開始，在生命之前，當然是死亡，而那也是生命最終的終點。」

「我……剛剛其實是要翻這張的。」我心一慌翻開旁邊的牌。

5。

林森森幫我翻開剩下兩張，也都是5。

「星星的結，無盡的結，魔鬼的結。」她說。

我遲遲沒有說話，陷入一片沉思。

「不過每一種占卜法都會有它的誤差。我們再用塔羅牌算算好了。」

於是她又拿出一副塔羅牌，叫我選幾張牌，然後排出一個陣式。可是這次我不等她指示就掀開最後那張牌的底邊。

「不能偷看。」

我從掀開的部分看到了一顆骷髏頭和一把鐮刀。她翻開的那張牌是一個倒吊起來的人。

Wicked Sosostris card。

「算了……不要算了。」我說。

19.2

聽過林森森的話以後我的心情一直好不起來。接連幾天我過得像遊魂一樣，早上睡到接近中午才起床，下了床第一件事就是去找網咖，午餐也在那裡解決，下午常常什麼事也沒做就站在路旁看人群，傍晚租漫畫回住處看一整個晚上，晚餐不一定會吃。失眠的情形漸趨嚴重。通常我會買一堆東西回來吃，以減輕我的焦慮；可是往往吃了東西又很難入眠，所以我就在

吃宵夜的同時配點酒。這樣的方式一開始還不錯，可是過沒幾天就失效，我被迫要加重宵夜裡酒的比重。儘管大量的酒精可以多少改善失眠的狀況，酒的效力還是相當有限。每天我總是會折騰到三、四點，然後隔天接近中午才起床，所有的事情就又重頭再來一遍。

　　我實在很想找人傾訴，可是總沒有適當的對象。沒有人知道發生在我身上每一件的荒謬事，而我也不敢跟任何人說這些事。加上除了我之外這個世界上的其他人都很忙，我真是不好意思去打擾他們。想說的話一句一句用酒精燒去，剩下的灰燼埋在心口的深井不管晝夜交替靜靜地沉眠，連對自己也不提起。我不去想自己可能死去——可能是車禍可能是癌症可能是酒精中毒——但我卻總是記著這一天即將來臨。

　　某一天的中午醒來我突然想見雯遙一面。我翻出她的電話號碼，可是最終還是沒有撥號。我抱著嘗試的心態在我們初識的地點、時間等候，儘管我知道這種巧合幾乎不可能發生。好笑的是有些時候越是不可能的事越可能發生。等待她的第四天，一個人潮擁擠的週末，我在店裡看見她。她剪了俏麗的短髮，頭上戴著珊瑚紅的髮帶，臉上捈的粉我隔著兩個架子還看得清楚。正當我想要上前，一位男子從她身後摟住她的腰。她頭一抬往後瞧的同時瞥見了我。我在男子也轉頭朝我這邊看之前低下頭匆匆擠出人群。

　　不一樣的人。不一樣的男人。

　　一股複雜的情緒直衝上來，我叼著煙手上的打火機怎麼也拿不穩。太可笑了。我究竟在期待著些什麼呢？

　　我疲憊地回到住處，各種品牌的酒在我的血液裡交換氣味，迷惑混雜著憤怒，劇烈地、辛辣地炙著我的神經，像全身埋在白熱的沙裡，膨脹的太陽燒得破碎的天光全都變得扭曲。

你一定覺得很痛苦。

痛苦……痛苦！我感受到極大的痛苦！我感覺那流離的心就要焚於暴怒的火焰如隕石般撞擊毀滅在一個眨眼之間！

19.3

我開始讀一些宗教方面的書，在一個溫馴的星期天早晨參加一個附近教會的禮拜。我的心情忐忑，在門口徘徊遲遲不敢進去。我聽見身旁的一對婦人小聲地對話。

「啊？怎麼會有這種事情？」

「真的，真的，我朋友親耳聽她輔導講的。」

「那她這個輔導的資格……」

「對啊！這傳出去還得了。要是他老婆知道他跟未成年的教徒亂搞不氣瘋才怪。上帝不會放過他的！」

「哎呀，怎麼讀聖經信天主的人做這種事情，真是丟死人了。」

「就是說。喂，還有啊，我跟妳說，這是我朋友偷偷告訴我的，妳可千萬不要亂傳，說是我說的啊。」

「知道啦，唉，這年頭年輕人啊……」

他們低語著進去教會，我跟著魚貫的人群也進到裡面。

偌大的廳堂給人莊嚴肅穆的感覺，外面的塵囂似乎全在這兒沉澱下來，化為平靜。週遭的人莫不直視著前方佈道的講台，專心聆聽著牧師說的每一句話。然而我的心跳卻越跳越快，一些不愉快的事情持續地在我腦中浮現。唱詩歌的過程中這個情形變得更為嚴重，美妙的音符在我耳裡全變為尖銳的辱罵。我低著頭發抖，感覺神的眼睛正盯著我看。

「那麼，現在讓我們翻到馬太福音第六章第二十五節……」

等到詩歌一唱完我不管三七二十一逃出教會。我沒有辦法不聽見我心底嗡鳴的雜音。狂奔在路上我用雙手摀起耳朵,以抵擋遠方傳來的聽不見的鐘聲。

19.4

麥當勞二樓靠窗座位,燈未點,再無他人。陰天,惡雲低垂,磅然轟雷只聞其聲,無雨。灣晦路口幽影森森,虛空寂寥。〈貝奧武夫〉(*Beowulf*)的詩篇:

> *fumes of woodsmoke*
> *billowed darkly up, the blaze roared*
> *and drowned out their weeping, wind died down*
> *and flames wrought havoc in the hot bone-house,*
> *burning it to the core.*

19.5

我決定回去找林森森。

在她家的巷口我遠遠就看見她削瘦的白影立在門口。我請她帶我進去,一點也不想問她為什麼會知道我要來,因為我知道她一定會告訴我是看候鳥飛行的隊形或是晚霞顏色的排列。

這一回她們家的客廳比較熱鬧,地上躺著五、六個全身赤裸的男女糾著彼此的肢體微微地扭動。茶几前一位打扮雍容的貴婦危坐著調整手中針筒的劑量。往二樓的階梯前站著一位戴單片眼鏡的紳士。他雙手交疊在枴杖頭,一語不發注視著客廳裡的情景。

「這位是我媽,在樓梯前那位是我爸。」

我怯生生地點頭向他們兩個人示意,可是他們一點反應也

沒有。

「森森，帶妳朋友進去，媽媽這邊很忙。」

林森森帶著我跨過地上蜷縮的男女進到一樓最邊緣最幽暗的那間房間。

我聽見黑暗裡擦火柴的聲音。隨著綻放的火焰她的臉在陰暗中浮現。

「為什麼不開燈？」我對拿著燭臺的她問。

「牠們會怕。」她說著將燭臺移到房間的一側，我這才看清楚原來房間裡堆著大小不一的玻璃罐跟鐵籠，裡頭裝著各式各樣奇怪的昆蟲或動物。

「這是鳩羅，」她指著一隻蝙蝠說，「這是……」

「對不起，」我打斷她，「但是我想我記不住。」

她對我淺淺地笑，把燭臺擱在堆滿由各種奇怪符文寫成的書典的桌上。

「我猜你要問我以後的事。」她說，隨手將幾頁寫著歪曲文字的牛皮紙收起。

「我知道這樣問很沒有意義，但是為什麼知道？」

「人們通常都只對以後的事情有興趣。等我一下。」

她走到一個架子前面拿下數個玻璃瓶，裡面分別裝著數量、顏色不同的蟲子，我能分辨出來的只有蜘蛛、蜈蚣、蠍子。她很謹慎地把牠們全倒到一個器皿裡。我看著混雜在一起的毒蟲交纏圍鬥驚訝地說不出話。

經過一番激烈的廝殺，等到所有的蟲子都不動，一隻蜘蛛從屍骸堆中爬了出來，憑空舞著前腳。林森森拿出小夾子將那隻蜘蛛夾出移到另一個瓶子。

「希望沒有嚇著你。」她說。

「沒有，不會的……」

「很精采吧。」

「啊……是啊。」

「極致之毒其實可以變作良藥。是毒是藥有些時候不是由其本質決定。」

「很高興妳給我看這麼精采的……嗯……可是我今天過來……」

「我知道。我們可以進入正題了。」

「我想知道……我死之前還會不會遇到某些人，我死之前還會發生什麼事。」

「你對你的未來有興趣，我對你的過去有興趣，有一個辦法可以讓我們兩個都達到目的。過來這邊。」

她示意要我在床上躺下。

「幹嘛？」我不安地躺下。

「安靜，別問。」她在桌上一個外觀怪異的容器裡燒起不知名的草葉。慢慢地房間裡瀰漫著一股刺鼻的薰香。

「這是什麼？」

「噓。」她從床底下拿出幾條繩子開始把我的手腳綁在床舖四角的桿子。

「喂……這是怎麼回事？」

「過程會有些激烈，不是每個人都可以忍住不亂動。我們的身體還會遮斷光線。」

「等……等一下……學妹妳要幹什麼？」不知道是不是那煙草的緣故，我的手腳一點力氣也沒有，而且身子變得越來越冷。

「不要害怕。」

「我……我不會死吧。」

「不是今天。」

「學妹，我覺得……有點……有點……頭暈……」

「正常現象。」

「妳……學妹，不會有事吧……」我忽然想到有一些人就是在昏迷中被偷了一顆腎臟，醒來的時候才發現躺在冰水裡。

「安靜，一下就好了。」

「學妹……」

她沒有答話，從架子邊拿來一碟粉末。她把一張金箔捲成吸管狀遞給我。

「吸一點。」她說。

「我……學妹……我沒吸過海洛英……我……偶……爾……會抽煙……可是……可是……我不……不……不……抽毒品……毒品的。」

「這不是海洛英。放輕鬆。臉側過來。」

我照她說的把臉側向她那邊。她把金箔塞進我的鼻孔，然後把碟子靠到金箔另一端。我一個哆嗦吸了一些起來，接著又奮力吸了幾口。

她把碟子拿走，也吸了一些。我的意識漸漸變得模糊。

四周一片漆黑。

我感覺腳底踩了空，整個人往下墜落，發現我跟她正在從半空中往下掉。我看著她的身子自然展開，白色的長袍在空中拍顫；她烏黑的長髮倏地飄散開來，和她蒼白削瘦的臉龐成強烈的對比，從她散開的頭髮裡我看見一點點的亮光。我大叫，可是沒有聲音。包圍在漸漸滿漲的光芒我仍感覺身體不斷地往下掉落……

我掙扎著從地上爬起，她早已神色自若地站在我面前。

「還可以嗎？一開始的衝擊都會比較大。」

「是啊，」我勉強擠出笑容，「正常現象是吧。」

她給了我一個大大的笑容。

「現在呢？」站起身後我問她。

她伸手指向我身後，我跟著轉身，但馬上有一股寒意竄上我的脊樑。

Meggy把小孩拿掉的醫院。

「為什麼帶我看這個？」

「這是你的生命旅程，一路上我們會看對你影響比較深的事情。有點像是死前的生命回溯。這個地方應該是你出生的地方。」

「妳說我是在這邊出生的？」

「嗯。回溯都是從誕生開始，絕大多數的人第一個看見的景象都會是醫院。當然也會有一些例外，像是紙箱或者是寄物櫃。」

「那接下來呢？我們要去哪裡？」

「別急。好像還有事情要發生。」她指著其中一個窗口。

從她指的窗口有一個女人抱著嬰兒出現。就在我為這個場景感到納悶的時候，那個女人手一鬆，嬰兒就這麼從三層樓高的地方掉了下來。

「不要！」我大聲驚叫。

嬰兒的鮮血緩緩地自砸破的腦袋瓜擴散開。我抓著胸口不敢置信。

「真特別。」她說，目光一下也沒轉開。

「為……」

我話還沒出口，醫院的其他所有窗口都出現了抱嬰兒的女人，一個接著一個把手中的嬰兒往空中拋。

「啊──！！」

醫院前的廣場滿是鮮血。

「走吧。」她把手指輕勾在我掩著臉的手腕。

「那代表什麼？」一邊走著我問她。

「我不確定。主要是因為事件不夠清晰具體。你似乎對生命這件事有很大的疑惑以及衝突。你可能有毀滅生命的傾向或經驗。」

「我讓一個女生在這邊墮過胎。我作了一個錯誤的決定，我跟她發生關係，然後……就是這樣。」

「可以解釋。」

我們走著走著四周的黑暗變成為艷陽下的街道，我看見奶奶牽著一個小孩從旁邊經過。

「是我奶奶！旁邊那個一定是我。」

奶奶牽著小時候的我走進一家文具店，我馬上知道接下來會發生什麼事。果然如我所想的我趁著奶奶和文具店老闆講話的時候企圖偷一個玩具。老闆發現我偷東西直向奶奶抱怨，奶奶只是一直對他陪不是。接著文具店變成家裡的客廳，我蹲在牆邊。奶奶從門外進來拿著剛才我想偷的玩具要給我，爸爸出現在一旁拉住奶奶的手，兩個人吵了起來。

「我不記得這個……我不記得這個……」淚水盈滿我的眼睛。

四周恢復黑暗，我跟著林森森繼續走。走沒多久我看見穿著國中制服的我翻過學校圍牆和幾個同學趁著午休時間偷偷溜到學校外面打電動。那次我把要交的補習費花掉大半。背景又變成家裡的客廳，我對著父親說了一大堆話，可是父親不理我。接著媽媽冷不防地一巴掌揮上我的右臉頰，我痛得哭了出來。父親見我哭了，罵我罵得更是厲害。

媽媽？

在短暫的黑暗之後，場景又回到客廳，這一次父親喜形於色，手上拿著我考取一中的成績單對母親滔滔不絕地說著。我

坐在一旁默默不語。

「你的童年挺有趣。」

「一點也不有趣。」

她對我笑笑。

「妳不害怕死亡嗎？」我問她。

「不會。」她搖搖頭，「那是自然的結果。我冀盼死亡。我很希望有一天我可以把自己的器官都拿出來，把他們晾在我的床邊，幫他們每一個都取名字，讓他們陪著我死去。你為什麼害怕死亡？」

「妳在說什麼？一般人都會害怕死亡啊。死了……就什麼都沒有了……死了……就沒有希望了。」

「你擁有什麼？你對什麼抱有希望？」

被她這麼一問，我禁了聲。

黑暗再度化形。我看見一個高中同學跟我說話，我對他搖搖頭，他接著跟梁哲揚問話，哲揚點了點頭，我也跟著點頭。是聯誼。高中聯誼我只去過那麼一次，那是因為哲揚他也去了。哲揚的皮膚相當白淨，總是帶股書卷氣……他薄薄的嘴唇好漂亮……好漂亮……場景轉換到聯誼的地點，我穿著那件藍色印有「RELAX」字樣的上衣。那天我老是偷瞄著他。背景變為晚上的街道，我把一本日記交給哲揚，興奮全寫在臉上。我想跟哲揚分享生活裡的心得。我先寫了一篇交給他。可是那本日記本再也沒有回到我的手上……

我們沒有說話走了很長一段。林森森沒有問我出現的人是誰。或許她已經全然知悉，也或許她早就已經習慣別人把他們的生命攤開在她的眼前。多少逝去的日子，都回不來了……哲揚現在在做什麼呢？我懷抱著沉重心情在黑暗中走著，林森森的背影像道白光切開周圍的黯黝，直在前頭領著，直至我生命

的終點⋯⋯

接著出現的是娜娜。她若無旁人地換著衣服。我羞紅了臉。

家裡的客廳又出現，這回我跪在父親面前面無表情，父親罵我罵得臉都紅了。這是確定我考上逢甲的那一天。

刺眼的大亮。

上方出現浩繁的星子，像繡滿鑽石的晚禮服裙擺。清冷的光芒包圍我們，一陣眩目的閃爍後幻化成翠碧的草地。冰晶的雨珠大片大片落下，虹光橫過天際。

各種顏色層層褪去。平交道警示燈單調的聲音⋯⋯

「為什麼不往前走？」我問她，對沒有聲音沒有景象的黑暗感到畏懼。

「不能往前。你的經驗正在開展。」

「開展？我什麼都沒看到啊。」

「有可能是什麼也看不到。黑暗本身的開展也是一種開展。」

等了一會她才邁開步伐，我在後面嗅到越來越濃的抗憂鬱劑的味道。

忽然出現焦黑龜裂的泥地，熔岩流過地上葉脈狀的縫隙，伴著不規則的震動散發嗆鼻的硝煙。天空翻紅。幾步遠的地方有一個人背對著我們把一捆綑綁整齊的紙錢擲入一個龐大的金爐。我看見奶奶跪在紙錢堆旁被反綁起來。

「奶奶。」我喊著，可是奶奶沒有回應，眼淚從她的臉龐滑落。

那個人抓起奶奶一把就把她扔進熊熊烈火。

「奶奶！」

那個人轉過身，我顫抖地跌坐在地上。

那個人是我。

「該走了。」林森森拍拍我的肩膀。我坐在地上痛哭不能自己。

黑暗裡有一朵白雲飄過，不過隨即就消失無蹤。

我看見一張模糊的臉，不能分辨是誰。周圍被一明一滅暈黃的光線籠罩，她的輪廓身形變得清晰。她全身赤裸，臉和身體有數處燒傷的疤痕。她與我對望半晌，轉身跑開。她身上的火傷突變為成群的飛蛾向我飛來，還沒碰到我就全折回化為萬千的蝶影。

豆大的淚珠滾過我的側臉，我呆望著她離去的方向自言自語的說：「我想不起她的名字……我想不起她的名字啊……」

有一條白色的蛇影不規則地晃動。

「嘿，是我。」林森森興奮地說，「那麼接下來應該就是要發生的事了。」

我們聽見一段悠揚的鋼琴聲。

「是什麼？」我問。

林森森搖搖頭。

樂音之後有景象浮現，是我房間裡的浴室，浴缸跟洗手臺的水不斷地滿出來。

「為什麼？」我又問。

她還是搖搖頭。

「這是最後了，」她說，「沒法再往前了。」

我試著解讀這句話裡隱含的訊息。

19.6

「我很好。」

「沒事。」

———

「不用擔心。」

———

「很好。老闆人很好。同事都很照顧我。」

———

「沒有。」

———

「好。」

———

「不用。」

———

「我知道。」

———

「拜拜。」

我掛上電話。漠然。不是他們的錯。

這幾天我在做完所有想得到可以做的事情以後，又把從前的水球紀錄、信件全都翻出來再讀一遍。其中讀到淑萍寫給我那封長得要死人的故事簡介最是難過。古志卜你到底在搞什麼？什麼體驗不一樣的生活，什麼尋找自己，都是狗屁。到最後找著什麼沒有？成了什麼大事沒有？

想起把奶奶丟進火爐的那一幕，我依然心有餘悸。古志卜你到底在瞎搞什麼呢？

我在心裡暗自祈求奶奶的原諒，可是卻不停想到那位鍛劍的鐵匠。幹將與莫斜，一個出賣身體的傻蛋，一把直挺挺、無洞不穿的肉劍。

我推開咖啡店的玻璃門，酒精之後是大量咖啡因，百憂解與安眠藥偶爾充當搖籃曲或過度攝取咖啡因的解藥。

煮咖啡機的蒸氣在窗玻璃邊抓著背，輕舔著爪子，擺弄靈活的尾巴；待窗子一開就縱身而出，翻身消失在恬靜的長夜，冗長的暗街。我，還有多少時間？

鄰桌的女子閒聊著米開朗基羅。啊，多麼雄偉的天空壁畫！我往上看，伸出手，可是雲間的門扉卻已關起上鎖。

Unpardonable sin。

米開朗基羅，米開朗基羅，嘲諷的咖啡館裡多少張掀動的嘴都在談著米開朗基羅。雜亂的耳語叫我如何自處？我該自銳利的領帶夾下逃脫，像隻螃蟹慌張地逃走，抱歉，打擾了忙碌的宇宙。噢！且讓我把我的宇宙揉成一顆球，同著自己如蒸氣丟出起霧的玻璃窗。

我，還有多少時間？

我不是先知，我懂得不多；我不是哈姆雷特，我是個小丑。雜色布衣上的破洞。破洞。

轟隆的海潮上美人魚們此起彼落，笑著、鬧著，梳著帶沫的波浪。她們的歌聲不朝我這邊來，我的腳步也不往那邊去。在鼎沸的人聲裡我沉沒。我還有多少時間？*in the chambers of the sea.*

男男女女來了又走，談論著米開朗基羅。

波西米亞　20
同伴

20.1

　　莫名其妙的人持續出現在我面前，就像是莫名其妙的事持續發生在我身上。

　　這天我走下樓梯看見有個人站在公寓門口，看起來好像在等誰，又好像只是路過，戴著粗框眼鏡的他看起來很是老實，他見我下樓便上前問我，

　　「你好，請問有一個叫做古志卜的人是不是住在這裡？你認識他嗎？」

20.2

　　他請我到附近的速食餐館，我雖然答應卻抱著警戒的態度。我沒有急著問他是誰，我對他的目的比較好奇，倒是他一開始就表明了他的身份。

　　「你好，古志卜對吧。」

　　「你有什麼事情？」

　　「我是藍紫欣以前的同學。」

　　我沒有答話，我根本想不到要回答什麼。

　　過了一會兒我的腦袋才遲鈍地意識到，剛剛他說出了那個熟悉的名字。

　　「是這樣的，我跟紫欣以前是很好的朋友，也曾經交往

過，不過那已經是國中時候的事情了。」

「請問你有什麼事情嗎？」

我發現我的語氣裡帶有不悅。

「啊，不，是這樣的，我沒有別的意思，我們雖然交往過，可是現在只是朋友的關係，分手之後我們還有保持連絡。分手的原因……」

「我不想知道。不，」我頓了一下又說，「對不起，分手的原因？」

「喔，只是單純地她覺得我們個性不合。不過她真的是很好的一個女生，都是我的問題，你不要在意，真的，跟她相處那麼久我想你一定比我更清楚。」

我聽得是一頭霧水。

「就是啊，那個，她經常提起你。我們沒有通過很多次電話，可是每次講電話她總是會提起你，她聽起來很開心，好像你們開始交往了。」

「你剛說什麼？」

「等一下，聽我說，我們真的沒有很常連絡，你不要怪她。是因為提到你的時候她都很開心，所以……總之我很高興，我一直都很希望她很快樂，她總是有些時候會沒來由的很憂鬱，只有講到你的時候她都是開心的。那個時候我就一直就想見你一面，想要看看你長什麼樣子。現在看到就放心了。」

「……是？」

「因為這陣子我都連絡不到她了，我想說不定是不想讓你擔心，所以希望不要再連絡。」

「我……」

「不要說！」他突然示意要我不要說下去，「我想她會這麼做一定有她的理由，何況你們都開始交往了，我這樣也會讓你

擔心吧。總之，我只是想看一下你的樣子，之前比較忙沒有過來，後來被退學了一定要去當兵所以就趁這個機會來看看。」

聽他說到這裡我已經呆了，我根本不知從何解釋起。

「總之很謝謝你，請你好好照顧她。」

「……我會的，你放心。」

我目送他纖細的背影離開，心裡真不知是該哭還是該笑。

藍紫欣，妳還要玩弄多少男人的心呢？

……

可是古志卜，你有什麼資格說別人呢？你有什麼資格說別人呢？

20.3

再一次我把從前沒吃完的藥找出來，另外到幾所不一樣的醫院去看診，套用慣說的那幾種病症拿藥。

又開始了，我的歇斯底里。

再一次沒有藥我就無法安睡，白天傻傻的像個笨蛋也沒有關係。

不是睡不著，就是半夜突然驚醒，再不然是沒有原因的忽然醒來，然後對著黑漆漆的房間又哭又笑。

我自己也不了解為什麼。

而這一天我醒了。

夢裡我看見她跟Meggy，然後Paerie溫柔地摸著我的臉，對我說沒有關係……

然後我醒了，應該說我發現我醒了。

我張著眼睛醒來，窗外的光是那麼和煦、那麼溫柔。

是的，是她。我夢見她了。

然後我感覺有一顆淚珠從我眼角滾落。

波西米亞　21
金嗓女妖

我仰望著高樓，半空中好像有什麼東西慢慢掉落下來。

21.1

同樣的夢。

當我醒來我發現我又作了一模一樣的夢。這已經是這個禮拜的第三次。不知道為什麼我最近一直作著同樣一個夢。夢裡面我抬頭看著一棟高樓，然後好像有什麼東西——好像是塊布——從高樓被丟了下來，慢慢地往下飄。

夠奇怪的。

雖然已是正午，可是我還裹著棉被不願起來，我持續被同樣的一些事情所縈繞。我瞄了床頭的鑰匙一眼，又把棉被拉得更緊一些，有種東西在我的心頭鼓譟。她現在應該還在醫院裡吧？這把鑰匙她也用不到了，住的地方都被火燒了……

唉……

我翻過身抓起大一生日拿到的玩偶。

「你覺得我應該還給她嗎？還是其實丟掉就可以了？事實上她並不需要，而且當初就是要給我的。

我是不是應該去醫院看她？

可是我連她的名字都想不起來……就算去了，要說些什麼呢？算了吧，我只是個騙子啊。我從來沒有愛過她。

你知道嗎，其實我覺得很心虛，因為我不知道那是什麼感

覺，我不知道她心裡怎麼想。可是我一定傷她很深……這種不踏實感有些時候叫人更是難過，就好像一個男人沒有辦法體會女人懷胎的感覺……

當火焰燒開她的肌膚時她感到怎麼樣的痛楚呢……？

我感覺不到。但就是因為這樣更叫人心寒，更叫人心虛，更叫人覺得愧疚。

哈哈哈……現在想起來真的是很滑稽，我竟然都不記得她到底對我說過什麼話。……

話說回來，我也一直都不知道你的名字呢。我該怎麼稱呼你呢？小畢好嗎？

我也不知道為什麼會想到這個名字，就是突然想到。你就將就點吧。

小畢。

你知道把小孩拿掉是什麼感覺嗎？

……

小畢你知道嗎，我一點都沒有辦法感受啊……」

21.2

我坐在機車上聆聽曼妙的樂音。

前陣子因為心情低落胡亂地我把車騎到這個看似平凡的住宅區，意外發現其中一棟屋宅的四樓有人彈奏著鋼琴。柔美的琴音深深吸引了我，我不自覺地在這裡逗留了好長時間。那動人的樂曲每個音符都清晰明亮，像是潺潺小溪蜿蜒地流過佈滿圓石的河床。我聽得入神，一直聽到仲夜，四樓窗口的燈光同音樂滅去為止。之後的每個晚上我都會到這裡來，這優雅的琴音總能讓我的心緒舒緩。奇妙的是這段音樂給我很深的親切感，總能觸及我的內心，而我老是覺得好像曾經在哪裡也聽過

這樣的旋律。

　　雖然是同一段旋律，可是今晚卻多了一點憂鬱的感覺。記得第一次聽到的時候整首曲子像晨曦一樣明亮，一樣充滿希望。

　　或許是因為我的心裡總是為一些事情煩擾，所以才會不知不覺也覺得曲子有點憂鬱。

　　對於愛情我越來越感到迷惑。

　　如果愛情是波西米亞的，至少在那個當下，我會知道我正愛著；或者至少在回想那個當下時，我應該是可以知道自己愛了多少，不是嗎？

　　或者說，是真的，我從來沒有愛過她們兩個。

　　那我究竟是為了什麼跟她們發生關係的呢？

21.3

　　是什麼，我還是看不清楚。

　　究竟貼著夜幕的高樓上飄了什麼東西下來？

21.4

　　空閒的時間實在太多。

　　我來到新光三越，純粹只是為了逛逛。這一陣子我打算把對我來說深具意義的地方都再逛一次。昨天我去了一中跟周圍的市街，今天我來到新光三越，明天我打算去都會公園。

　　我從來不知道逛百貨公司是一件這麼無聊的事。

　　我呆站在廁所外，腦袋一片空白。

　　忽然我聽見女廁裡有個女生的聲音激動得大喊：

　　「小孩是在我肚子裡面耶，說拿掉就拿掉啊！」

　　頓時我感覺好像有根針戳進我的心臟。

　　我衝進男廁裡隨便找一間廁所把自己關起來。坐在馬桶上

我捶打著廁所的門。

「可惡可惡可惡……

你這渾蛋，你到底為什麼要跟她發生關係呢……

到底為什麼那個時候要跟她做呢？」

「年輕人，怎麼啦，煩惱什麼？」隔壁的廁所無預警地冒出這句話。

我沒注意隔壁是不是有人，一時之間不知道怎麼反應。

「沒……沒事。」

「沒關係的，年輕人，就說吧。心裡如果有什麼不愉快還是講出來比較好。憋在心裡是會很難過的。沒關係你說吧，我不會說出去的。我以前可也當過神父，常聽人告解的。說吧，孩子，你犯了什麼錯嗎？你跟那個女生怎麼了？」

我心裡有一種奇怪的感覺，我知道我並不想把這件事對別人說，可是聽他這麼一講我卻感到非常安心。

「我……」當第一個字很自然地脫口而出後，我就不間斷地說了下去，「我認識一個女生……我跟她是朋友，可是……可是我跟她發生了關係。」

「是什麼樣的情況？」

「那天我覺得很悶。她來找我。因為她剛好被一個男生拒絕……然後她要我跟她做……這聽起來很奇怪我知道……」

「不會不會，然後呢？」

「然後我去買了很多酒，然後我們一起喝了很多酒……」

「然後你們做了？」

「嗯……糊裡糊塗地就做了……」

「過程呢？」

「過程……就是……我把燈關掉，我跟她說這樣會比較放鬆……」

「嗯，說詳細一點。」

「然後我上床去，把衣服脫掉。她的衣服之前已經脫了。我不斷地摸她，摸她的胸部，摸她的側腹，摸她的下體……她很緊張，她的乳頭挺得很厲害……下面很濕很濕，一直流水出來……我其實也很緊張，一隻手不停地揉她的胸部。她的胸部很大、很軟，身材其實很不錯，胸部……皮膚都很有彈性……我不停搓她的胸部，我其實那個時候很興奮……」

「嗯……」

「我很快就插了進去……她試著要推開我……可是我硬是把我的東西塞了進去……」

「嗯嗯……」

「她下面很緊，那個時候很有感覺……我整個身子壓在她身上……」

「嗯嗯……」

「我一直插一直插……究竟做了多久我也記不清楚，只記得一直插一直插……她壓低聲音不停的叫，然後我越插越快……越插越快……越插越快……然後──」

「很好！」

「然後我出來了……我記不……」

很好？

「我記不清楚後來怎麼了，可是我覺得很對不起她，因為……」

我聽見隔壁的廁所門打開的聲音，暗想不對，立刻也把門打開。

從隔壁廁所出來的是一個滿面油光留著大鬍子的中年人，正要把一本黃色書刊塞進牛仔褲後緣。

「嘿……不好意思啊，年輕人。很不錯的故事，很不錯的

故事……」

他敷衍地笑著匆匆忙忙地跑出男廁。

我打開隔壁廁所的門。門上有一灘濃稠的精液。

我覺得很對不起她，因為我關燈只是因為不想看清楚她的臉。我對著馬桶在心裡說完原本要說的那句話。

21.5

是吧，愛情是波西米亞的，就因為她自己也不知道明天會到哪裡去，於是在情人之間穿梭不息，締結了一對對的情侶，同時也讓許多愛侶們鬆開了手。

可是即便如此，我仍然沒有辦法說服自己曾經愛過她跟Meggy，而雯遙曾經愛過我。

其實，我們為什麼那麼執著在分開一定要有什麼理由呢？從來就不會有兩個人深究為什麼兩個人會在一起。既然不深究為何牽手，那為什麼要為為何放手而苦惱呢？Rash passion, rational politeness。

我試著正當化自己就這麼離開她，但仍感到不安。

今晚的樂曲似乎多了分悽苦。

21.6

我站在都會公園外圍的馬路，和那時一樣往下看整個城市的遠景。

此刻的鳥瞰只讓人覺得蒼涼。

漸漸我越來越感到沉重，因為我似乎已經慢慢理出一點頭緒。過去那一團凌亂在我腦裡終於開始變得有序。

是的，我的確不愛她們。我們之間的連結是單純的錯誤。

是我的錯誤。

是的，雯遙並不愛我，我們之間的關係和我跟她一樣並沒有基礎。不是誰的錯，就當作是場美好的誤會吧……

　　而，是的，雖然我極不願意承認，但是我知道那個人，曾經與我同在這裡觀看這個城市的那個人，她並不愛我，而且從來沒有過。

　　下午我搭著公車兜遊整個台中市，沒有目標，沒有目的地，我只是想要好好的看看這個地方。

　　有些時候我覺得愛在這個社會或許真的是不存在的。愛情、性、關係，這三者之間的關係究竟是如何呢？它們是否可以拆開來談？沒有愛的性有意義嗎？沒有愛的關係是否只是符號的戀愛，而不是兩個人之間的戀愛呢？性難道只是一種需求？而關係只是一個維繫社會形成的角色，一種文明必要的手段？

　　「我跟妳說，隔壁班阿宏喜歡我耶。」

　　「真的？他有跟妳說？」

　　「沒有，看得出來好不好。」

　　「那妳喜不喜歡他啊？」

　　「拜託，喜歡我的人條件比他好的多得是好不好。誰會喜歡他，妳嘛幫幫忙……」

　　接著後座的女生開始談論起男生，特別是那個說阿宏喜歡她的不斷的強調有多少男生喜歡她，有多少男生想要跟她在一起，可是她都不為所動，那些臭男生都配不上她。

　　當那兩個小女生——應該是國中左右——準備下車經過我的座位，她們的長相立刻讓我覺得她們所說的那些男生應該沒有那麼為她們癡迷。

　　唉，多麼可悲呢？我們是如此的渴望被愛，以至於那些我們喜歡的人所作的一舉一動我們都會認為是針對我們而來。我們多麼希望自己是獨特的，可是我們並不是……

今天晚上的鋼琴聲特別悲涼，而且同樣一段旋律彈了好幾次，像是唱片跳針似的。過了不久，窗口的燈就熄了。心情不好吧，我想。

21.7

慢慢地飄下來，好像是塊紅色的布。

21.8

同樣我為了聽鋼琴聲來到這個住宅區，不過這次我希望能夠知道彈奏這首樂曲的人是誰，我對他（她）實在非常好奇。

今天晚上的樂曲又出現了跳針的情形，不同的是這一次彈到一個地方跳針幾次後就聽見彈的人亂按琴鍵，像是要發洩心中的憤恨。破碎的雜音叫人忍不住要摀上耳朵。

沒有幾分鐘窗口的燈又熄了。

我沒有馬上離開，我在原處等了一段時間。到了很晚的時候，大概是十點十一點，我看見一個女生從停車場正要走上那棟樓。我趕緊湊向前。那個女生一見我靠近馬上退了幾步跟我保持一個安全距離。

「小姐，」我說，「不好意思，請問妳住在這裡嗎？」

「對啊……你要做什麼？」

「沒……我……只是想問一下，在這棟屋子的四樓我常常在晚上七點左右會聽到有人彈鋼琴——就是那扇窗戶——因為彈得很好，我每天都會過來。我只是好奇不知道妳知不知道那戶人家？妳知道是誰在彈鋼琴嗎？」

她的臉色變得很凝重。

「那邊是我們住的地方。」

「真巧……那那個彈琴的是妳的誰呢？可以告訴我嗎？」

「是我妹妹。她在一年前過世了。妳說的窗口是她的房間，我們整整一年都沒有去動那裡面的東西。」

聽那個女的講完我才知道原來那個地方死過人。她妹妹一年前因為被一個男生拋棄，傷心欲絕，最後從她房間的窗口穿著紅衣服跳樓自殺了。

多麼可怖。

我想起重複出現的那個夢境急忙離開那裡。

我想起來了，這段旋律，林森森帶我聽過。

不會真撞鬼了吧，我想，在床上翻來覆去。

21.8.1

他愛我、他不愛我、他愛我、他不愛我……

帶著草帽的女孩剝去一片片的花瓣，喃喃自語著走上一丘草坡。

她一直剝著，一直剝著，剝完了一株又拔起另一株，一直剝著，一直剝著，嘴裡念念有詞，他不愛我、他愛我、他不愛我……

草坡上已經不見花兒的蹤跡。

他不愛我、他不愛我、他不愛我……

21.8.2

濃郁的香氣撲鼻而來，八角、金針、香菇、干貝、枸杞，和著雞香與檀香飄散在空氣裡。光滑的格子桌布上擺著淡黃色的筷子，整整齊齊，印花瓷碗一個個輕巧地疊在一起，一個小碟子盛著醬油，一個蒜泥，另一個裡面是發亮的薑片；多汁的鮮魚披著蔥花，花枝白得透亮。煎蛋對半摺起，每片都帶著褐斑，豬腳閃著烏黑的光澤，香腸像兩貫銅錢。高麗菜泡在清香

的麻油裡，空心菜剛從鍋裡撈起，濕亮莖葉交錯堆著，白菜層疊相裹，像群聚的殼貝。還有一盤菜剛要端來，正冒著煙；桌上還有個空位，是留給飯鍋的。樓梯口一聲清亮的吆喝——

21.8.3

「你那麼喜歡送給你好了！」

21.8.4

茲，茲斯，茲斯，茲，茲斯，茲，茲斯，茲，茲……
黑暗中撕裂紙張的聲音。

21.8.5

碧藍的海面像天鵝絨，海鷗的叫聲在鹹海風中傳來。海洋一望無際。

21.8.6

大方形水桶裡有一堆鰻魚。
我兩手伸進水桶裡不管怎麼抓都抓不到任何一條，我的手只覺得濕濕黏黏，卻怎麼樣也抓不到一條。

21.8.7

高樓上有什麼掉了下來，好像是塊紅布。
飄下來，遮住了星星。

21.8.8

我躺在病床上，有人推著我，我只能看見晃動的白昡的日光燈。

我被送進一間病房，牆壁跟地板都是深藍色，畫滿大大小小的漩渦。

我的上半身隨著病床半立起，牆上的漩渦開始劇烈轉著。

叩，叩，叩，叩，硬鞋跟踩在地板上的回音越來越近，叩，叩，叩，叩。

穿著醫生的白外衣她走過來，是Meggy。她沒有嘴巴。

Meggy從口袋掏出一支生鏽的箝子插進我的兩腿之間。

不顧我的尖叫，她拉出一個血淋淋的嬰兒，沒有眼睛。

嬰兒以沙啞、低沉的聲音喊著：

「爸爸，爸爸！爸爸──！」

21.8.9

我站在飄邈的雲端，有個一身白拿柺杖的白鬍子老人側身對著我。

「為什麼？為什麼！！」我猛力地大吼。

他轉過身，他的另一隻手拿著一個鋼杯。

他把柺杖一揮指向一邊，我的目光跟著他的手勢，一陣強光迎面襲來……

21.8

是個女人，穿著紅衣服，頭朝下筆直摔在地上。

21.8

‧‧‧‧‧‧‧
紅衣服的女人，一邊顴骨凹了進去，血水流滿了臉跟身體。

21.8

<u>紅衣服的女人</u>，跨坐在我身上。

21.8

伸直雙手，紅衣服的女人，掐住我的脖子。

21.8

右手手臂露出一小截骨頭，紅衣服的女人。

21.8

紅衣服的女人，血順著頭髮流上我的胸膛，有股腥臭。

21.8

我躺在床上動彈不得。

我想要出聲，可是喉頭卻好像哽著。我漸漸覺得吸不到空氣。紅衣女子的身形慢慢飄動、模糊……

就這樣嗎…………

或許這樣也好。我跟那個拋棄她的男人是一樣的。她們現在在哪裡呢？我毀了她們的人生，或許這樣的償還方式是最恰當的……

遠遠的彷彿有個聲音…………

越來越近……

越來越大聲……

是我手機的鈴聲。

我努力張開眼睛，紅衣女子的影像也慢慢消失。

「喂……」我接起床頭的電話。

「喂，你睡了嗎？」是淑萍的聲音，「睡了也給我起來，我現在心情很不好，陪我聊天。我剛跟我男朋友分手了。」

「淑萍……妳現在可以過來嗎？我想見妳……」

「你說什麼？喂……喂……」

我聽不見聲音，又陷入半昏迷。

過了有一段時間，我聽見門打開的聲音。

「天啊，你這個死小孩，裡面弄得這麼亂，你喝了多少酒啊？這麼多沒喝完……嗯，臭死了，都是煙味。你都不開窗戶的嗎？」

窗戶打開的聲音，一陣涼風吹進來。

「喂，」淑萍搖著我，「起來啊，你這傢伙。叫我來幹嘛？喂！」

我虛弱地發不出聲音。

「天啊！你的頭怎麼這麼燙……」

當我再睜開眼睛已經是白天了。

我眨著眼適應射進房間的陽光。

我坐起身，有塊毛巾從我額頭掉了下來。淑萍抓著我的手枕在我床邊睡著了。謝謝，我在心裡小聲地說。我撥開她的瀏海輕輕吻上她的額頭。

我想要把手拉開下床，可是連同弄醒了淑萍。

「嗯……你醒了？」她揉著睡眼說，「你這傢伙只會給別人惹麻煩。你都不知道你昨天發燒燒得多厲害，要不是我，我看你現在早就燒成白痴了。哼。」

「妳要不要吃早餐，」我說，「我有點餓。」

「好啊！我要吃小籠包！」她一下精神全來了，可是馬上發現腳站不起來，「哎呦喂呀，我的老天爺啊！我的腳都麻啦！」

21.9

　　我把撞鬼的事告訴母親，她堅持要舅舅帶我到南鯤鯓去收驚。

　　於是我跟著舅舅南下。出乎我意料的，廟前格外冷清，沒有嗩吶，沒有鑼鼓，沒有鞭炮，沒有畫花臉穿著鮮艷的八家將，沒有踩高蹺的人，沒有王爺的神兵利器，沒有起駕，只有幾個人三三兩兩穿巡於各堂之間。

　　「沒到掛香的時候。」舅舅說。

　　我跟著舅舅進到正殿前，負責幫忙收驚的人拿著線香在我身子四周不知道在畫些什麼東西；他燒了一張冥紙，泡了一碗符水要我喝下，可是我只喝一口就吐了出來。

　　奶奶的味道。

　　「沒事，」我說，「沒事……」

　　我憋著呼吸只再多喝了兩口。

　　回台中的路上我看著車窗外飛逝的黃燦路燈，竟想起那位紅衣女子。愛跟死好像往往是緊密結合的，為愛殉情、復仇不都時有所聞？也有原始的部族有吃愛人的習俗，以求完全的佔有與合一。是否是因為死亡讓人無法再改變，抽離了時間，因而保留了當下的情況，如同永恆一般。可是多麼奇怪啊，紅色對中國人來說不是大喜的顏色嗎，為什麼在這種情況下又轉為大凶？吉祥、喜氣，與懷恨的厲鬼是多大的對比……

　　這不禁讓我想到白鯨之白。洇泳於闊浪浮沫之間的大白鯨……

　　不再追逐了，不用再去尋落愛情的蹤跡，深究去留的道理。不是牠的錯啊，是我的執念讓我的雙眼血紅。人心自囚，與愛何干。

波西米亞　22
卡莉普索

22.1

　　我越來越沉浸在自己的世界，經常終日陷入長長的沉思。我思考生命的始末，我思考我生命經驗的因果，我思考生命的荒謬，我思考生命雜亂的網絡；龐大不止息的世界，我靜靜盯著。

　　：你話越來越少了。Thomas如是說。

　　有什麼好說？當死亡狩在不確定的近期，有什麼好說？

　　我努力地去回想各種深刻、不深刻的經驗，爬梳湮滅在恍惚中的過往，為的是想確定在偶遇死亡的那一刻，我不會因為雜亂未整的牽念而撒手得不甘願。我到最後終於發現，其實死亡來得正是時候，當我在令那麼多人失望以後，我有什麼理由賴活？在我傷害了那麼多人以後，我有什麼資格賴活？我的生命沒有價值。我的存在只會讓更多人失望，更多人受傷。我有什麼立場再去面對她？我有什麼立場再去面對Meggy？我有什麼立場再去面對奶奶？我有什麼立場再去面對支持我決定但對我的輕薄毫不知情的家人呢？我的存在只為別人帶來痛苦、負擔。我的存在從一個不確定的過去開始就已經沒有任何意義。

　　而我又何須猶豫？如果死亡真的來到我面前，我看著大街上的人群這麼想。我已經經驗過所有的事情，包括人家說世界上最快樂的事。我沒有什麼好遺憾的。人的一生不就只是像棵

332
波西米亞

耶誕樹一樣，追求財富，追求頭銜，追求別人欣羨的目光，把自己裝飾得光光鮮鮮，和別人比誰的身上禮物多，誰比較受歡迎。而人類的歷史不過就是一個巨大的沙漏，隨著時間不斷地翻轉，重複過去所發生的錯誤，只是用更先進的方式墮落，用更先進的方式毀滅；人也像是沙漏，總想著要去征服空虛的那一端，不管他們擁有什麼，他們總是想要別的，不管他們是什麼，他們總是想變成其他的。既然知道這個世界的真理，我何必一定要加入這個可笑的遊戲，而我又何須猶豫。

　　況且就算我消失，對這個世界也不會有所影響。萬千螞蟻的蟻窩少了一隻又有何傷？我們總是想著自己是獨特的，可是我們並不是，我們過度放大了自己的重要性。漫長的歷史裡人類不過是一個註記，哪裡有什麼意義？更別論是單一的個人。如果說真的是神用祂的形象造了我們，那麼我們就不過只是簡單的再製，粗糙的印刻，一枚枚顯像於紙上的銅板浮印。基因的隨機混和說穿了只是無心的粗製濫造。錯誤的血脈交雜流成雜種的血液，無數的血流交匯成骯髒的血海，一錯再錯。

　　那麼我，有什麼好猶豫的呢？

22.2

　　「小卜。」

　　我轉頭朝身後的聲音看去，是一個有波浪長髮的女生。

　　「我認識妳嗎？」我上下打量這個知道我名字的陌生女子。

　　「你不記得我嗎？我是小敏啊。」

　　「我不記得了……妳怎麼會知道我的名字？妳是不是認錯人了？」

　　「你真的不記得我了？我們一起去看過電影啊。你、奇邦、雅芽，還有我。」

天底下竟會有這麼巧的事。不過一面之緣。

「你知道他們分手了嗎？」跟我走在人行道上她說。

「誰？Thomas跟雅芽？」

「對啊。」

「不知道。」就算知道我也不會感到好奇，這樣對雅芽或許還好些。

「你們沒有很熟嗎？他沒有跟你講過？」

「沒有。」

或許是我的答案太過簡單，我們兩個人就這麼繼續走著直到她再度打破沉默。

「我叔叔要結婚了。」

「真的？」

「他跟他太太很幸福的樣子，真希望他們能夠永遠這樣子恩愛下去。」

「真是好興致。」

「什麼意思？」

「好端端的結什麼婚？感覺很像自找麻煩。」

「怎麼會？結婚可是很神聖的。結婚象徵了愛情的最高表現，結婚是對永遠的承諾。」

「永遠？」我笑著說，「多麼空泛的一個詞。」

「你為什麼要這麼說？」她停下腳步。

「我只是對婚姻抱持懷疑的態度。永遠……多久叫做永遠呢？它只能被掛在嘴上，不能真的實現。所有的一切都會改變，生命的一切都會改變，妳是不可能去拉住它的腳步的。而且……妳叔叔跟他太太認識多久？」

「將近半年吧。」

「看吧。他們在這麼短的時間內就發現彼此是對方的唯

一嗎？我敢說他們一定各自都另有深愛的人，只是因為時候到了，磨不得了，所以才匆匆結婚。妳不覺得很奇怪嗎？人相處得越久反而越不容易結婚。而結婚只是一時的衝動、需要，輕易地就說永遠……一天的火焰，一輩子的灰燼。婚姻不是兩個最相愛的人，只是兩個還算適合的人。」

「就算是這樣，那又怎麼樣呢？你可以永遠記得那個人啊。」

「那這樣的話為什麼要結婚呢？不夠相愛的話為什麼要結婚呢？為什麼不同居就好？何苦來哉一定要結婚？同居跟結婚有什麼差別？只是少了一張性愛許可證明書而已。」

「同居跟結婚本來就不一樣。同居只牽涉到兩個人，結婚牽涉到兩個家族；同居只關乎到愛情，但結婚還牽涉到責任，而責任是更高層次的愛情。」

「如果兩個人只是因為關係需要而在一起，如果兩個人不是對彼此最深愛，那有什麼必要結婚？如果兩個人之間只有責任，那婚姻關係有什麼意義？當愛情牽涉到家庭、小孩、金錢時，愛情是愛情嗎？」

「那如果男生讓女生懷孕了，然後沒有關係的約束，跑掉了，那這樣愛情是愛情嗎？如果兩個人只是空有感情，沒有辦法維持基本、穩定的生活，那這樣愛情是愛情嗎？沒有人說一定要結婚，結婚的前提當然是要有愛。而只有通過婚姻驗證的愛才能算是真的愛。如果沒有辦法學習去適應、去試著了解、接受另一個人的背景，沒有辦法挑起對一個家庭的責任，不能努力維繫一個家庭的生活，不能關心照顧兩個人愛的結晶，那根本不能算是真的愛。更何況如果你只是擔心沒有辦法得到你想要的回報而不去愛，那你根本不配愛；而如果你沒有辦法接受一份愛，可能你只是擔心沒有辦法回報同等的愛，你缺乏被

愛的勇氣。」

　　我們兩個都講得漲紅了臉。這是一場意外的激辯。

　　「對不起，我不是故意要說那些話。我只是……犯了一些大錯，心情很不好。」

　　「沒關係，神會原諒你的。」

　　「妳信教？」我看著她掛的十字架說。

　　「對。」

　　「神不會原諒我的。我犯了不能被原諒的罪。」

　　「神可以原諒任何罪。」

　　「那只是你們一廂情願的想法。那為什麼需要法律？神為什麼不自己出來主持公道？如果神沒有辦法分身管盡大小事，那祂就更不可能眷顧任何人。」

　　「神眷顧我們每一個人。」

　　「依我看，祂只是個偽善者。說不定祂在另一個星球又造了一群人，而且在那邊玩得比較開心。We are not favored。我們可曾被給予選擇的機會？我們一出生就被冠上原罪，憑什麼兩個白痴的決定影響我們的決定？而且我看惡魔根本就是祂造的，如果不是惡魔，上帝又有什麼意義？若無誘惑，何須上帝？惡魔犯罪上帝是共犯，好比電腦病毒跟防毒軟體，這就是 Blake *Tyger* 一詩的答案。」

　　「Tiger 什麼……？」

　　「算了，妳不會懂的。」

　　「我只知道上帝為我們預備了道路，祂讓我們有權利選擇是否向神或接受誘惑。走過錯誤的道路我們才能更明白通往至善的道路。」

　　「撇開這些不談，上帝根本不存在。不是祂用祂的形象造了我們，而是我們用我們的形象造了祂，只因為我們太需要

祂。我們的生命太過嚴苛，為了讓我們能夠繼續在不完美的世界生存下去，我們需要依託，我們需要謊言。像座冰山一樣，為了支撐十分之一真實的生活，我們必須創造十分之九的幻想，我們需要龐大的期待，唯有這樣才能讓我們的生命穩固。為了相信來世愚蠢的永恆，我們傻傻地奉獻，可是卻沒有想過我們會化形的，承諾給我們的蝴蝶可能只是飛蛾的投影。可是我們又不能不這樣提倡，因為如果知道不管如何都不能保證來世是否美好，人就不會放棄享樂。說來說去，人還不都是需要報償，所謂行善不過是種利益交換。」

「你……」

「不要說了，我不信妳的上帝。」

22.3

：你可以永遠記得那個人啊。

是啊……或許這是幾件最讓我猶豫的事情之一……

我推開理髮店的門，大方地找個座位坐下，鏡子裡的我在染過的頭髮下面已經長出了新的黑色的髮絲。

「少年仔，剪按怎？」

「三分頭，謝謝。」

「啊按呢染的部分就曨無去啊呢。」

「沒關係，就這樣剪。」

我不要再活在對妳的想像裡了。

波西米亞 23
最終章

自殺吧。

事情已經非常清楚，我不會在浴室裡發生車禍，我不太可能因為不小心滑倒就摔死，除了自殺難道還有更合理的解釋？

我打算在6月13號進行，這一天是Paerie的生日，剛好以前的室友都要過來慶祝我準備重新復學，就當作是與他們的訣別。為了這一天我去買了一把最昂貴、最鋒利、最伏手的水果刀，我已經做好準備，我應該面對。

作了決定以後我反而覺得如釋重負，空氣都變得清新，好似已沒有拘束。我到學校去，逢人就打招呼，不管認識或不認識。我的心情飛揚高昂。

傍晚時分，我帶著他們回到住處。

「那我們就來為小卜下學期的重返校園乾杯！Glorious comeback！」

Woody，謝謝你，跟你認識的時間沒有很長，可是我真的很感激你出現在我的生命裡。你總是叫人開心。你是那麼的沒有心機。謝謝你教我摺紙花，雖然到後來結果沒有很好，可是真的謝謝你。如果不是你，我想我沒有辦法踏出第一步，雖然後來結果沒有很好……總而言之，很高興認識你，希望你可以一直維持純真的心，對了，也不知道後來你們怎麼了，有沒有在一起。不過那不重要，我想你會是一個很好的男朋友，沒在一起也沒關係，男兒志在四方，憑你的能力，一定可以闖出一

片屬於自己的天空。剛認識你的時候，真的覺得你是個小弟弟，可是當我越來越了解你，就覺得你一定會有一番大成就。記得你第一次談戀愛，應該說你第一次在大學跟人家表白，覺得你真是拙爆了，後來想想，真不應該笑你，我自己連話都說不出嘴⋯⋯我突然想到你叫淑萍姊姊那次⋯⋯真是亂好笑的⋯⋯唉⋯⋯淑萍啊⋯⋯淑萍啊⋯⋯我好想⋯⋯我好想念你們⋯⋯

「這小子啊，要不是我，早在外頭混不下去了。」

Thomas，謝謝你總是自以為很有義氣的幫我，雖然每次說話都讓我不知道該怎麼接，可是謝謝你講笑話給我聽，陪我去打電動、打小鋼珠，陪我抽煙、喝酒、打屁、看美眉，啊，對，還有幫我找到超商的工作，我很喜歡那份工作，其實。前幾天聽到你跟雅芽分手的消息，應該是很久以前了吧，老是覺得你們不會交往很久。你哥的場子沒有再被條子抄了吧。說真的，真的很謝謝你這一年來這麼照顧我，你一直都是一個很好的朋友，你總是會講一些有關性的事情給我聽⋯⋯嗯⋯⋯你總是會講一些有關性的事情給我聽⋯⋯總之，有些時候我覺得你的理論還蠻有原創性的。

「歡迎回來，我們可都很想你。」

Casanova，你真是一個很聰明的人，很多時候你總是會跟我說一些很有哲理的話，儘管我不是很確定我有沒有聽懂。我很喜歡跟你在一起講話，因為那樣好像至少我也懂了一點什麼。還記得大一結束的那個暑假我去找你，你帶我去花蓮，我好喜歡那裡。可是後來就沒有機會再過去，或許不會有機會了吧⋯⋯

「是啊，歡迎回來，好久不見了呢。」

Kevin，我覺得很對不起你，因為我到現在才發現我除了

知道你電腦方面很行，性向不太一樣以外就沒多知道你什麼事情……

我發洩似的啤酒一罐一罐的開，大家藉著酒意聊得甚是愉快。等到小菜啤酒用得差不多了，伍弟提議我們再出去到別的地方續攤。我叫他們先走，然後沉重地把門輕關上。

那麼，是時候了。

我進去浴室把水龍頭扭開，刀子安穩地放在浴缸旁邊。

聽著水聲我把上衣脫下。爸媽現在在做什麼呢？都期末了，應該都在忙著改考卷吧……淑萍應該也在趕報告吧。說不定她早就寫完現在在家裡逍遙了。是說也沒有聽他們幾個人提起……奶奶呢？奶奶現在在那邊過得怎麼樣呢？奶奶，我就要過去了……那娜娜跟她的小男朋友呢？娜娜現在應該也在期末考吧。伍弟他們走到哪裡了呢？希望他們不會覺得我騙了他們。Paerie呢？她現在在過生日嗎？她過去那邊有交新的男朋友嗎？她在那邊適應得還好嗎？如果我死了，她在那邊應該不會知道吧？應該不會再相見了吧……

我光著身體朝著浴室的門做一個深呼吸。

走吧。

不知道是不是喝太多酒的關係，我一進浴室感到反胃趴上洗手台一陣猛吐，晚上吃了什麼東西都看得一清二楚。

該死……我覺得肚子裡好像被鹽水泡過，然後又被抽脂。

突然之間我又有股尿意。要尿嗎？有這個必要嗎？不是聽說人死後會自動排泄，那現在尿不尿有關係嗎？到時候拉得怎麼樣是不是應該都沒關係了？To pi or not to pi，this is the question。帶著罪惡感苟活，或是以死謝罪──我選擇巨大的漩渦。

我跪在浴缸旁，拿起刀子，不知怎麼抖得厲害，遲遲無法下手。

爸、媽，對不起，我要去找奶奶了……娜娜，哥哥要先走了，妳要好好用功唸書，不要讓爸媽失望啊……淑萍，我……我一直都……

——古志卜！——

「啊！」

一瞬間我好像聽見淑萍的聲音，手一抖，刀子掉到水裡。我尿了出來。

一定是浴室裡面太熱了，不然我不會一直流汗；可是為什麼我又一直發抖？看著我頹萎的生殖器抽搐地尿了一地，我嚥了嚥口水，作幾個深呼吸。待呼吸稍微平緩我把刀子從水裡撈出。

不要緊張，不要緊張，第一次總是會比較有問題，沒有人一開始就很厲害的。不要緊張，好，好，就這樣，看準，看準……

雖然我的身子一直打顫，我還是穩住手腕一刀劃了下去——

太淺了嗎？連血都沒看到。

我調整呼吸準備再來一次，可是這次身體抖得更厲害，刀子沒下準割到了手指。

可惡，好痛啊。如果真的割到手腕應該會更痛個一百倍吧。不行，我不能在這個時候退縮。如果在這邊退縮的話，之前下的決心算什麼呢？我這樣要怎麼跟她們交待……

我想要站起來稍微走動，緩和情緒，可是卻發現怎麼樣也站不起來。

我半倚在浴缸邊喘著大氣，汗水都滲到我眼睛裡去了。

可以的，你可以的，再慢他們就會覺得奇怪了……

我再次做好準備，擺好架勢。這次我深呼吸一口，心一橫，拳頭一握，一刀就往手腕劃下。我的手埋進水裡，一條腥

紅色的水蛇從我腕際竄出，接著水漸漸被暈染成紅色，浴室的燈被悄悄地調暗………

黑暗中我看見一個身影。我想要走過去，發現我踩在水裡，水深到我的腳踝。

我向那個身影走近，慢慢才看清楚是Paerie。

天國不是僅在我的眼裡。 一個聲音出現在我的腦海。

Paerie對我擺手示意要我不要再走近，可是她一下又變成Casanova。一下是Casanova，一下又是Paerie，我一定是眼花了。我揉揉眼睛再定神一看，他們已經不見了。

當Casanova和Paerie都消失，我看見遠遠的，奶奶彎著腰點頭對我和藹笑著………

：小卜……小卜……！

「然後我聽到你的聲音模糊地好像從水中傳來，你的身體四周像是有著微微的光暈……」我對Casanova說。

「嗯……你走了好長的一段路。」Casanova笑著說。

「是啊，好長……好長……的一段路。」

「既然已經死過一次，就好好活下去。死是逃避問題，不是解決問題。」

「嗯……」

「另外……」Casanova看起來若有所思。

「怎麼？」

「有一件事我想我還是必須跟你說。」

「什麼事？」

「那天你到紫欣那裡撞見她跟一個人燕好，那個人是我。」

「可是……」我久久說不出話，看著神情認真的Casanova。「我以為你們有心結。」

Casanova從我桌上拿了紙筆畫出一個圖：

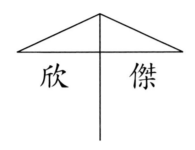

波西米亞　24
再看見那燦爛的群星

　　其實我沒有特別意外，當Casanova說他跟Paerie現在在一起。我的腦中浮現吳爾芙夫人一男一女同坐進一輛計程車裡的意象，是啊，這其實再自然不過。Casanova說Paerie過兩天會去台東找他，他們有計劃要到花蓮去。我告訴他我會去找他們，他們對我的生命來說都很重要，在那之前，我還有一些事情要做。Casanova離開的時候已經是早上，我簡單地把房間作了些整理也出了門。有些想法在我的腦袋裡迴轉，有些成形，有些還沒有，有些我仍然沒有想通，仍感到困惑。我走在大街上左思右想，就是無法給自己一個滿意的答案。我找了間咖啡店坐下來，透過玻璃窗往外看，繼續我的沉思。Casanova說的沒錯，自殺是種逃避而不是面對，可是當一個人犯了大錯，除了死還有什麼其它更適切的方式嗎？如果一個人曾經受過嚴重的衝擊，致使可能無法擺脫創傷的痛苦、回憶的折磨，有什麼可能讓他再次面對生命，切斷過去的羈絆？如果一個人沒有辦法驅走惱人的恐懼，他有沒有辦法在恐懼的陰霾下繼續生活，不受其擾？如果一個人沒有辦法克制對一些人、事、物產生負面的情緒，那麼他的生命是不是就不美善了？如果一個人發現他沒有特定的信仰，他能夠依賴什麼去面對生命的難關，他能夠相信什麼，他能夠說服自己去相信什麼？如果一個人發現生命就只是引向死亡的過程，除了為別人而活，他能夠有什麼理由說動自己，在生命的路上繼續走下去？我反覆地思

考，反覆地思考，一天就在我深深的思緒裡過了大半。已經是傍晚。我觀看店裡越來越多的人，依舊尋不著我問題的解答；可是當我再次回頭望向玻璃窗，透過黑色的玻璃看見我自己，我全都明白了……我打電話給她，我告訴她我會去看她。「昕婷，」當我推開病房的門我說，「對不起。」我把鑰匙還她，把一切一五一十地全跟她說，並不斷道歉請求她的原諒。她還沒有辦法原諒我，甚至話也不願意跟我說。我在她妹妹的懇求下離開，可是我會再來的，直到她願意原諒我為止。回去的路上我繞到夜市選了一只戒指，雖然不貴，但全是我在超商打工的錢，我要把它交給它的主人。回到住處，我意外地發現一張名信片夾在我信箱裡的側邊。名信片上的郵戳已經是將近一年前的時間。我翻過名信片一看，發現上面只有一行英文地址跟一句話：*你如果真的喜歡她，就不要放棄讓她知道。*是淑萍。看著她大大的卡通式簽名我竟有一種想哭的衝動。明天，不能再等了，就是明天。我回到房間先打了一通電話給淑萍，她已經回到宜蘭了。我告訴她我要過去找她，她只是嘻嘻哈哈地說：*好啊好啊，歡迎歡迎呢！*我再打了電話給伍弟，請他明天載我去車站。當他問起為什麼我不自己騎車去，我告訴他我要把車騎回家。接下來我打電話回家，是母親接的電話，我告訴她說我要搬回家；而在這個同時我聽見父親囑咐著母親要叫我趕快回家，要問我有沒有吃飽，都吃些什麼，在那邊會不會太熱，不讀書做什麼工等等。頓時我只覺得心頭一陣酸，我到這個時候才真的了解原來要讓關心自己的人放心，是一件這麼困難的事。我的心裡一直都住著一個獨眼巨人，在別人問起時，大喊著：*沒有人！沒有人！*最後我打電話給Meggy，一樣我跟她道歉。她顯然有著比我更偉大的人格，她跟我說她自己也有錯，對不起我，也對不起她自己。她接受了我的道歉，而我在

她答應我繼續要做朋友以後才肯把電話掛上。臨睡前我走進浴室，把洗手台注滿水。我看著鏡子裡面的自己，久久沒有移開目光。「對不起，」我說，「沒有照顧好你。你是跟我相處最久的人，而我沒有照顧好你。」我從洗手台捧起一點水，深深地呼吸，yes，yes，go to Lethe，我要洗去錯誤的過去，並永遠記得過去，每天晚上睡前我都要深自反省，每一天醒來我就要過新的生命。是的，錯誤與創傷是不會消失的，但它們可以藉由反省跟原諒獲得洗滌。看似屬於黑暗的一切不但無法從生命中剝離，還更應該珍惜，因為透過它們我才真的了解自己。唯有承認它們，不壓抑它們，接受它們為我生命的一部份，賦予自己不快樂的權利，我才能真的擁抱自己，我才能真的認識我自己，我才能真的從我自己學習。光明和黑暗不可能分開，其中任何一者都無法割去，如同日夜構成了一天。尤其是黑暗更應該擁抱，因為它是溫柔的、謙遜的、包容的，它反映、它蘊育，它是所有顏色的歸宿，它是所有顏色的開始。我不需要藉由外物來肯定我的價值，我要往內肯定我的存在，我不用依賴，我要相信我自己。愛情與宗教，或許需要，但不是必要，它們像蟲一樣可以吃去生命裡其它的煩憂、害蟲，可是它們一樣需要供養，只是從前雜亂多樣惱人的，現在有個統一的出口。而救贖，我何須外來的救贖呢？我自己就可以改變我自己，我自己才能拯救我自己。我是我自己的救主，與奴役主。去哪裡求菩薩，自己就是菩薩。生命的一切都該珍愛，重點不是我將死去，生命是絕無法簡化為生死而已，重要的是我體驗到了什麼，我得到了什麼心得，我的情感感受領會到了什麼，我的理性思考理解到了什麼。我躺在床上，覺得安心。我想起奶奶，奶奶對我和藹地笑著。是吧，奶奶，做了錯事就該用好

事來還，人生是快樂的還債與放款。想著奶奶，我的睡意漸漸濃了，一首不知名的旋律無聲地在我心裡奏著。

波西米亞　25
伊撒卡

　　坐伍弟的車我來到車站。進車站前我看到一個滿臉垢污的女子跪在地上賣口香糖，她的旁邊跪著一個小孩，她的背上又背著另外一個。我找出一些零錢丟進她身前的鐵便當盒。

　　「先生！」當我正要離開那名女子叫住我。

　　我回頭看見她雙手伸得老直把一包黃色包裝的口香糖遞向我。

　　我看著她，忽然明白了什麼。我對她微笑，從她的口香糖裡拿了一條綠色包裝的。

　　搭上火車，我凝視著窗外，過去的一年還真像幻夢。如果把我的事情說給別人聽，應該沒有人會相信吧。我想著想著自己都笑了。愛情啊，愛情真是個有趣的東西……

　　當車子即將停靠宜蘭，我等不及地先到車門前等候。車掌小姐的聲音已經透過喇叭播送出來，應該很快就會停車了。

　　我聽見身旁廁所的門打開的聲音，急忙挪過身子以免擋到要出來的人。可是當我看見出來的人，我的心跳不禁感覺靜了下來。

　　Paerie看著我同樣說不出話。

　　「嗨……」我先開口說，「好久不見呢。」

　　「是啊……是好久不見……」

　　「什麼時候回來的？」

　　「上個禮拜。」

「那……」

「我要過去花蓮那邊。」

「喔，對……對……Casanova有跟我說過。」

在我們說話的同時，火車已經停妥。車門也應聲打開。

「我會過去找你們，我跟Casanova講過。等我……可能明天吧，我明天就會過去。」

「我有試過打電話找你，可是你的手機都沒有開。」

「喔……」我想了一下說，「對……我換過號碼……因為那個時候認識一個女生，她那個人怪怪的，交友比較複雜，所以……」

「總之，」我看看車廂裡出來要下車的旅客說，「我明天就會過去。」

「那……」

「那麼先再見了，」我對她笑笑，「再見。」

我聽她說了再見，跳下車，小碎步奔向出口。遠遠對著票口我露出笑容揮手，淑萍已經笑盈盈地在那裡等著。

「先去吃點東西好不好，我有點餓。」淑萍笑著對我咬咬嘴唇，「我們等一下再過去我家。」

到了店裡淑萍點了鬆餅跟桔茶，我只點了一罐可樂。

淑萍開心地對我說著她現在正在修的教育學程，一口鬆餅，一口桔茶，她的馬尾左右輕靈地擺動。她依舊戴著那隻天藍色的手錶。

我一手放在口袋裡捏著準備好的戒指，不知道為什麼緊張了起來。

「我跟你說喔，我這個學期有一堂課有實際到學校去觀摩耶！那些小孩子都好可愛呦，看了都讓人忍不住想要捏一下她們的臉頰。後來看老師上課啊，我就想，哇，天啊，怎麼這

麼專業啊！這樣我以後真的可以來教書嗎，老師竟然還有講到我不懂的東西，真是汗顏、汗顏，當場就心虛了起來，躲在教室後面變得好小好小。還有哇，嗯，等一下……我在想你一定會覺得我很愛吃，可是我跟你說，吃東西可是很重要的。我覺得上帝給人最好的禮物就是肚子跟手臂，因為啊人會肚子餓，才會一起吃東西彼此聯絡感情。人有兩隻手才可以互相擁抱……」

　　就在她又把一塊鬆餅塞到嘴巴裡的時候，我把戒指掏出來放在她面前的桌上。她呆呆看著我，我也沉默地看著她。

　　「我……」我吸了一口氣說，「這是要給妳的。我欠妳一個戒指。可是這個不是那天晚上妳丟掉那一個。這個是我要給妳的。」

　　她沒有說話，我趕緊又開口。

　　「我……因為……我一直有個感覺，特別是在這一段時間特別強烈……我覺得妳對我來說很重要……我想要見妳……我昨天就想要見妳，然後……然後……我覺得今天也想見妳……我覺得……我明天也會想見到妳……我……我想要常常見到妳。」

　　我嚥了嚥口水，穩不住紊亂的情緒。

　　「我以為你是波西米亞的信徒。」她歪著頭慢慢嚼著鬆餅說。

　　「對啊對啊，我是啊！不，不，我是說，對啊對啊我不是。我是指愛情是波西米亞的沒錯，可是她不是我原本想的那個樣子。愛情的定義是浮動的，是飄忽的，是無法捕捉無法證實檢驗的。重要的是那個感覺跟你相信。她像信仰一樣不能被證實。你如果真的有那個感覺，而且你相信，那麼她就會存在的。愛情她是以不存在的方式存在的。就是……就像……你不

能也不必用理論去解釋她，就像花一樣，她……她就是會開啊！」

她低著頭沒有說話。

「而且我更覺得生命是波西米亞的，這個世界是這麼的多變、流動，很容易迷失……我也說不上來是從什麼時候開始，我覺得一個人在這個世界上真的是好孤單好孤單啊……如果……我常想到妳……我很希望荒謬吵雜的世界裡有妳陪我……」

「為什麼現在才在說這些呢……」她把戒指推到我面前的桌上淡淡地說。

「可以請妳收下嗎……」我把戒指推回去說，「就算是這樣，也請妳收下好嗎……妳要對它怎麼樣都沒有關係，但是……」

之後的氣氛一直很怪。我們兩個說的話都很不著邊際，言不及義。

到了第二天，她又送我到車站。

在過去另外一邊月台前，我又回頭看了一下剪票口。她已經不在那邊。

我踩著緩慢的步伐上了月台，沒有在想什麼，可是心裡卻又好像掛著什麼。我一直走著一直走著，走向月台沒有遮棚的部分。我從皮夾裡拿出剛剛沒有仔細看的車票，發現上面印著很有趣的數字。

「5車1號，這麼巧。」

我把車票收進皮夾，我的手機突然響起。

是淑萍。

「喂？」

「喂，古志卜，你是不是有東西忘了拿？」

「東西？」我低頭看手上袋子裡的衣物跟淑萍她媽媽給我的特產。

「沒有啊，我都拿啦。」

「不是那個，笨蛋。」

「喂？」

手機斷了。

「嘿！」

我聽見淑萍的聲音，往另一邊的月台看。她的手上拿著一個亮亮的東西……是我的戒指！她笑著指著手上的戒指，又指指她自己，然後指著我。

陽光穿過戒指，射進我的心間，融去我心裡的餘雪。我露出會心的微笑，雙手上舉，比出一個大大的○。

波西米亞　0
再來

　　生命開始於一個大爆炸。爆炸之後是懷胎的過程，宇宙的形成，而個人，就是宇宙。生命是一場乘帝江尋类之旅，穿過渾沌去到共治的樂園。唯有走在白晝的斜影，逆光的道路，才能得到切身的頓悟。

　　每個人生命中都會有一次初始的大爆炸，而我的，起始於她。我的生命並不因為這個爆炸停滯或結束，相反的，它開啟了一條漫長的隧道，通往真正生命的開端；而我在這條隧道裡摸黑前進，直到我發現那一束亮光。雖然我尚有缺點，我眼力的高深還有所不及，但對我來說一切時間都是現在，我已經做好準備，去體驗

　　生命，

波西米亞

作　　　者 / 島
圖 文 排 版 / 詹凱倫
封 面 設 計 / 陳怡捷
出 版 發 行 / 莊孟樵
印 製 機 構 / 秀威資訊科技股份有限公司
　　　　　　114台北市內湖區瑞光路76巷65號1樓
　　　　　　電話：+886-2-2796-3638　傳真：+886-2-2796-1377
　　　　　　http://www.showwe.com.tw

出版日期：2014年2月POD一版
定價：430元

國家圖書館出版品預行編目

波西米亞 / 島作. -- 一版. -- [臺南市] : 莊孟樵, 2014. 02
　面 ; 公分
　POD版
　ISBN　978-957-43-1182-8 (平裝)

857.63　　　　　　　　　　　　　103000942